U0443892

Du Shang Gaolou

独上高楼

时代出版传媒股份有限公司
安徽文艺出版社

姜琍敏◎著

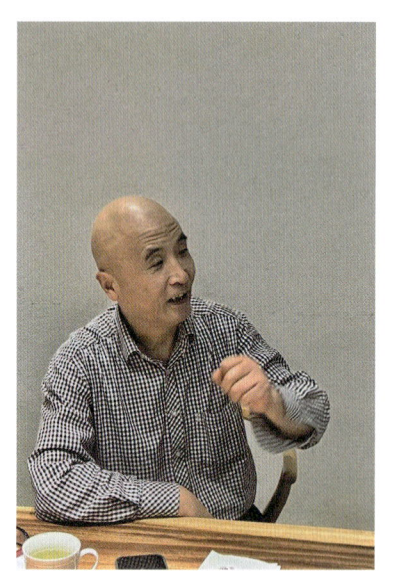

姜琍敏,文学创作一级。雨花杂志社原主编,现为江苏省散文学会会长,南京市文联签约作家。1976年迄今发表出版长篇小说12部,中短篇小说集、散文随笔集24部。曾获全国性及省内外各类文学奖数十项,并有作品被译介至国外。

Du Shang Gaolou

独上高楼

姜琍敏 ◎ 著

时代出版传媒股份有限公司
安徽文艺出版社

图书在版编目（ＣＩＰ）数据

独上高楼/姜琍敏著.—合肥：安徽文艺出版社,2024.3
 ISBN 978-7-5396-6641-9

Ⅰ.①独… Ⅱ.①姜… Ⅲ.①长篇小说－中国－当代
Ⅳ.①I247.5

中国版本图书馆CIP数据核字(2022)第031393号

出 版 人：姚 巍	策 划：张妍妍
责任编辑：柯 谐	装帧设计：张诚鑫

出版发行：安徽文艺出版社　　www.awpub.com
地　　址：合肥市翡翠路1118号　邮政编码：230071
营 销 部：(0551)63533889
印　　制：安徽新华印刷股份有限公司 (0551)65859551

开本：880×1230　1/32　印张：10.125　字数：230千字
版次：2024年3月第1版
印次：2024年3月第1次印刷
定价：40.00元

（如发现印装质量问题，影响阅读，请与出版社联系调换）

版权所有，侵权必究

题　记

古今之成大事业、大学问者,必经过三种之境界:
"昨夜西风凋碧树,独上高楼,望尽天涯路。"
此第一境也。
"衣带渐宽终不悔,为伊消得人憔悴。"
此第二境也。
"众里寻他千百度,蓦然回首,那人却在,灯火阑珊处。"
此第三境也。

——王国维

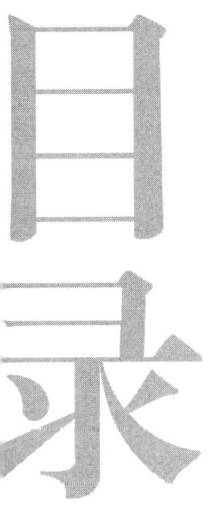

第一章 / 1

第二章 / 14

第三章 / 36

第四章 / 51

第五章 / 71

第六章 / 86

第七章 / 110

第八章 / 124

第九章 / 139

第十章 / 150

第十一章 / 163

第十二章 / 180

第十三章 / 205

第十四章 / 222

第十五章 / 242

第十六章 / 277

第十七章 / 292

第十八章 / 309

第一章

启航的汽笛响起来时,船身轻轻一晃,随即向着迷茫的远方破浪前行。

依然阴郁凝重的天幕,仿佛也被高亢悠长的汽笛震破了,漏下漫天细密的雪花,洋洋洒洒地旋舞着,又纷纷消逝在船身划开的水花中。

雪花好像也飘进了许硕突然悸动的心田里,他情不自禁地从座位上站起来,穿过舱里喧哗的人群,一口气跑到甲板上,扶着船栏向四下眺望。船栏上已积起一些薄薄的雪花,但他丝毫没有觉察到凉意。

相反,许硕感到一潮又一潮从未有过的激情,汹涌着冲上面门,让他的头上微微地沁出一层热汗来——舱里满满坐着50个1972届初中毕业生。从这一刻起,他真的要离开生养自己的吴东市,离开从小相依为命的父母、兄妹,只身一人,投向新建不久的蠡山煤矿,开始那想起来就陌生又神秘甚至有些恐惧的矿工生活。

船舱里的人,大约都怀着和许硕类似的心情。他们起先都好奇地打量着周遭的景致,缄口不言。但毕竟都是年轻人,经过一番互相试探、自报家门后,他们很快活跃起来,纷纷交流着对自己将要栖身的蠡山、对莫测的前程和自身命运的感受。嗡嗡的说话声渐渐驱散了静默。

他们议论得最多的话题就是,什么是煤矿?他们将要去的,又是什么样的煤矿？矿井会有多么深？里面有灯光照明吗？现在是用铁镐还是用机器挖煤？他们都还这么年轻，能够吃得消吗？

因为下雪吧，内河里来往的船只并不多，船行驶得很快，船身也很平稳。虽然下着雪，但今天没有风，大一些的雪片在空中几乎是垂直地坠落着。只是由于船行的缘故，船头前的雪片仿佛不怀好意的精灵一样，一层又一层，无休无止地扑向船头，但丝毫奈何不了汽轮的向前行驶，不得不化成无声的哀叹，悄没声息地消逝在船尾的浪花中。

与飘落的雪花一样远去的，还有内河两侧石坝岸上密集的民居和街巷。那些房屋都是有年代的了，大多数是格局相仿的两三层小楼，粉墙黛瓦，木格子窗棂，但窗户都不大，像房子的眼睛一样，挤挤挨挨地一路追随着小汽轮，似乎都在好奇地琢磨着：眼前那急急驶过的是条什么船？船上那么些年轻人又要往哪里去？

这么一想，许硕不由得有些茫然，真想问一问：

自己未来的命运会怎么样？不过，听说矿上有三千多人，是市里新建不久的重点项目。那起码的吃饭住宿条件应该还是可以的吧？至于苦啊、累啊倒不怕，自己从八岁开始就在大清早上街买菜，下午放学后回家做饭了。大一点，家里的买米买煤等重活，主要都是自己的责任了。只是，我们这批人恐怕很少离开过家，更没有过过集体生活。而家人之间还经常吵吵闹闹，甚至大打出手呢，现在都是些不谙人事的小年轻，各有各的脾性，以后的人际关系会好吗？

总之，自己能不能适应这样一种突如其来的新生活？

一连串许硕之前从来没有多想的问题，都在这一时刻纷至沓来，几乎充塞了他的脑际——都还是些充满稚气的、不过十七周岁的人呵！别人即使有过远离家门的经验,肯定也很少。许硕从出生到现在,则从来没有过独立生活的经验,甚至连吴东市区都没有出过。从小到大,除了有两年学校组织到市郊烈士陵园去扫墓,见过一座海拔不到百米的小山包,连电影上或书本上描述的大山都没有见识过。而现在,他们竟要长期甚至终生在大湖中间的蠡山岛就业了。据来接他们的煤矿政治处副主任老罗介绍,那是一座面积比吴东市区还要大很多的湖中之岛,而且不是一座普通的岛。相传,两千四百多年前的春秋战国时期,越国大夫范蠡助越灭吴后,功成身退,曾经偕西施在岛上逗留过一段时间。后来,虽然他们去了齐国,但当地人为纪念范蠡,便把这座方圆上百平方公里的小岛,改叫蠡山。

老罗还热情洋溢地说:"现在的蠡山岛也很了不起的。岛上群山蔓延,络绎不绝,其主峰还是江南地区的最高峰。那里花开四季,果木漫山,是道地的花果之乡。其独特而美丽的风情,不亚于传说中神奇的世外桃源。"想到这一点,许硕那在轮船刚启动时突然间莫名忐忑的心情,平静了很多。从接到分配通知后,一直处在亢奋而又不安的憧憬中的许硕,先前差点被阴郁的大气和漫天雪花抑灭的激情,很快又重燃起来。

这一天,这一局面,其实是许硕期盼已久的。

他早就向往着能像自己的哥哥姐姐和无数高年级学生一样,响应领袖的号召"到农村去,到边疆去,到祖国最需要的地方去";摆脱让他感到无聊烦闷的家庭束缚,自由独立地施展拳脚,为报效祖国,为实现自己的人生价值,奉献出全部的光和热!

许硕的这一抱负,也是当时大多数青年人的共同理想。而许硕的立场尤为坚定,且并非完全来自于当时的思想教育和时代要求,而是发自他肺腑的真实信念。许硕的父亲是渡江干部,后来在吴东市唯一的大学里任职。家庭影响和父亲的耳提面命,让许硕从小就希望成为一名真正的"革命接班人"。而父亲在大学工作,他的大学图书馆借书证,让许硕从小学一年级刚识字起就阅读了很多文学作品。到现在,他几乎读遍了当时轰动一时的中外名著。《红岩》《雷锋》《欧阳海之歌》《红旗谱》《红日》等不必说,国外的名家如高尔基、普希金、狄更斯、巴尔扎克、雨果的许多著作,包括《牛虻》《铁流》《青年近卫军》,尤其是《钢铁是怎样炼成的》等书,他都有涉猎。伴随着近十年几乎废寝忘食的阅读,甚至在夜晚的梦境中,他也充满了铁血沸腾的豪情壮志。有时他会叹惜自己生不逢时,如果能再碰上一个铁马金戈的战争年代,该有多好啊。自己就能像父辈一样,披坚执锐,浴血疆场,出生入死,建功立业。哪怕像文天祥一样身陷敌手,也绝对会不屈不挠、慷慨赴死而"留取丹心照汗青"……

就在出发前夜,许硕辗转反侧、夜不能寐之时,想象着全新未来,他还热血沸腾地反复默念过奥斯特洛夫斯基那人尽皆知的名言:

> 人最宝贵的东西是生命。生命对于每个人只有一次。因此,人的一生应当这样度过:当他回首往事的时候,不会因虚度年华而悔恨,也不会因碌碌无为而羞愧。这样,在他临死的时候,就能够说,我把整个生命和全部精力,都献给了人生最宝贵的事业——为人类的解放而奋斗。

许硕激动地长吁了一口气,又在心里大声呐喊着:让暴风雨来得更猛烈一些吧！随即沿着这艘接送休假矿工的小客轮的舷道踱了起来。这时再看那内河两岸低矮而拥挤的民房，和那些弓腰曲背、在飞雪中骑着自行车的行人，他的嘴角不禁浮起一丝轻蔑的冷笑：与其像他们那样拥挤在城市里自鸣得意，实际却日复一日过着刻板的生活，倒不如到大江大海中去闯荡一番属于自己的新天地。

一圈转过来，他意外发现船尾的舱蓬下，有个陌生的年轻人独自坐在一张铁凳上，正聚精会神地在看书。定睛再看，感觉这个年轻人的年龄和自己差不多，看衣着气质也不像是船上的职员，他断定那人和自己是同路人。只是，在大家都心气浮躁的时候，他居然还有心思潜心阅读，许硕不禁对他产生一丝敬佩，于是凑过去看他在读什么书。年轻人蓦然抬头，迅速合上书页，却让许硕看清了书名《意大利共运史》，许硕顿时瞪大双眼，真诚地说："真没想到，还有人会看这么厉害的书啊！你不是和我们一起下放的同学吗？"

年轻人有些羞涩地站起身来，轻揉着眼睛，把书放到自己身后，笑笑说："我瞎看看的。"说着，伸手示意许硕在自己身边坐下来，"对的，我们是同学。不，以后就是同事、工友了。"

看着站起来的年轻人，许硕更有些气馁了。这同学的身高足足比自己高出半个头，至少一米八以上，长着张长脸，两只细长的眼睛相当有神。让他感到有些怪异的是，小伙子的两道眉毛却淡而短，几乎都看不出来。而且，这么冷的雪天他居然没穿棉袄，上身只穿着半新半旧的深色中山装，里面露出米色高领粗绒线衫。但这穿着非但不让人感到单薄，相反觉得紧绷绷地衬得他格外健壮。

这小子的胸肌很发达啊，怪不得他不怕冷，肯定是练过的。许硕便问他平时都练些什么，小伙子不以为然地说："哪算练啊，就是喜欢撑撑俯卧撑,有时候到学校操场上玩一会双杠。"说着,他捏了捏许硕的胳膊说,"你的身体好像是有点瘦啊。"

许硕不好意思地坐下来说:"我从来是个懒虫,只喜欢看点书,顶多帮家里搬搬煤球、背背米。不过以后要好好跟你锻炼身体了,就是不知道煤矿上有没有双杠什么的。"

"没有也不要紧,多练练俯卧撑也是一样的。对了,我带了一副弹簧拉力器来,你喜欢的话,以后就借给你玩好了。只要坚持,这个也很见效果的——身体是革命的本钱嘛。不过,我倒不是为这种大话而锻炼。蠢山煤矿那种地方,按那位罗主任说的,倒不像是穷山恶水,但谁知道我们将面临的是什么磨难?有个像样的身体,起码吃得住点吧……"

俩人就此热络起来,并互相介绍了姓名、毕业的学校。这个叫沈俊杰的同学显然也是个爱看书的。他主动说自己有读书的条件,因为他父亲是市图书馆的职员,他去得多了,也就迷上看书了。但他强调自己读书不是为了消遣,是想系统地弥补自己知识方面的不足。而他的兴趣,也主要集中在哲学和政治经济学上,但从长远看,早晚会比任何时代更需要独特的、全新的社会主义文化和经济建设。到那时候,有准备、有知识的精英就必然会大有用武之地——应该自我完善,做一个耳聪目明,能明白基本人生事理的人,才不枉活一辈子……

沈俊杰侃侃而谈,听得许硕越发惊奇。想不到自己的同龄人中,还有这样比自己更有思想,也更老成的人,而且他的一些观念是许硕从来没有想到过的。听着很新鲜,也很有道理,却又一时不尽明白,但他对自己的新生活多了几分信心。能遇到这样一个有思想又志趣颇高的同事,不也是一种幸运吗?不是说,人生得一知己足矣？希望我真就遇到了一个不说是能同甘苦共患难,至少也能相互理解的好朋友！

想到这里,他告诉沈俊杰,自己也是因为家庭缘故从小酷爱读书。沈俊杰也很感兴趣,立刻问他都读过些什么书。许硕说主要是文学书,小说、散文、诗歌,古今中外的,借得到什么就读什么。读得最多的还是小说,既有趣,也让自己从中感受到很多东西。

不料沈俊杰却使劲摇起头来:"小说什么的我也会读一点,不过坦率说,我是不太看重的。"

"为什么？"许硕很是惊讶。现在的年轻人普遍都不爱读书,轻视知识,但在明明尊重知识,也爱读书的人中,却有不喜欢小说的,他还从来没遇到过。

"小说啊,散文啊,甚至书法绘画什么的,它们的功用大都被人类虚夸了。其实不过是些空洞的艺术,甚至是没什么价值的糊弄人的东西,简单说,就是没什么用。"

这种论调,许硕还是第一次听说。他想了半晌,有点不服气地说:"小说有没有价值,我说不好。但应该不会是糊弄人的吧？它当然不能改天换地,或者当饭吃,可是它对人的精神境界,或者说,对于世道人心还是有帮助的。好像鲁迅先生就说过,杂文就像是投枪和匕首,具有改造人性和社会的独特功能。"

沈俊杰显然也意识到自己对一个彼此还不太了解的人说得太多了些,他仔细审视了一下许硕,拍拍自己脑袋说:"对不起,刚刚认识就大放起厥词来,你别当真呵,我其实不是喜欢多嘴的人。只是平时有些想法在心里转,周围又没有可以推心置腹讨论一下的人。刚才觉得你也是有些文化的,所以就……"说着,他站起身来,伸了个懒腰,扭头向四下张望了一下,嗨的一声叫起来,"可能快到蠡山了吧,这么看过去,蠡山风光还真是不一般呢。"

他拉了许硕一把,俩人一起向船头走去。许硕仰头远望,心情又豁然开朗了。

不知何时,客轮早已驶出了内河,眼前是一派许硕久闻其名而无缘一见的海湖。它无拘无束地横亘在地平线上,远比想象中广阔也更浩渺。此时风不大,所以水面相当平静。但见波光闪烁,还不时有海鸟在银鳞般的细浪间上下翻飞。而他们的客轮正昂首挺胸,轻快地劈波斩浪,向着越来越清晰地现出傲岸身姿的蠡山驶去。时间已近正午,雪片虽然还在飘着,但天上已出现寒亮的白色。不久后,客轮就将靠岸了。此时突入眼帘的一幅景色又令许硕目瞪口呆:码头不远处那连绵起伏的黛青色的群山之间、山坡上及灰黄蜿蜒的公路边,漫天皆白里,触目都是虬枝曲张、含苞欲放的梅林。梅林里看不见闲人,听不到鸟鸣,唯有大团大团的积雪坠在枝头和密集而淡红的梅骨朵上。

许硕定睛欣赏着眼前的奇景,不禁心思恍惚,似乎自己已经上到岸上,正穿行在清香沁心的梅林中。林中分外沉寂,只有轻风在迟缓而阴郁地踱来踱去,偶尔掀翻几根积满白雪的枝条,雪落声啪嗒一声闷响,旋归平静……

他情不自禁地拍了下沈俊杰的肩膀:"太美了,这个地方太美了!长到这么大,我还从来没有见过这么美妙的风景呢!尤其是那些不怕风雪,依旧含苞欲放的梅花,真的就是'梅花欢喜漫天雪,冻死苍蝇未足奇'啊!"

沈俊杰没有出声,但也托着腮帮子,凝视着眼前的壮丽风光,不知在想着什么。

忽然,一阵低沉的歌声在他们身边响起。原来是几个围在右

舷边的同行者,不知在谁带领下,动情地唱起歌来,唱的竟是苏联的俄罗斯民歌《三套车》:

冰雪遮盖着伏尔加河,
冰河上跑着三套车。
有人在唱着忧郁的歌,
唱歌的是那赶车的人。
小伙子你为什么忧伤,
为什么低着你的头。
是谁叫你这样伤心,
问他的是那乘车的人。
你看吧,这匹可怜的老马,
它跟我走遍天涯;
可恨那财主要把他买了去,
今后苦难在等着它。

歌声越来越清亮,也越发透着沉郁。许硕环顾身后,发现舱里人多数都挤到了前甲板上,在他身后就伫立着好几个女生,大家都相当动情地跟着吟唱。而且,靠他右侧一个女生,唱得特别投入,明亮的大眼睛里,竟含着泪水。许硕一见她,就觉得有股特别的气息扑面而来。这让他的心情更复杂了——她显然是个好动感情的人。而且,想不到同学中竟然有这么俏丽的女生。她的肤色白净粉嫩,且白里透红,简直像只成熟的鲜桃般妩媚动人。她的个子虽然不太高,估计也有一米八。梳着童花式的齐耳短发,穿着紧身的中式棉袄,脖颈上还围着条红领巾一样鲜艳的红纱巾。配上那晨星般柔美扑闪的双眼和那玉雕样小巧的鼻子和嘴巴,让许硕简直怀疑她是从眼前那片山林里飞过来的精灵。他一时心烦意乱,正想着以后能不能认识她时,那女生恰好向他转过头来,大约看见了他愣怔的模样吧,她慌忙抹去眼中的泪花,有点不好意思地冲他笑了一下。这一个迷人的笑靥和眉宇间洋溢着的魅人稚气,就此深深烙进了许硕的心里。他真想问问她的名字,却不敢开口。相反,他回避什么似的扭过头,捅了下沈俊杰的胳膊,说:"他们干吗唱这个歌啊?听得人心都要冻起来了。"

仿佛要回应他的疑惑,矿政治处罗副主任从后舱的船员休息室匆匆跑到前面来,高抬着双手,做了个篮球裁判喊停的手势,喉咙上的大喉结引人注目地上下滚动着,说:"嗨嗨嗨! 干吗唱这种有气无力的歌?"

他话音未落,前面有个男生嘀咕道:"这有什么不好的?《三套车》是民歌,《外国民歌二百首》里就有这个歌,是可以唱的好吧。"

可是大家都嬉笑着,互相推搡,就是没人开口。

罗副主任继续鼓动大家:"同学们,我知道你们的心情,年纪轻轻就离开家乡到陌生的地方,难免有点伤感。但是,你们没有看见吗? 眼前的蠡山,简直就是山明水秀的世外桃源啊! 在这里工作,还有什么好担忧的? 煤矿也不像你们想象的那样,现在的井下条件很好,劳保齐全,工资也比市里的工厂高。哪像我当铁道兵的时候,也是跟你们差不多年纪,就去天南海北闯荡了。戈壁滩、大沙漠,穷山恶水我经历得多啦,你们看我现在不是好好的吗?"

"对了,有谁会唱《铁道兵之歌》吗? 我来带个头,大家跟我一起唱吧,预备——起!"罗副主任扯开嗓子吼起来:

背上了行装扛起了枪,
雄壮的队伍浩浩荡荡。
同志呀,你要问我到哪里去呀,
我们要到祖国最需要的地方。

离别了天山千里雪,
但见那东海呀万顷浪。
才听塞外牛羊叫,
又闻江南稻花香。
同志们迈开大步,朝前走呀,
铁道兵战士志在四方……

这首歌当时很流行,所以会唱的人应该不少。可是应者却寥寥无几。一是大家的心境和罗副主任不同,二是罗副主任虽然激情洋溢,唱歌水平却不怎么样,节奏让人难以跟上。而且他那音调不准,还带点明显的乡音。然而他自己又投入当年的青春激情中去了,不管不顾地挥着双手,还不时甩一甩头,或者伸手捋一把浓密的头发,一口气唱到了底。

许多人因此窃笑,许硕却深受感染。他觉得罗副主任虽然看上去有四十多岁了,但精神头仍然很足。为人也让他感到真实、自然,还有一股子明显的敬业精神,时时焕发出让自己陌生却很欣赏的力量。一股莫名的情感像火一样燃烧着他的全身,所以当罗副主任又鼓动大家唱歌的时候,他冲动地看向沈俊杰,沈俊杰面无表情地看着他。他征询地说:"我们也来唱几句吧?"

沈俊杰却摇摇头,健壮的身子弯曲着往后缩,却把许硕往人前推:"我是不会唱歌的。不过,这里都是自己人,你想唱就大胆唱好了。"

许硕稍稍迟疑一会儿,抬眼望着茫茫飞雪中越发逼近眼前的群山和满山积满白雪的树林,声音颤抖地吼了一嗓子:

望飞雪,漫天舞,
巍巍丛山披银装,好一派北国风光……

好,唱得好!老罗见有人应和,异常兴奋地挤到许硕身边,使劲在他肩膀上拍了一下,随即也亮开了嗓子:

山河壮丽万千气象,怎容忍虎去狼来再受创伤。
党中央指引着前进方向,革命的烈焰势不可当……

这一来,好些个会唱的同学也跟着唱起来。

唱着唱着,一阵温暖的战栗掠过许硕全身,他忽然也有了想哭的感觉。他竭力忍着不让泪水溢出来,下意识地把头扭向身边,恰好又碰见那个漂亮迷人的女生投向他的目光。

那天的好长时间里,许硕心里一直回味着那道令他陶醉的目光。他觉得,那是个赞赏的目光。

政治处副主任老罗显然也就此记住并很欣赏许硕。在后来的岁月里,他经常关照鼓励许硕,成全了他不少好事,令许硕感激不尽。只是老罗初期相识许硕时,对他的印象却是一般。甚至,一度还给他起过一个绰号:罗三点。因为他们这批人刚到矿上时,集中培训教育了一个星期。这期间罗副主任给他们上过几堂思想政治课。遗憾的是,罗副主任讲课就没有他唱歌那么有感染力了。内容多是老生常谈倒也正常,他还有个习惯,一上来先要咳嗽几声,然后来几句开场白,接着便说"这个问题我准备讲三点"。而开始讲第一点的时候,他又说"这一点里我要讲三点"。可这三点里又套着个小三点。只是他讲着讲着,可能情绪又像他唱歌时那样,慷慨奔放起来,所以直到演讲结束,他还在"第一点"里滔滔不绝着。后面的第二点、第三点却"神龙见首不见尾",悄悄消失了。

第二章

枝叶繁茂的栗树林间,平坡上兀立着一根光秃秃的水泥电杆。这是电工班专门让几个学徒练习登高而竖的。

许硕大步走向它,从肩上解下一块登高板,依照反复记熟了的要领,将它的绳扣绕着电杆转过来,搭进登高板的铁钩中,使劲拉紧。然后左手撑住踏脚板,右手抓紧铁钩下的绳索一跃而上。当他用右腿别住登高板的绳索,让自己站稳身子,并取下肩头另一块登高板,继续向上扣去时,不由得惊叫起来:自己站着的登高板竟哧溜着在往下滑,怎么也收不紧。他赶紧抱紧电杆,狼狈地滑到了地下。接着又尝试了几下,居然又一次次滑落下来。

许硕沮丧地喘着粗气,想不通这是怎么回事。自己的动作完全符合要领呀,这几天也练习过好些次了。他下意识地向杆顶望去,更加怪异的事情发生了:眼前这根没有生命的电杆,竟然正在缓缓升高,而且越升越高,简直就要插入云端里了。一缕缕游云像白纱巾一样缭绕在它的腰间,杆顶已插进厚厚的云层中去了!而一股执拗不屈的豪气,突然从许硕心底腾涌上来,恐惧也消失得无影无踪。他索性扔下手中的登高板,双手抱住电杆,双脚蹬着杆身,居然就像只灵活的猴子一样,噌噌地爬上了杆顶——不,应该说是飞上了杆顶。而且,他又毫无依凭地在仅够他立足的杆顶上高高地站了起来。电杆仍在悠悠地升向更高的空中,疾风和飞沙越发劲猛地扑打着他,像砂纸一样磨得他脸庞生疼。但他依然纹丝不动,也毫无畏惧,兴奋地张开双臂,做出金鸡独立的姿势,向着脚下变得分外矮小的山峰和树林,向着附近已然像一堆长积木一样细弱矮小的井架,嗨嗨地狂喊起来。声音响若雷鸣,在他脚下的山谷和大湖上回响着……

就在这时,他的身子一晃,尽管拼命挣扎着,还是失去了平衡,竟然一头从云端栽落下来……

好在他很快就明白了,刚才的一切不过是南柯一梦。但他的心仍然狂跳了好一会,摸摸额头,也满是黏黏的汗水。妈呀!怎么做了这么个倒头的怪梦。他庆幸地喃喃着,睁大眼睛向宿舍里看了一圈,同舍的人都还在呼呼大睡。而身后的窗户上,已透进淡淡的晨光。啾啾叽叽的鸟鸣又像平日里一样,早早地喧哗起来——刚来时,他还有些讨厌这些每天都不期而至的噪声,扰得自己总是会早早醒来。现在却觉得这山乡里特有的鸟鸣,其实是一曲城里人难以欣赏到的世外佳音。

现在他愣愣地听着那佳音,心情却又沉重起来。

日有所思,夜有所梦。他很清楚,自己的那个怪梦并非空穴来风,而和他近来的境况有关。

开始矿上的新生活以后,许硕一度心旷神怡。情况出乎来时的意料,他和大多数同行者一样,都被分配在地面上工作。除了临时的特别需要,他们不仅不用下井挖煤,大都还在机电连当学徒——据说是为了强化管理,蠢山煤矿参照部队编制。矿部及其相关机构为团部,下属机构则分别为营、连、排、班。许硕所在的机电连则相当于一般工厂的车间,主要是负责全矿地面上的机电安装和维修工作。井下的机电安装和维修,另属采煤的营连。只是他们在忙不过来时,会请地面技工下井支援。

机电连工种相当齐全,设备也新。车钳刨、电锻焊,几乎应有尽有。许硕分在电工班,这让他一度心满意足地享受了许多别的同伴们艳羡的目光。技术含量高不说,劳保待遇也好。他穿上一身簇新的工作服,足蹬电工专有的黄绿色半高腰绝缘球鞋,腰间还扎着配发的宽宽的牛皮带,皮带上拴着个五个孔的工具钳套,钳套里长长短短别着大小起子、铁扳手、老虎钳和锋利的电工刀。穿起来像家什兵器一样在屁股后甩搭甩搭着,走出去引人注目,总让他感到自豪。不知不觉步伐也分外轻快,身子还故意一颠一颠的。晴天时,阳光那么鲜亮,照得四野里嫣红的桃花、娇黄的菜花分外精神。阴雨时,也有沁心的芳香充满鼻息,还有山涧里哗哗的流水声一路追着他欢喧。这样的生活大大超出了先前的想象。既得若此,夫复何言!

有道是"学会车钳刨,走遍天下都不怕"。而学会电工技术呢,至少在矿上人心目中,比另外那些技工更多一层光环。问题是,对于许硕来说,这碗饭并不好吃。几个月以后,他便生出一种灰心丧气的感觉。因为他渐渐怀疑自己不是学成一名技术高明的电工的好料。首先在体能上,他比同班另几个学徒都要逊色。按说一米七二的个子,在同龄人中也偏中上了。但他从小就偏瘦,也不像沈俊杰那样喜欢锻炼身体。过去他并不在意这个,总觉得脑袋行比什么都强。现在照照镜子,忽然意识到自己的脑袋倒不算小,只是两颊凹陷,面色也黄巴巴的,少了些血色。至于胳膊,他暗中捏紧拳头,屈起上臂,发现自己的肱二头肌几乎没有,简直一巴掌就能把上臂握过来。这倒问题不大,自己还年轻,赶紧向沈俊杰看齐还来得及。所以他天天下班后和上班前,都要把沈俊杰借他的拉力器反复拉伸。尽管上班已经累得浑身酸痛,但每天临睡前不再撑上一组俯卧撑,就觉得心里缺了些什么。

就是这样,远水也解不了近渴。煤矿区域大,几对矿井分布又广,因此地面电工常规的工作,除了维修电路和设备故障外,还经常要到野外钻树林、挖土坑、竖电杆、拉线穿山、铺设电缆、拆装沉重的变压器等,劳动强度之大,是许硕之前没料到的。而具体的技术方面,拦路虎之多,也让许硕初来时的雄心壮志日渐萎靡。因此他每天一得空,就翻阅发给学徒的《电学原理》和《电工技术入门》。要命的是他看这类书,完全找不到从小喜欢阅读文学书籍的那般感觉,尤其是那些蛛网般密集的电路图,简直让他眼花缭乱,怎么看都不得要领。这主要是他毫无基础,名义上的初中毕业生,因为时局原因,他仅仅在小学正规上了六年课,初中时间大多在家待着,课业几乎是空白。

数理化一窍不通也罢了,他明显感觉到自己的头脑似乎天生对这方面知识是绝缘的,工余看业务书倍觉吃力。咬紧牙关硬啃,却几乎就像水过地皮湿,当时似乎有些明白,第二天再看,又两眼干瞪,不得不重新看过。起先他还经常请教同班的工友,可是几次下来,发现这更让自己泄气。一是他们渐渐不耐烦,还常拿一种同情、嘲弄的目光瞟着他。二是他恍然悟到一个浅显又明白的道理:"同行是冤家"。虽然实际上没有那么夸张,但同来的几个学徒间,几乎从一开始就形成一种明里暗里的竞争关系。大家都想逞个能,都想盖过别人一头。尤其是学徒们的师傅间,如果关系不太和谐的话,学徒们也仿佛有责任帮师傅出头一样,有时简直是拼了命地在暗中较劲。而这种较劲的结果,常常让许硕心有余而力不足,因而觉得灰头土脸,甚至都不敢多看自己师傅一眼。所幸他的师傅是个好脾气的吴东人,这位霍师傅虽然是市供电局派来临时支援煤矿建设的,但工作兢兢业业,对徒弟也是倾心相助,你问他什么都笑眯眯地耐心解答,还经常叫他注意身体,不要太劳累了。而他越是这样,许硕就越是惭愧不安,觉得自己太对不起师傅了。

有一回,他们施工时需用大铁锤向土层中打许多钢钎。这种简单的体力活,自然也就落在他们三个学徒身上。许硕不甘示弱,每轮到他,总使出吃奶的力气,至少要把十八磅大铁锤连抡它十五次以上。可是他很快发现,另两个学徒根本就没把他算在其中,他们俩每一轮少说要抡二十锤以上。你方突破二十次,我便来它个二十五次。他们的师傅和工友们在边上叫好,许硕则无奈地回避着自己师傅的目光,怎么也抡不到二十次。下班后只觉得两条胳膊肿胀得不属于自己,上床还要用两只手帮忙,把疼痛的双腿搬上床铺,腰也快断了。那些天睡觉时,翻身都成了一种折磨,浑身上下动哪儿哪儿疼。更要命的是,许硕在心里还时不时冒出莫名的忧虑:将来的日子还长着呢,我就这么一辈子跟在人家屁股后面吗?

不久后,让许硕头痛而且还暗暗胆寒的事又来了:电工班开始教三个学徒爬电杆了。这又是他从来没有料到的。他从小就有点恐高,前一阵随师傅去发电机房装几只探照灯;那房顶那么高,一架最高的十九档竹梯架上去,才勉强够得着。可那竹梯子一高,人站上去就感觉悠悠乎乎,他爬到半道就大喘起来,不是累,而是惊慌。他暗暗往下一看,两条腿更是瑟瑟发软。他双手紧紧把住梯档,唯恐不小心掉下去。这要是爬到顶端上,腾不出手来还怎么干活呀?而且,一不小心,说不定真会掉下来呢。迟疑之际,师傅在下面叫他下来。他还想再试试,可是刚一抬脚,心潮又狂奔起来,只好满面羞惭地换师傅上去。师傅一句也没责怪他,只不过也没有安慰他,而是大步蹬蹬地一转眼就爬到了上面。那动作麻利又自如。到了梯顶上,他一只脚站稳在上档梯阶,另一条小腿则钩别住下档梯阶,两只手完全放开干活,咯吱咯吱地往顶板上拧螺丝。等师傅干完活下来,许硕的脸还涨得通红。刚想说什么,霍师傅摆摆手说:"有空的时候,找架矮梯子,多练练就好了……"

可是新的考验接踵而来。如果说爬梯子危险,爬这光秃秃无凭无依又高得多的电线杆,岂不是更危险吗?更要命的是,他发现那两个学徒工友并无惧色,一个个摩拳擦掌的,好像早就期待着这一刻了。虽然真正练习起来,他们也有些发怵,却一声不吭地反复爬。几天下来,虽然动作仍然迟缓,却都能爬上杆顶,得意扬扬地看着他,哇哇地欢呼。许硕暗暗叫苦,但也下决心,在这个环节上绝不能再示弱。哪怕掉下来摔死了,也绝不能在他们面前露怯。可是想归想,做起来,心中那个不知从哪里跑出来的邪魔,又在不停地嘀咕开了,闹得他手脚僵硬,心乱如麻,明摆着又要落在人后了。

实际上,爬电杆真要练就过硬的技术和心理素质。因为在爬高的过程中,是没有任何防护的。必须爬到杆顶后,才能扣上安全带,开始工作。这样,一旦干活时,反倒是相对安全了。可那爬的过程,靠的仅仅是两块登高板。那一块登高板约莫50厘米长,两端固定了两根1米多长、比拇指粗些的绳索,汇到一只粗铁钩上。爬的时候,一手握住铁钩,围着杆身转过来,把连接着登高板的两根绳索套进铁钩里,然后拉紧铁钩下部那两股绳索,将身体牵引上去。双脚站定在绳扣拴着的登高板上,再往上打另一块登高板的绳扣。打好后站上去,一手继续拉住这块板的绳索,身了则要弯下去,用另一只手将下面的登高板绳索抖出铁钩,把它拉上来,再往上扣。这样轮番上行,直到杆顶。

说起来,这要领并不难掌握,开始爬的时候,许硕也不觉得太可怕,问题就在身子离地、越来越高的时候,此时如果胆怯起来,两条腿就又不听使唤地哆嗦——许硕一面竭力保持镇静,反复提醒自己做好每一个步骤,一面拼命安慰自己,别往下面看,大不了就抱住杆子滑下去,这样想心情稍稍安定一些。可谁能做到完全不往下面看呢,尤其当师傅大声提醒注意动作要领时,他满脑门的汗就不争气地流下来,刺激得眼睛都要睁不开了。

又得感谢自己的师傅,他很快意识到许硕的问题所在,在他又一次在半途上停下来喘息的时候,师傅果断喝令他下来。把他单独领到另一根杆子前,要他回避别人的注视,也不去管别人怎么爬,集中精力练习自己的。并反复讲解,反复鼓励他,还让他只能爬上几步,在不到三分之一的时候就下来,这样每天反复练习,直到心态比较平稳后才再爬高一点,适应后,再往杆顶爬。师傅还告诉他一个要点,不管是爬高梯还是爬电杆,都要把注意力和重心集中在两腿上。上到梯顶或杆顶时,更要牢记用小腿别住下档梯阶或登高板的绳索上,这样才能保持身体平衡,腾出双手来干活……

这些办法对许硕很管用,而他本身也是个要强的人。他在感念之余,也琢磨出克服心理障碍的方法,并最终克服了这一障碍。但这是后话了。开始的那几天,他又累又恨,对自己失望到了极点。像电工这种工种,因为技术难度大,学徒期就要三年。出师后若不出意外或发生重大变化,一辈子就要从事这个职业了。一辈子都要爬高下低,还要面对不断更新的技术上的难题。而自己一开始就这么不争气,将来的路还怎么走?

那天下班后,他去食堂吃晚饭,端碗的时候,手好像生了什么病一样不停地抖,胳膊酸软得连筷子也抓不稳。出食堂的时候,他无意间又看见班里另外两个师兄弟,兴高采烈、边议论边比画地走在前面。他马上停住脚步,等他们走远了才垂着头慢慢往宿舍去。此时暮色四合,山影暗淡,只有西天的云彩还透着微微的紫红,那是太阳刚刚落山的余光所致。这景致明明很美,但在此时的许硕眼里,却感觉是一种悲凉。他拖着沉重的脚步,心境也像天色一样越来越灰暗。而一个令他感到吃惊的意念,也不期而至地浮上心头:要不,我就说身体不好,向连里要求换个工种吧?比如当个成天稳稳当当地站在机床前的车工,或者技术不太难,也无须啃什么原理、线路图的焊工什么的,不一样是技工,不一样能拿相同的工资吗?

这么一想,他蓦然兴奋起来,仿佛发现一条光明大道,立刻加快了步伐,真想要马上到连长宿舍去提这个要求。可是没走几步,他的心又像是被谁狠狠捏了一把,一个激灵刹住了脚步——我在想什么?他恨恨地骂了自己一句:我什么时候变成这么个软弱无能的草包啦?来之前的雄心壮志,刚当上电工的志得意满,才碰上点麻烦就跑得无影无踪了吗?还换工种,亏你想得出这种好主意,这是简单的换个工种的问题吗?这和战场上临阵脱逃的懦夫、胆小鬼有什么两样?真那样的话,师兄弟会怎么看我?那么宽厚大度帮助我的师傅会怎么看我?那些曾经羡慕我的同来者、家人,还有那些昔日同学好友,又会怎么看我?

这么一想,他下意识地抬起手来,向自己脸上抽了一巴掌,同时身子一扭,拐进路边的杨梅林里。林间有一条哗哗作响的小山涧,他在涧边一块石岩上坐了下来,呆呆望着水面上漂浮而过的残叶,和一片片凋落的花瓣,又大声地责问自己:许硕啊许硕,你想当这些没用的落叶和残花吗？可是你才多大？还远远没有开花结果吧？居然就想和这些没法主宰自己命运的残花败叶一样，自暴自弃了吗？

耳边传来嚓嚓的脚步声。他扭头向林中一看，上面不远处的坡道上，有几个山民挑着沉重的担子，步伐矫健地穿行而去。许硕不禁摸了摸自己的大腿，肌肉依旧酸疼不已。但他心里亮了起来：这些人，这些从小就背负着沉重担子，在崎岖坎坷的山路上终日奔忙的山里人，天生就这么能挑善跑吗？不会的！无非是为了活命，为了吃饭，不得不咬紧牙关去挑、去跑、去承受他们无可逃避的命运。我呢？如果根本没有换工种的可能，如果领导不同意我换工种，又该如何是好？

他猛地跳起来，使劲敲打着酸疼的双臂和腰背，转身就向车间里跑。他要去拿登高板，他要趁着夜色笨鸟先飞。不仅今天这样，以后每天吃过晚饭后，都要独自到杆子上去练胆。因为他刚刚想到一个办法，觉得天黑后，自己会因为看不清下面，也会因为不用顾虑别人的嘲笑而放松一些。

或许这办法真的符合某种心理规律，抑或只对他有效，一个多星期下来，他渐渐能够比较自如而顺利地爬到杆顶了。再后来，不仅爬高如此，各方面的技能也都逐渐提高了——两年后，电工班接到矿上要他们配合吴东市供电局，对翻山跨湖为煤矿输电的三万五千伏高压输电铁塔进行维护。这虽然不属于他们的常规业务，电工班除了一个当过高压电工的师傅外，谁也没有爬过铁塔。但他们个个都安全而出色地完成了自己的任务。其中就有许硕。虽然动作慢些，虽然在攀爬过程中又频频发怵，但他还是和别人一样，咬紧牙关，徒手攀着高压铁塔上冰凉宽厚的横档，一步步、一点点地爬上了几十米高的铁塔顶部。这是他这辈子除了爬山、坐电梯之外从来没有达到过的高度。拴上安全带之后,许硕心情欢畅地放眼四望,感觉自己似乎就站在云彩之间了。脚下那从地面看去烟波浩渺的海湖,现在看下去异常温顺而平伏。海湖上那些缓缓行驶的船只,真的就像小学时做作文写的那样,变成了积木盒子。远处那向来起伏而高傲的群山,也真的就是"一览众山小"了。

那一刻,许硕真可谓心满意足而又感慨万千。他觉得自己突然之间成熟了许多,同时,又有许多从未有过的,对自身命运和人类生存相关的感悟,在心底翻腾开来。

因为他记忆的春风里,又飘旋出一只滴溜溜打转的皮囊。是那种橄榄状尖尖的、以一根根细亮的长丝悠悠地悬挂在杨树或柳树上、终生躲藏在叶子和细丝粘织成坚韧如皮的小巢里,自以为聪明的小虫。许硕至今不知道它的学名是什么,打小只管它叫皮虫。

皮虫乌溜溜肥、嘟嘟的,个头、长相酷似蚕虫,习性也有许多相似处,也能吐丝,也以树叶为食。所不同的是它终其一生都蜗牛般严严实实地躲藏在那只黑褐色的皮囊里,附着它啃食树叶,吃饱了就将自己用那根韧细的长丝悬吊在树枝上,优哉游哉地睡大觉,殊不知这恰恰是它最薄弱之处。风骤起、雨大作时,那细细的丝缕如何能维系它的小命?更不用说人的侵害了。如果它在树上或许还不易碰到,但它悬在半空里,人手一揽,就将它捉住了。再一挤,一个个皮虫便无可奈何地露出头来,成了人所蓄养的鸡鸭的美食。少时家贫,许硕家养了几只鸡鸭。课余他总拿个铁桶,四处采皮虫剥了喂鸡。那时并没什么特别的联想。大了,工作了,遇到什么事情了,或又看见它了,那探头缩脑的皮虫,尤其是那根细长发亮的命运之丝,便时不时地会在他脑海中闪烁几下。而今天,置身这几十米高的铁塔之上想到它,许硕尤觉这小虫怪倒霉,也蠢;将自己的命运系于一根游丝上,如何经得起风雨飘摇?再想想,却又觉得这不过是它们注定了的生存方式,很自然,也必有其优长。而且,它们的命运极富象征意味。大千世界,无数生命,式式类类,形形色色,包括我们人类,总体来看,都在竭尽所能世世代代地生生息息。但具体看,哪一个个体的命运不因了种种错综复杂、变幻莫测的因素而像皮虫一样,安危悬于一丝?区别的仅是那根细丝有形或无形罢了。风和日丽之际,我们岂不也在优哉游哉?疾风骤雨乍来,我们岂非也面临过种种危厄?战乱、病痛、天灾人祸等种种不测,岂不也像一只只看不见的手,随时随地可能将我们的命运之丝一揽而断?

如今自己当电工,常年在高高低低的电杆,包括今天这几十米高的铁塔上爬上爬下,也像一条皮虫呢。危险并不仅仅在于爬高,还在于那无情的电流——许硕油然记起,不久前一次六千六百伏线路检修中的可怕瞬间。他受命更换变电所前一根电杆上的瓷瓶。早晨八点半,他接到这条线已经停电,可以上杆操作的通知,便开始蹬杆。当他爬到距高压线伸手可及之处时,觉得登高板绳扣有些松,就停下来检查了一下。就是这鬼使神差的短暂停顿,使他幸免于难——别!别动!一个因恐惧而失真的尖叫拉住了他——原来刚才停的是别的路线,这条路线要到八点四十五分才停!幸亏有人及时发现这一失误,冲出变电所来喝止。否则再迟两秒,只要他一伸手,六千六百伏电源足以将他在刹那间烧成焦炭,从天飞落!

那一刻他真是惊恐万状,又一次生出想要摆脱这个工作的冲动。

但再想想,即使不做电工,许硕也觉得自己并不会特别安全。相对于浩渺人世中的庞大、繁复、玄奥、矛盾,每一个个体的意识和力量实在是太微乎其微了。虽然大多数时候,人们总能因有意无意的某种必然(有时亦属偶然)而免于不幸,但意外的叵测性及其后果的严重性,仍不免让人在事后大大地出上一把冷汗。有一回,许硕与工友谈笑风生于环山公路上时,骤然间被一声巨响震呆了——他们运材料的小货车,与一辆高速交会的运煤卡车相擦。卡车扬长而去,他们的司机座左侧后视镜被卡车撞断又打在玻璃上,碎片迸满车中,司机头面、左臂鲜血直流……而如果会车时两车再近那么一两厘米,想必许硕他们都要呜呼哀哉了。

望着司机和同车工友在阳光下那勉强挤出分外惨淡的笑容,许硕木愣了好一会,脑海中只有"差一点"三个字,风中皮虫般反反复复地盘旋、颤抖。

仅从安全这个层面上看,一岁和一百岁是没有任何差异的。生命之丝维系了一百年者只能说是幸运些,绝不能说是更安全些。相反,倒说明了他经历过比别人多得多的危机,付出过更优、更多的心智和体能。即便如他们幸免于难的会车危机,看似偶然,实际上主要还是两车呼啸相交的一瞬间,司机的经验和意志赢得了可贵的两三厘米间距。

当然,相对于客观矛盾和危机的错综复杂,个人的心力和体力都显得软弱不堪。这就是为什么许多人会感到难以把握、左右自己命运和安危,并将之归结为宿命的原因之一。你碰上不幸是命,逃脱不幸也是命。这无疑是人类一个最富想象力同时也可说是最省事的大发明。但许硕不这么看。而且,他在铁塔上也突然意识到:人的命运在某种层面上看,是有些类似于皮虫。但是,人毕竟不是皮虫。人与一切其他动物的最根本区别,在于人是一个具有主观能动性和创造性思维的高级动物。因此,在维护自身及种族之生存、发展的斗争中,大多数的人可以算得上一个了不起的英雄!

古往今来,关于英雄的定义何止千种百种,但无论如何,提起"英雄",人们的脑海中油然浮起的总是一个叱咤风云的伟岸形象。这没错。然而,想到人生中有那么多的战争、疾病和种种飞来横祸,想到一个人从出生那天起直到死亡所必不可免地经历过、抗御过的种种艰难险阻,毫不夸张地说,每一个人每一秒钟都面临着生命的考验,每一分钟都在自觉不自觉地与形形色色的磨难、矛盾甚至死神搏斗。(或许此刻就有一个刚才还活蹦乱跳的人不幸命丧轮下)许硕因此而深深地慨叹起来:生命是伟大而无与伦比的,生存本身就是一部值得大书特书的诗篇!除去那些人类的公敌和丧失起码人伦的苟活者,每一个尚存一息的人,毫无疑问也是一个英雄、一个生的勇士——活着,本身便是一首凯歌!

从这个意义上看,许硕觉得自己也算得上英雄呢……

——今夜,就因为这一阵苦练登高的心思过于专注,自信也有所强化吧,结果就做了那个飞跃杆顶、金鸡独立的"春秋大梦"……

许硕醒来后,看看时间还早,便闭上眼睛,想再睡上一会,可是倦意已无法再次聚拢。而且,昨天临睡前困扰了他好久的那个电工定则,又在脑海里翻腾。他索性摸过枕边的《电学原理》,翻到昨晚看的地方,又琢磨起来。

从小到大,许硕从来没有觉得自己是个蠢笨的人。相反,他对自己的头脑相当自豪。小学六年中,他的成绩一直是班上的前一两名。尤其是语文,因为读了很多课外书吧,他对课文几乎可以做到无师自通。他的作文经常作为范例被老师在课堂上朗读。那些新课文、新词语,他也不用费多大力气。课上大约翻看一下,老师没讲完,他就基本都掌握了。有一回老师讲新课,提问同学们,"果然"这个词,谁能解释一下是什么意思。许硕马上高高地举起了手。可是偷眼看看,再也没有别的同学举手,老师显然生气了。她偏不叫许硕回答,而是一连指着好几个同学,叫他们站起来解释。被点到的同学一个个哭丧着脸,要么埋下头一声不吭,要么支支吾吾地不知所云。老师紧皱眉头,点名叫班长、少先队中队长陈蓉回答:"你给他们说说吧,'果然'是什么意思?"

没想到陈蓉脸涨得通红,迟疑地站起来,几乎要哭出来似的说:"我觉得"果然"的意思就是……我觉得应该是……"

"应该是'真的'的意思。就是说,结果和想象的情况一样的意思。"

——再也按捺不住得意的许硕,忍不住就插了一嘴。话音未落,却被老师厉声喝止了,随即她又用教鞭重重地抽了下桌子道:"听听,听听人家是怎么回答的?再看看你们,同样都是我的学生,为什么只有许硕一个人答得上来?"

想到这里,许硕哑然笑起来,但转眼又收住了得意。眼前的书页上,仿佛正写着一句针对他的话:真不知道你这种脑壳子,还来当什么电工!

他使劲揉了几下眼睛,重新来看书上的内容。上面明明白白印着的是:

> 判断安培力的左手定则:伸开左手,使拇指与其余四个手指垂直,并且都与手掌在同一平面内;让磁感线从掌心进入,

并使四指指向电流的方向。这时拇指所指的方向,就是通电导线在磁场中所受安培力的方向。这就是判定通电导体在磁场中受力方向的左手定则。

唉,许硕闭上眼睛思索了好一会,又瞪大双眼仔细看了一遍定则,仍然感到脑子里一片混沌,不禁恨恨地骂出声来:"这种玄虚抽象的理论,纯粹是吃饱了没事干的产物,它到底有什么实际意义,偏要我们这种爬杆子、拧螺丝的人来学?我要知道什么安培力的方向有什么用?"

你叫什么?大清早的——声音来自许硕左侧上铺,沈俊杰睡在那里。他和许硕一样分配在机电连,并且也同住在八人间的宿舍里,俩人一左一右,都住在上铺,图的是稍许独立些,只不过沈俊杰学的是钳工。现在他被许硕吵醒了,便支起上身向许硕发问。许硕恼怒地拍了下手中的书说:"还不是倒霉的电学!很多东西虚头巴脑的,实在搞不懂它。"

沈俊杰嘿嘿一乐,说:"搞不懂你就不搞好了,何必废寝忘食地跟基础理论较劲,反正它又不影响你学装电灯、修马达。"

话虽这么说,沈俊杰还是爬下床来,凑到许硕身边,顺着许硕手指的地方,把"左手定则"认真看了两遍,又伸出左手,按照书上的说法竖起拇指,歪着头琢磨了一会说:"这其实也不难呀——你看,你只要发挥一下想象力就行了。假如现在有一股你看不见的磁力线,穿过你的手掌,那么,你并拢的四个手指所指的方向,就是电流运行的方向。而你竖起来的拇指,代表的就是安培力流动的方向……"

许硕吃惊地看着沈俊杰说:"你这家伙……以前你学过这

东西?"

"没有。我还不是和你一样的睁眼瞎。"

"那你的脑子比我厉害得太多啦,就这么看一会就明白了!"

沈俊杰脸上掠过一丝得意的表情,但话说得很谦虚:"哪里的话?要说你我有什么不同,顶多就是大脑的思维结构有所差异。有的人天生抽象思维强些,有些人则形象思维强些。况且这么个小问题,根本看不出我们有什么高低之分。"

"不,不,从一认识你,我就感觉出来了,许多方面你都比我强,书也读得比我高深得多。"

沈俊杰挥挥手,转身爬回自己铺上,坐定了又对许硕说:"这又有个兴趣的问题了。你还读过那么多我没读过的文学书呢——所谓人各有志嘛。你听过郑板桥学练字的传说吗?"

"没有。"许硕饶有兴趣地催沈俊杰告诉自己是怎么回事。

"说是郑板桥当年练字时,和你差不多,非常用功。早也写晚也写,还反复揣摩名家的技法。有天夜里在被窝里,又不由自主地用手指在老婆背上画来画去。老婆推开他说:'你有你体,我有我体,你干吗老在我身上画呀?'郑板桥顿时就像受了禅师的棒喝一样,当下开悟。从此他不再向外寻求,而是专心发扬自己的长处,形成独特的风格而自成一家。实在说你一句吧,根据我的观察,你的聪明和才智,绝不在我之下。只不过命运没给你选择的机会,而是让你早早离开课堂,当了个煤矿里的小电工。换了我,发现自己的天赋和兴趣不在这里,才不把精力消耗在这上面呢。大体学点足以应付日常工作的技能就行了。"

许硕的脑子像被他抽了一鞭,眼前唰地大亮,简直有醍醐灌顶之感。他不禁坐直身体,仿佛不认识似的怔怔地望了沈俊杰好一会,越发感到沈俊杰的头脑不简单,他那些道理别说自己说不出来,想也没想过呢。但他仍然有些接受不了,便说:"你的话听着很有道理,可是,人怎么能和自己的命运抗衡呢?何况不管怎么说,我们的现状就是这样了,不能依据自己的兴趣选择工作,就只能是既来之则安之,尽力把技术学到最好。而且,不是还有一句话叫干一行爱一行吗?"

"这话是不错。可是,你真的爱这一行吗?况且,现在我们才多大?社会又每天都在发展着,社会分工、职业选择肯定会越来越多样,凭什么就以为我们只能干这一行,爱这一行?"

这倒也是啊……许硕不由得陷入了沉思。

他又想起沈俊杰刚来时做出的那个惊人举动。那时,他只感到沈俊杰太过荒莽,也太鲁莽,现在却觉得有点理解他了。

那是他们刚到矿上,集体报到时的事情。由于当时还没分配工种和宿舍,所有人都被临时安置在矿中的两间大教室里住。第一晚还是大雪纷飞,天气又冷又湿。只有室内房顶上两盏荧光惨淡的日光灯陪着他们。都是初来乍到的,环境又不理想,昏暗的光线更加重了大家的忧伤感。而男生住的那间教室,又破了几块窗玻璃,不少人盖上被褥,把所有外衣都压在上面,还觉得寒气袭人。更绝的是,他们一觉醒来,铺位靠窗的人,竟发现被褥上飘落了好些雪花。这样的境况,又加上对工作安排还没有底,大家的心情可想而知。

偏偏有人还发现一个奇怪的现象——沈俊杰床上的被褥乱摊着,他的人却不见了。有人以为他一大早到外面看雪景去了。可是等大家都从食堂吃过早饭回来了,还是没有发现沈俊杰的踪影。有人开玩笑地说:"这山里不会有野狼吧,把这家伙给吃掉了。"

刚刚过来看大家的政治处罗副主任,却一眼看出了问题的究竟。他到沈俊杰床上床下翻看了一会,肯定地说:"不用瞎猜了。除了被褥、脸盆,他的其他随身物品都不在。这个人,分明是当逃兵了!可是,他是逃不了的。除非他一辈子不想有正当职业了,否则,从哪里走的,还得给我乖乖地回到哪里……"

没错,他说这话的时候,沈俊杰已经坐在驶向吴东市的客轮上了。

沈俊杰想要逃回去的念头,在驶往矿区的卡车上就冒出来了。煤矿草创没几年,各方面条件都还不完备,到现在还没有一辆接送人的客车。从码头到矿上十来里路,都是用运煤的解放牌大卡车接送。平时还好,这飞雪漫天的寒冬里,站在没有篷盖的卡车上吃冷风,谁也受不了。可有什么办法呢?五十来个人带着他们的行李,满满地挤在两辆卡车上,车一动就都大呼小叫喊起冷来。那种冷,是他们谁也没有经历过的。寒风当头猛袭,大家缩着脖子,用围巾、外套裹住脑袋,感觉仍好像披了层纸一样,前胸后背都冰冻了。积雪的土路还坑坑洼洼,卡车一路都像在积雪上跳舞,颠簸得车上人一会儿倒向东,一会儿倒向西。许多人脸上都糊满泪水,不知道是被风吹的,还是因为失望、懊悔而忧伤畏惧所致。

矿上的教室里虽然也冷,但比起卡车上还是天上地下。大家都奔波了一天,晚饭后在矿上周围草草逛了一下就早早地上了床。裹着被子,身上和心上都感觉好一些,于是叽叽咕咕一阵后,便都进入了梦乡。

沈俊杰毫无睡意,两股子念头在他心中反复较量着。他在黑暗中瞪大双眼,久久地望一会漆黑的室内,又望望窗外隐约可见的梅林。它们的枝叶和花骨朵上都裹满了白雪,像伸着枯爪的鬼魅一样,在风中摇曳,还不怀好意地贴近窗户边,冲着他狞笑。远一些的山影也都覆盖着厚厚的白雪,幽幽地泛着让他不寒而栗的寒光。辗转反复之间,他的心里更加七上八下。逃离的念头不仅又冒了出来,而且渐渐化成了具体的构想:不错,回到市里,我等于放弃了这个许多人看重的国企"铁饭碗"。但我志不在此,更不愿为了一个饭碗而虚耗宝贵的一生。如果长期窝在这闭塞的山里,守着这个比温饱好不了多少的饭碗,我的人生还有多大意思?而回到吴东市里,工作虽然没有了,但我的志向有更大的伸展机会……

至于今后的吃饭问题,沈俊杰也不是全无考虑。他觉得自己还很年轻,也有一身力气,随便找个临时工混点饭钱总是可以的。顶不济,父母都有工作,他们养自己几年应该不费事。而哥哥也在市搪瓷厂当工段长,通过他到搪瓷厂当临时工也不是不可能。当然,他最希望的是父亲能帮他在图书馆找个勤杂工的差事做。帮他们搬搬书籍,整整书架或贴贴标签什么的,多少会有些收入。然后,自己可以埋头自学。图书馆里开放的书籍越来越多,人头混熟了,还有可能看到库里许多禁书——这对于读不上高中、大学的自己来说,是多么理想而适宜的进修环境啊。马克思为写作《资本论》,孜孜不倦地在大英图书馆和博物馆里泡了几十年。为了无产阶级的革命事业,即使是在最恶劣的环境中,他仍然通宵达旦、夜以继日地从事研究和写作。当《资本论》第一卷交稿付印后,马克思在给朋友的信中说:"我为什么不给您回信呢?因为我一直在坟墓的边缘徘徊。因此,我不得不利用我还能工作的每时每刻来完成我的著作。为了它,我已经牺牲了我的健康、幸福和家庭。我希望,这样解释就够了。"那时候,伟大的马克思何曾考虑过什么铁饭碗、泥饭碗的问题呢?这就是鸿鹄和燕雀的区别,这就是伟人与凡夫俗子的差异……

　　这么一想,沈俊杰热血沸腾,浑身寒意都烟消云散,恨不得生出双翅,即刻飞越海湖,返回吴东。但他没有盲动,以免惊动同舍的人,而是耐心等到后半夜,窗外的天空隐隐现出些曙光的时候,才小心地下了床。摸黑穿好衣服后,从床肚里取出来时带着的帆布旅行包,把几本书和一些随身细软装进去,深深地弓着腰,蹑手蹑脚地溜出了教室——被褥、脸盆和一只破旧的木箱就不管了。事情过去以后,我可以再回来拿。到时候,顺带还可以看看,这个来了一次却什么地方也没玩一下的蠡山岛。如果不方便再来拿,那些个破被褥、旧木箱和我未来的辉煌人生相比,又算得了什么呢?

　　外面风还是一阵紧一阵地嚣张着,但是雪因此而停了。空气冷得沈俊杰几乎不敢呼吸,鼻腔里又酸又疼,他的脸颊上却热乎乎地发烫。他为自己的计划而兴奋,也为自己的果敢而自豪。出门后四顾无人时,他甚至回头向着黑沉沉的矿中挥手道别,响亮地喊出李白的诗句为自己打气:"仰天大笑出门去,我辈岂是蓬蒿人!"

　　他深一脚浅一脚地踩在冻硬了的积雪上小心地走着,以防滑倒。到码头的路很容易找,就是一条从矿中岔出去的黄土公路。现在虽然漫天皆白,但公路上还是有白天汽车辗压过的辙印。他顺着辙印一刻不停地赶着路。鼻腔里的呼吸越来越粗重,冻僵的身体却越来越活络。根据昨天坐卡车过来的时间和距离推算,他估计到码头有六七公里远。走这么多路,天好的时候问题不大,雪夜里走着实在也苦不堪言。一路上嚓嚓的踏雪声,和他呼出的大团热气死死纠缠着他。到后来不仅内衣都被汗湿了,快到码头的时候,还因为体力耗尽而一连滑了两跤,左手本能地撑地的时候,又被冰碴子划出一道大血印。幸亏他过往喜欢锻炼,否则真可能走不了这么长的雪路。

他终于如愿以偿地坐上了每天往返吴东的地方客轮。那一刻他浑身酥软地瘫坐在硬排椅上,两腿瑟瑟地抖个不停,身子几乎要从椅子上滑下地去。他心里却奔涌着成功的喜悦。当然,很快也开始有了忐忑和间或浮上来的一丝丝悔意。

这种悔意随着家门的临近而越来越强烈,以致他在门外呆站了好一会,反复默想着回应父母的话,就是挪不动步子。甚至一种直觉告诉他:算了,别回家了。自己找个地方躲起来再说吧……

他的预感很准确。刚吃完午饭的父母,乍一见到这人高马大、一天前刚刚离家工作,突然又一身泥污出现在眼前的宝贝儿子,同时像见了鬼似的从饭桌上蹦起来。紧接着,便是一阵震耳欲聋的大呼小叫。

尤其是父亲,他弄清原因后,一屁股跌坐在椅子上,瞪大双眼,伸长颤抖的食指点着他,半晌没说出话来,直到把头上的呢帽摘下来,恨恨地摔在地上,父亲才发出声来:"沈俊杰,你这是要气死我呀!从小到大蛮聪明的一个人,突然成了个大笨蛋!国家分配的工作,你也敢说扔就扔!这不等于是在当逃兵吗?而且,你不知道这是要记入档案的吗?今后你一辈子也休想再找到正式工作。"

沈俊杰尽管饱读诗书,毕竟还太年轻,对现实的世态人情几乎一无所知。现在他突然明白父亲并不是在恐吓他,但青春的骄傲使他不愿意认错。何况事已至此,只能一条道走到黑了。于是他拼命为自己辩白,说自己就是不喜欢到煤矿去。哪怕今后在城里扫马路、淘大粪,自己也心甘情愿。然而,无论他如何申辩,如何强调自己的志向和对未来的美妙构想,甚至和父亲对拍桌子,像幼年时屡试不爽地呜呜哭号,把自己关在房间里一天不出来吃饭,最终的结果,他还是在第三天,垂头丧气地随着父亲坐上了返回蠡山的客轮。

他们返回矿中的时候,正值全体同学集中在一个教室里,听老罗做开始工作前的思想教育。沈俊杰僵在门口死活不肯进去,却发现身强力壮的自己,还没比自己矮半个头的父亲的力气大。父亲把他拽进门后,一把摘下头上的呢帽,夹在腋窝下,腰弓得像只大虾米,使劲握着迎上前来的老罗的双手,一个劲点头赔笑,连称对不起、对不起,给矿上添麻烦了。

这时的老罗,给了许硕和大家一个大大的好印象。他一句也没有责怪沈俊杰,反而哈哈一笑,大张双手,同时握紧沈俊杰和他父亲的手,摇晃着说:"没问题、没问题。初出茅庐嘛,犯点幼稚病很正常。老实说我当年刚当铁道兵的时候,也不止一次想要逃回家呢。可是,浪子回头还金不换呢,我们的小伙子可不是浪子。还有在座所有来建设煤矿的同学们,将来一定都是革命事业的优秀接班人!"

沈俊杰苍白的脸有了些血色,他父亲则明显地松了一口气。临走前,他又向着满屋子心情复杂的同学们,一个个点头哈腰。手里捏揉着皱巴巴的旧呢帽,嘴里反复说着:"各位小师傅好,都怪我没有教育好,我这儿子不如你们。拜托你们不要看不起他,今后还望各位多多帮助他,一起进步……"

第三章

在蠡山住了一阵后,外乡来的矿上人,多少都有了一种庆幸感:不管怎样,能在这地方生活一阵,也算是不枉此生了。

这种想法并不夸张。蠡山不仅风光无限,分外美丽,而且她的美是实实在在的,特别诱人的。只因这里气候宜人、果品丰饶,是名副其实的"花果之乡"。周边的湖中还盛产银鱼、白虾和白鱼。所以这里素有"月月有花,季季有果,一年十八熟,天天有鱼虾"之誉。

其实,说蠡山月月有花不假,水果也不仅季季都有,也可说是月月都有。所以蠡山的一大特征就是:全年十二个月,她的山色总是葱茏的,大多数花木也是常绿的。差不多每个月都有一两种在城里吃不上的花果,让人心旷神怡。

一月份,本是全年最冷的时节,就在这时,漫山遍野的梅林,静静地萌出了花骨朵。这时候梅树上还没什么叶片,但那些在虬枝横斜的丫杈中闪烁的红蓓蕾,却已点破了肃杀的冬寒。

二月份,粉红、嫩白的梅花迎风怒放,满坡满谷都云蒸霞蔚,看得人心旌摇荡。而桃花和菜花,又竞相萌动了。

三月份,菜花和桃花开足了,红的红,黄的黄,让人目不暇接、蠢蠢欲动。坡上大大小小的茶园也绽满了嫩芽,不到四月份就开始进入盛期。天还没亮,茶园里便挤满身背小巧精致的榴花形桑篮的采茶女,眼如电,手如燕,嫩芽簌簌地飞落在她们的桑篮里。

不几天,明前茶、雨前茶、名闻四海的碧螺春和翠绿又耐泡的炒青便相继上市了。这时候你走到村子里,到处弥漫嗅着就让人身轻脚健的炒茶清香。而不多时后,房前屋后火红的榴花也像一个个小酒盅悄悄地举向了天空。

五月份,可用于泡酒和制蜜饯的青梅,先后下了树。黄澄澄的枇杷也争相登场。而杨梅树上则星罗棋布地挂满了青果。

六月份,"夏至杨梅半山红"。枝叶间都是一串串的红果子。这时候你到坡上去,只要不糟蹋,不带走,你尽可骑到树上,把红艳乃至乌紫的杨梅塞饱肚皮。

七月初,鲜美多汁的桃子开始上市。尽管见惯奇花异果的蠡山人,并不太把它当回事,但矿上人都对它情有独钟。因为它便宜得很,看着就让人垂涎欲滴。

八月份相对清寂些了,但几乎每个村子都会有好些棵的、树龄超进数百年的老银杏开始挂果。橘子则纷纷在常绿而油光光的枝叶间探出了青幽幽的小脸。

九月份,满坡满树的板栗,又纷纷把刺猬般的果荚撑得快要爆裂,许多乌油油的大板栗,急不可待地落到树下。不久后,那些黄澄澄的、几乎要坠断树枝的银杏果,不采也开始啪啪地蹦下枝头了。

金秋十月就更不必说了,橘子是这蠡山最主要的果产,迫不及待地亮相了。它们红遍枝头,香满四方。远远望去,群星般红嫣嫣地,点亮了天幕,撩急了人心。直到十一月份,橘子依旧漫山遍野红火着。而山道上运送红橘的队伍,从早到晚都络绎不绝。

十二月份,西风一天紧似一天,似乎要吹灭一切生机。但蜡梅偏偏在这时候大放异彩。它们多半生长在村前屋后,虽无实用价值,却为百姓们的闲暇期增添了几分情趣。橘林、茶园和山腰以上,浪潮一样随风起舞的马尾松毫不示弱,依然绿油油的,生机盎然。而梅林,则又开始萌生新叶、孕育花蕾……

虽然如此,蠡山岛上最吸引人也最让矿上人热衷的,还是茶叶。

蠡山茶最为至尊的,乃是名扬四海、当地人称"吓煞人香"的碧螺春。这碧螺春稀罕就稀罕在,它有严格的时节限制。是每年谷雨前到清明前时,用初萌的新芽炒制的顶级春茶。这时候的嫩芽因小且少而特别珍贵。其成茶采集的时间和技术成本也高。首先茶花女得小心翼翼,不使其破损,还要抢节气而不让它老化。而她们每采摘几千个嫩头,才能炒成一市斤成茶。成茶因其一粒粒形似碧螺而得名。而且每粒茶在杯水中舒展开来,都只能看见一个小芽苞加一片小嫩叶,所以又叫"一旗一枪"。这种茶在吴东和外地的茶庄里,都是按斤两售卖的。一两茶的价格至少几元钱,最贵的则要几十元钱。知道,这时的普通市民每月的生活费都不到十元钱。何况因为总产量少,碧螺春首先要满足国家外交礼品和省市间交流之所需。

每年三四月份时,蠡山便处处洋溢起沁人心脾的新茶香。这种香虽然吓不煞人,却真能提神醒脑,令人欣然欢快。其时,村村、队队都会打开尘封的大铁锁,重启炒茶房。用大把的松枝烧起火来,是那种很猛的焰苗,舔着锅底,甚至还不断地蹿出灶膛,映红了烧火者黑红的脸庞。铁锅滚烫以后,炒茶人往一口口斜搁在炉膛上的大铁锅里,倒入一筐筐嫩芽。那些青翠碧绿的叶芽很快就冒出了白汽。炒制碧螺春的都是村上的顶级高手,火候的掌握要靠经验老到之人。

矿上人初见他们的炒制方法,都会暗暗称奇。原来炒茶并不像炒菜那样用锅铲,而是由马步立定的炒制者,用巴掌在滚烫的锅底反复翻炒。这是很费劲的过程,他们的手掌手背往往被沸升的蒸汽和滚烫的锅底烫出水泡。妙的是,那么嫩的翠芽,被他们在锅中或翻、或揉、或挤压,还要捧出来用双手反复地使劲搓拧,最后居然很少碎裂。这么做的目的,自然是使嫩芽逐渐收干并成形为一粒粒诱人的"碧螺"。最后一上秤,每次倒下那么一大锅的嫩芽苞,炒成后只可得三四两。

这些成品被送到供销社出售的时候,还要被验茶师一看二嗅三品尝,然后分出等级来收购。正品碧螺春从特级到五级共六等。市售的多是低等级的,但最低的价格也要两三元一两茶,相当普通人好几天伙食费,所以多数人还是舍不得买。

但是矿上人自有一种优势在。他们可以通过当地的熟人来买"碧脚"解馋。所谓"碧脚",是村人炒制碧螺春过程中筛滤下的少量碎叶片,不符合供销社的收购标准,但其茶香和泡出来的口感,不比碧螺春逊色。而且,越高等级的碧螺春,才会因其鲜叶太嫩而产生此类碎叶,因此村人和知情人都会争买这种只卖八九毛钱一斤的"碧脚",所以也相当抢手。

其实,真正懂茶的矿上人,主要都买清明后采制的"炒青"喝。这时的茶叶芽片大,但分量充足,因而也就更经泡,口感也比碧螺春浓洌得多。而其价格则因产量大增而大大下降,买上几斤回去送人,或自己把它和生石灰包放在一起防潮,存放着慢慢喝,实在是很实惠的。

与采茶季相关的另一种景观,也值得说上几句。

茶叶上市时,久已清寂的公社供销社,每天从大清早就开始热闹了。四方村民络绎不绝地背着装满茶叶的桑篮来交售。验茶的技师一个个表情矜持地在长长的柜台后一字排开。他们的矜持是有理由的,毕竟他们掌握着验证茶叶等级、确定收购价格之大权,交售的村民赔着笑脸或递上香烟,满怀期待。

验茶师们先是抓一点茶叶闻一下,了解炒茶的火候是否恰到好处,首要是不能有焦火气。然后把手插进茶叶中摸一下,感知其干燥度。再捏少许茶叶放入浅白色的盘子里,观察其卷曲度即形态是否到位,有没有碎末。最后,将茶叶投入清泉开水中,观察茶叶大小是否均匀,嫩叶展开后色泽状况。几分钟后,又将茶水倒入验茶师专用的杯子里,含上一小口,品茶味后,才一个个轻启朱唇,吐出一系列判词来。

这只是品评"炒青"等级,如果是品评碧螺春,那还要加上一道特别的程序:称出定量的茶叶放入玻璃杯,仔细观察那嫩芽绽放的一旗一枪是否都合格。小叶要一粒米那样大小,大叶则不能超过两粒米长(否则就偏老了)。再通过计数,折算每两茶叶有多少嫩芽,对照其符合的等级,这才由两三位以上验茶师交换一下意见,然后庄严地一锤定音。

耳濡目染之余,在矿上待过几年后的许硕,也和不少人一样,练就了一手"炒茶功"。只因矿区周围、坡上坡下,到处有茶园,长满修剪成一球一球大蘑菇般的茶树。他在上下班有暇时,便会拐进茶园去摘一些鲜芽塞在口袋里,回宿舍后便点起平时热饭煮面的小电炉(这也是他当电工的优势之一),把鲜叶放进小铝锅里,学村人用手翻炒、搓揉一番,直至炒干。这种土制"茶"谈不上形状,也谈不上色香味,往往不是过煳就是火候不足,泡起来倒也像那么回事,喝起来多半口感还不错。虽然往往是煳味多于香味,却一样提神醒脑,让他欣然自得。不过这番功夫后来就废了。因为他发现自己的电工身份,在附近的村上是很吃得开的,经常会有村民请他帮家里安个电灯、修修开关什么的,作为回报便会请他喝上几口地瓜干酒,或者送点杨梅、橘子乃至一小包茶叶。

普通村民送他的茶叶自然是炒青。但有权力的人,却让许硕每年都能尝到一些现炒的顶级碧螺春。

这个有权力的人,便是许硕宿舍后面山坡下,林家坞村的生产队长。

这个队长姓林,叫根才。是个四十岁的中年人。别看他年纪不大,许硕和他熟识后得知,他是队里的农技好手。山上果林里,地下农田里,无论什么活儿,都拿得起,放得下。他还会开手扶拖拉机,划单桨小船,操纵大小水泥船。总之,山上山下,没有他干不好的活。而且他还上过农中,空了喜欢钻研农技。特别是,他还见过山外的大世面。他从十五岁开始,就背着自留树产的水果和茶叶,到城里去走街串巷地卖。后来被联防队抓过两次,便安生在家务农了。但是林根才毕竟见过世面,他的言谈举止就和一般乡亲有了明显的差别。比如他的衣着,一年四季都很干净,从来不随意。天热时哪怕上山干活,他都穿着长袖或短袖衬衫,前襟和袖口纽扣也一粒不少地扣着。因为善于交际吧,他结识了不少矿上人,得到或用土特产换到矿上发的卡其布工作服,甚至还有下井工发的帆布雨衣和长筒胶靴。这样雨天或下水田时,他就从来不赤脚。

林队长还特别崇拜有知识的人,尤其是对许硕。偶然听他讲过几次小说里的小故事,林队长几乎隔三岔五要请他来家里吃饭,缠着他讲故事——他这个爱好也源自小时候时,外乡来了个会讲故事的,每晚在大队部里讲村人最爱听的老传奇、旧评书,分文不取,但要管他每天的吃住,走的时候还送他不少土特产。讲故事的好茶和香烟也要管够。蠡山毕竟是花果之乡,工分值比山外的农村高,家家轮流供应那个讲古的,并不太吃力。

林队长个头不高,长得黑苍苍的,看上去很结实。两手一看就是做惯重活的,粗糙而青筋暴凸。一双经常眨巴的眼睛,睁开时却光彩熠熠,给人以精明而热忱的印象。他的确善于交际,许硕便是他主动搭识的。那天电工班在林家坞村口的低压线上检修线路,林队长扛着把锄头从线下过,笑眯眯地站下脚,看许硕整理旧电线。许硕对他笑了笑,他便放下锄头,摸出一支飞马香烟递给他,并划了火柴帮他点上。许硕表示感谢,林队长眨巴着眼睛说:"这位师傅技术好啊,爬电杆赶得上老师傅啦。请问你尊姓大名?"许硕告诉他后,顺口也问他的姓名。林队长指指坡道上说,他叫林根才,就在上面的林家坞当队长,并邀许硕他有空到他家去玩。

许硕便认真打量他一下,觉得这人面相善,也很朴实爽朗,便和他攀谈起来,不一会俩人便熟了。这时林队长便轻声问他,能不能帮自己一个忙。说是他家只有堂屋和卧房里有两盏灯,想劳驾许硕帮他再装两盏灯。许硕一口答应。林队长问他要买些什么装灯材料,许硕说:"这个你不管了,两盏灯的材料我弄得到。隔天去帮你装就是了。"

没几天下班后,许硕就带着两副灯具和一些电线、附件,找到林队长家,帮他把灯安上了。林队长喜出望外,硬留他喝了顿酒,虽然只是村上小店卖的六毛九一斤的山芋烧酒。蠡山农民条件好些,日子还是拮据的。但一般请个把次客,大多数人家还是做得到的。自留地里有菜,水沟河塘里有鱼虾,门前还跑着几只鸡鸭,房梁上也多少还挂着点过年时杀的腊肉。那天林队长端出来一碟河虾干,再加一大碗咸肉炒包菜、一份韭菜炒鸡蛋、一份自留地里现拔的青菜。而同样是青菜,大灶火炒出来的就特别香。这让平时难得喝一顿酒的许硕,吃得满头流汗,一心欢喜。而且,那个冬夜也成了许硕久久难忘的一个特别的记忆。

他从林队长家喝酒归来时,兴头仍然很高。头天下过大雪,今夜雪霁风遁,朗月初升,与雪相映,满目是幽冥清冽的亮色。山上山下,树梢枝头,都被沉重的积雪压得垂首无言。气温很低,他的喘息在林间划出一道道白雾。更令他感觉异样的是那份难以言喻的静寂,静到雪团偶尔从枝头坠落的声音如鼓点般惊心动魄,脚下吱吱的踏雪声也响如裂帛。但他并不觉得害怕,山芋烧酒仍在他血管里热热地奔涌。他不禁想吼,想笑,想唱,想和任何什么人在潺潺的泉边相坐,畅畅快快作一夕长谈。

虽然什么人也没有,许硕却仍呆呆地伫立在不停流去的山涧前,望着水中那幽明的月亮,望着在涧底石板上亮晃晃地流泻,将月亮一会儿揉圆,一会儿挤扁的水流,怎么也不舍得离去。"明月松间照,清泉石上流",不就是此地的写照吗?

衣服穿得厚,酒又使浑身燥热。许硕索性仰躺在雪地上,望着乌青的天幕,沉醉于无穷无尽的幻想中。过去他经常恐惧死亡,来矿上后,一度也害怕今后人生的叵测,从来不敢多想死亡的大谜和自己难以预测的未来。今夜他却坦然无惧地想到了死——人们富极贪生,穷极依然怕死。对生的渴望炮制出多少对于死的离奇古怪的恐惧、幻觉、臆想?凡此种种又演绎出多少关于世界、人生、宇宙的哲思、信仰、观念?但一旦勇敢地直面它,许硕竟觉得它其实并不可怕;甚至诗意地想到,人和世上万事万物根本上是一回事,都是由原子电子之类的物质组合而成。

这么一想,他更加兴奋了:再看身边和水里那些鱼吧,它们的生命不也同样可贵吗?草木也会有死之恐惧吗?想来会有的。但唯其恐惧,它们才会生得更努力,更红艳,更有品位。这么看来,恐惧也是自然间一切生命的催化剂呢。风雨袭来,草木俯伏。雷电击去,蛇蹿狼奔。风雨来临,植物攀缘拔节,奋力向上;动物交欢追逐,竭力繁殖,一派欣欣向荣!由此也可见,恐惧也罢,坦然也罢,我们作为生命与自然的一分子,果真是生生不息、不断演化而永恒不灭的!

许硕越想越快慰,似乎真正达到了向往已久的超然境界,好一阵竟觉得自己已然消失了,动不了了,不存在了:我就是眼前这一切,这一切就是我。在一种突发的怪异的狂喜之中,他甚至相信自己已经体验到永恒。

遗憾的是,随之而来的竟是骨子里透出的怅惘——酒劲散去,雪的寒气钻透了肌肤。仔细回味,方才那番感触不无道理,实质似乎很是空虚。如果不是日渐感到平庸无聊现实的反差,不是酒精的作用,岂会有那么多诗意呢?

许硕怀疑,这是某种情感在欺哄自己的理性,却不知为什么会这样。也许人的情感天生喜欢屏蔽一些什么,又升华一些什么吧。可是,难道今夜的我,不正是当初来矿上之我所期望的我吗?莫非人的特性便是如此,仿佛摇晃不息的钟摆,不是浪漫地憧憬未来,就是迷茫地怀恋过去。今天似乎是不存在的,"失去了才是你的",像米酒,新的总是酸而淡白,一经时光的催酿,便醇厚、芬芳起来……

转眼到了来春,有一天林队长托人带口信给许硕,要他抽空到林家坞去玩。许硕去时,林队长正在一口大灶前挥汗炒着新茶。

一锅碧螺春炒好时,他向许硕使个眼色,示意他靠近来,捏一撮塞进他工作服的口袋里。一天下来捏给他好几撮,回家掂掂竟有头二两。许硕暗自得意。他知道刚开炒的新茶都是碧螺春,每锅只得三四两。因为产量太少,这都是必须全部交售给国家的。

蠡山的地位和人文特色,也不可不说。首先便是她那迷人的山光水色。被浩如烟海的湖水团团包围的蠡山岛上,大多都是群山的领地。她那海拔三百多米的主峰,听着不算高,却因为平地上海拔很低,看上去便相当巍峨。峰巅终年云缠雾萦,为海湖上数十座岛屿之首。登高远眺,湖中大大小小的群岛和主岛上连绵起伏、层层套叠的群山峰峦,多得数不胜数,仿佛一大笼热气喧腾的窝窝头,又好像一眼望不到边的奔马在撒欢。浓荫中的坞谷、湖湾古老的村落,和近山远水一一映入眼帘。一块老古碑上刻着的清代诗人凌如焕诗句"水抱青山山抱花,花光深处有人家",正是对她的写照。

蠡山煤矿创建的时候,岛上已有了一条简易的环山土路,像一条橙黄的丝带,傍着四面湖水,把整个岛屿和总共三万多居民的三个公社环绕起来。农村公交车跑一圈,刚好个把小时。煤矿则在岛东边一个公社境内的盆地里,靠近出入岛上的轮船码头,以方便运输。

在蠡山住久了,还会发现这里还有个特别鲜明的人文特征——其实,有心人几乎一上岸就会有所察觉。

当时,许硕他们一行人报到上岸,正聚集在客轮候船室,等矿上卡车来接的时候,有人忽然乍呼起来。大家拥出去看时,但见码头西面半山处,一个裸出半边岩层的采石场上,从那数百米很陡的、也积着被辗烂的雪水的坡道上,一溜烟飞奔下一辆又一辆满载石块的胶轮小车。雪刚停,天还冷,可那些推车者个个穿着衬衫或短袄,打着绑腿,戴着藤帽,喘着粗重的气息,势如潮水般叱咤而来。真不敢相信那竟是清一色的女子!

当时大家议论纷纷,喝彩声声,都以为看到了全国都很风行的铁姑娘突击队,住久了才知道,这原是蠡山女子的家常便饭。

蠡山女子个个都可谓劳碌命,哪一天不是鸡叫做到鬼叫?细到采茶摘果、插秧施肥、养蚕喂猪、做饭带孩子;粗到挑石挖土,担运果子、开沟犁田、贩卖花果等别处大都属于男子的体力活儿,这里主要由女子干。别低估山里活计的强度,寻常如担运果子,动辄要跑好些里乱石坎坷的山道。忙起来一天里来回七八趟,每趟负荷上百斤。

轻巧些的活儿如采茶,也是女子的主课。时令迫,心如火,每日摸着黑她们就上了山。一斤鲜茶数千嫩芽,全在她们手下过。半晌下来腰都直不起,还要一趟趟地运回村。所以在蠡山少见杨柳细腰、窈窕淑女。女人们和男人一般黑壮一般糙,美也美在健康上。但她们的力气却绝不比男人小,手伸出来还比男人多几个茧。

这里的男人都干什么呢?男人在蠡山真有老爷感,鲜明的差别是较少挑担、荷重。春天里,他们也背个榴花形的竹编桑篮,捏一把木槌和长柄铁凿,这里敲敲,那里凿凿,悠悠地在果园里修枝打杈。平地里有水田的村子,男人在夏天会帮女人插插秧,秋天也登场打打谷,冬天则大多窝在屋里玩几把牌,或蹲在太阳下讲点儿古。当然男人还做些炒茶、开拖拉机、盖房等所谓技术活。相对于女人来说,他们实在算得上优哉游哉。吸烟时(工间休息),他们或打闹玩笑,或斗嘴打赌。女人可不舍得那光阴,她们得拿出鞋底来赶紧扎几针,或背上草筐四处扯点猪草,总之,绝不会有安安逸逸坐那儿"吸烟"的时刻。

至于蠡山煤矿,这在岛上是新生事物,总共只创建了五年多。但它给蠡山的风土人情带来的影响却不小。首先,它是蠡山第一个实力和规模都前所未有的现代企业。此前的岛上只有几家拉风箱打铁的农具社,而且还没电。是吴东市的重点企业蠡山煤矿,从湖对岸架起数十座铁塔,把高压电翻山越水送过来。然后,岛上的几个公社才从蠡山煤矿的变电所,接出一条条支线,用上了许多山民从没见过的电灯和脱粒机、抽水泵之类电器。

蠡山人从没见识过的事物还很多。比如矿上那几座一天比一天高起来的矸子山;矿工们住宿的一幢幢红墙宿舍楼;团部机关那沿着山坡建起的一排排虽然不高、却让矿工们望而起敬的灰砖平房。至于矿井下黑森森又曲曲弯弯看不见底的巷道;卷扬机从深井下拽上来的一列列装着煤或矸子石的矿车,它们碰撞发出的砰砰声;地面上往煤场运煤的电动小火车,也让村民们看得惊疑不置。尤其是下班后刚刚上井的采煤工,一个个喘着粗气。尽管配有防尘口罩,一班下来也都满头满脸都糊满煤粉,只露出非洲黑人般两只眼珠和白牙床——这些不光是没见过的当地人,就是来矿不久的工人们,比如许硕他们,初见了也觉又新鲜又胆寒,暗自庆幸自己不用天天下井。不过,看惯了以后,地面工中也会有不少人希望能下井干活。因为井下工人的工资比地面工至少高一级,每天还有可观的下井补贴。所以许硕他们地面电工,有时需要临时派人下井抢修电路等,班长派工时,大家都希望派到自己。

再如,矿上那些一辆辆往码头上运煤的大卡车吧,许多村民祖祖辈辈没出过岛,乍看到颤颤巍巍的车队呼啸而来,惊得半天合不拢嘴,甚至有人问这家伙吃草还是吃什么怪东西,怎么有这么大力气。

当然，最让村民惊讶和艳羡的是，矿上人的收入不是靠分红，而都拿工资，而且每个月都会准时"关饷"。井下挖煤的，每个月起点就是三级工资四十三块钱，上一班还有八毛钱下井补贴。地面工工资最少的是一级工，能拿三十一块钱。技工学徒第一年每月拿九块，第二年拿十四块，第三年就是十九块。第四年便是一级工，第五年可拿二级工资三十六块九。而且只要下井一次，同样也可以拿八毛钱补贴。这可是很动人的，能够买两包半上海产的飞马牌香烟。或者，吃饭时一天加一片红烧肉，可以加8天！真可谓不无小补呢。所以尽管井下非常苦，愿下井的还是大多数——巷道里狭窄又潮湿，虽然有通风，空气仍然很差。最矮的掌子面只有几十厘米高，你得趴着去抡镐。而在没有升降罐笼的斜井上班的话，仅仅进出井来回各爬一趟，就好比爬一座几百米高的山，累得人上气不接下气……

除此而外，矿上还有不少矿上人特有的心理。比方说，对天气尤其是风的关注度，也是当地人难以理解的。这和矿上的休假制度有关。由于主要是外地来的人，所以矿上人平时没有休假日，实行的是积休假。每周一个星期天，积起来一个月共有四五天。吴东市区来的人，一般一个月回家休假一次，远地来的则两三个月回家去一次。

那么，这和风又有什么关系呢？关系还不小。因为进出蠡山的唯一交通是轮船，而一旦遇到气象预报播到"阵风六到七级"或以上的日子，按规定轮船就要停航避风。有时候一停就是好几天。这样，你原先打算回去休假的，只好等风停了再走。而你原先已休假在家要返矿上班的，遇风停航回不了矿，则可以继续在家待着，停多少天也不算你超假。这就促成了矿上人一个特别的心理:准备回家休假的,就祈祷风平浪静。休假快结束的,就希望天天刮大风,这样可以多蹭几天假期。关于这种现象,以及自然之风对人世造成的影响,多年后许硕曾写过一个叫《静夜听风》的小文章,专说这种心理:

　　静夜听雨,仅仅这几个字,就赋予我们多少诗意!最是那温馨的春夜,淅淅沥沥的细雨,抚着恬怡的春梦、绿肥红瘦的江南,是何等美妙意境?

　　"静夜听风"可就大不同了。如果说前者宛如丝竹悠悠、清泉淙淙,后者则浑似江河破堤、大漠飞沙。尤其是无雨的冬夜,听虎啸龙吟般朔风动地而来,门窗噼啪,雨篷呻吟,耳畔嗖嗖如有利箭飞掠,心头瑟缩似万马狂踏,落英狼藉。那心境,无论如何是找不到一丝美感来的。何况晚来的风总给人以凄凉的暗示,静夜的喧嚣每不免让人心惊肉跳。所以,我们难听到对夜风的向往或讴歌。尤其是不眠的长夜或病痛的僵卧中,听萧萧风过,黯淡的心境更如夏日雷雨将骤,飞沙走石,天昏地暗。

　　当然,也有例外的人。例如我,每于无眠之夜听风,便别有一番滋味在心头。风似乎会吹开记忆之门,听不同的风声,如同听到久远而淡忘的歌声,会将不同的往事纷纷乱乱地勾陈于眼前,牵起种种沉溺的情愫,有时竟也因之温情绵绵甚或慷慨激昂。因为我与风,有过一段特殊的因缘。因为我下放的煤矿上,实行按月休假。而休假前夜,我总特别关注风情。因为有风无风,决定着班轮的有无。夜来无风,睡眠便稳,有风则忧来日不得行,常致不寐。而假毕前夜,心情又正相反,夜风越大越是窃喜,为明天可在家多待一两日也。由是对风的感情忽喜忽憎,可谓自私无理,却又大可理解。这也是矿上大多数人的一般心态,算得一种特色。

在矿上,我当的是外线电工,常年在电杆甚至输电铁塔上爬上爬下,对风别有一番敏感。高空作业,晴朗无风的日子总是顺利也舒展得多。遇风,尤其是阴寒天,上得杆去冷而僵、不利索不说,危险也相对大些。杆顶的风比地上又格外尖利而硬朗,足可将尚未系上安全带的人吹落十几米外。所以我干活时极厌风,而平时每听到某种风声,眼前常会活现在杆上苦苦僵持的情景。不纯然是苦味,也有淡淡的自豪在心头。至今我见到亲手架起的电杆,犹在那儿为人造福,这份感情更其甘洌。

即使干活时,攀在风中的电杆上,也有别人体味不到的独特情趣。那就是活干得顺手时,听那新扯起的几股长线,如琴弦般在风中铮铮放歌,嗡嗡有韵,真个是如泣如诉,奏出我的欢悦。人越高,如在几十米的铁塔上,那风越劲,"弦"上的音乐听来也越发动人,有时竟令我激动不已,操起大铁扳手,铿铿猛击粗长的银线,那气势若壮士临风,挥剑长啸大风歌!

毕竟那时才二十岁左右,意气方遒呵!而今雄风犹在,我这气势却哪去了?连梦中也找不见它,却常从铁塔上飞落,惊醒一身冷汗。只有静静深夜,听着与当年一样的风声,才会拾到几分一样的心情。悲欤,喜欤?

风吹来多少记忆?风吹走多少故事!而风逍遥自在,无影无踪,来复去,去又来;我呢,该向谁追索飘逝的生命?

第四章

冥冥中,似有一块巨大的石头,轰然一声投入湖中,浪花飞溅。

然而,无论它溅起的水花有多大、多广,水面终究会慢慢归于平静。当日子一天天过去,人们初来时对蠡山和煤矿的新鲜感与兴奋劲,不知不觉也被日复一日的劳顿与重复所消磨掉了。陌生变成了熟悉,熟悉又变成平庸。此正所谓"熟悉的地方没有风景"吧,喜新厌旧、习见不惊的天性,有时甚至会使人对现实生出无聊和厌嫌的心理。

好在对于一些天性热爱自然的人来说,蠡山的美丽永远不会凝滞。她那一年四时都在频繁变幻的景致,总会给人带来丝丝欣慰。而这时候,有几个志趣类似或性格相近的好朋友,便特别有益而可贵了。尤其对于许硕他们这么大、正对未来充满憧憬乃至幻想,又终日吃住劳作在一起,有着大量闲暇时间的人来说,友情的抚慰和生活中的些许变化,都能让他们的心灵得到一些温暖和抚慰。

许硕和同事们没有太多的利益纠葛,因此日常相处都可以,但称得上好友的,首推沈俊杰。不仅因为俩人是最早相识的,后来又分在一个连队,住在一个宿舍,朝夕厮磨中,逐渐感到彼此的志趣、爱好、相似处颇多,谈得来的地方也很多,于是便越走越近了。

俩人不是一个工种,白天各上各的班,下班后却几乎总是泡在一起。你看书时我也会看看书,有兴致或天气好些的时候,又爱结伴到附近的山野、村庄去散散步,海阔天空、纵情漫谈,也成了一种乐此不疲的习惯。

在蠡山漫步,可谓移步换景。山间的空气和绿意又是那么清新悦人。尤其在馨香斑斓的春秋天里,心无挂碍地漫步时,或者停在哪里眺顾时,那景致的变幻、心情的起伏,完全是一种得天独厚的享受。

蠡山的春天总是来得悄无声息,几乎像终年萦绕的晨雾,每天从地底下突然冒出来似的,一夜间便让人目不暇接。当你在感叹汩汩流淌的山涧两侧,桃花已经红嫣嫣地开足的时候,会发现菜花其实开得更为浓艳。走过花田间细长的田埂时,那黄澄澄、粉嘟嘟的花茎,一路都在热情地撩动着你的衣襟和心弦。再过不多的时候,当菜花变成鼓鼓凸凸的籽荚,在幽香的晚风中摇曳时,坡间、屋后一片一片的蚕豆花又争宠般向你眨眼了。说它眨眼是因为布满茂密的蚕豆茎上的花朵儿,鼓鼓圆圆的,活像一只只大睁着的紫色的眼睛。

你如果留心,会发现四野的一切,都萌动得十分迅猛。柳丝一天绿过一天不说,野草也会在一夜之间,就逗长了一节草茎。隔夜喝足了雨水的麦苗,日夜拔节,很快便有了波涛翻滚的样子,在风中向夕阳献媚。晚霞红红地涂抹在平地上新翻过的黑土田间,泥土特有的香气中,你会看见绵软的晚霞中,几头老水牛或卧或站地在树下反刍。它们总是目不斜视,神情怡然,不知是在品味着岁月的滋味,还是为即将到来的大忙积蓄精力。

这一幕让天性喜爱动物的许硕,生出一种莫名的情愫。他悄悄走近老牛,停在它们一米开外,凝神细看依然若无其事地卧着不动的老牛。老牛那铃铛大的黑眼珠里,映出了许硕的身影,温情地闪烁着。许硕很想摸摸它们,最终还是害怕它那宽展的长角而退后了。抬起头来时,他问了沈俊杰一个自己也觉得有点傻的问题:"你觉得它们也像人一样在思考吗?或者,也会有欢喜、忧伤的感情吗?"

沈俊杰并没有嘲笑他,反而也来了兴趣。他也凑近老牛,认真想了想,说:"思考应该是不会的。动物没有语言工具,你叫它用什么来思考、组织能表达意思的词句?但是按照逻辑推理,它们应该会有喜怒哀乐的感情的。"

不会的。沈俊杰思考的时候,总会下意识地抚摸自己那两道稀疏的眉毛。这就是缺什么就越会在意什么吧,他或许总在不自觉地为此遗憾。但他认为牛毕竟是比人的智商低得多的动物,它们要是能有这种思想,就不会乖乖地听从人们驱使了。至于命运,它们肯定想都不会想到还有这么一种规律的存在。会思忖是非、企图改变自身命运的,在这个世界的生命体中,应该只有人这一种动物。

"不,不,我觉得那还是两回事。"沈俊杰的话让许硕感到不舒服,觉得他有点极端,他不由自主地反驳道:"老牛等动物的命运永远是被动的,无可奈何的,而人是有主观能动性的。他们的命运在很多时候还是可能通过自身的努力改变的。如果它们会思考,一定会想要改变自己的命运。"

"这个我不否认,而且,这正是我还想坚持目标,追求高层次人生的前提。社会,尤其在和平时期,还是有着很大可能让人们去争取理想些的命运的。但是,难上加难啊!比如我们,虽然你一直说,不理解许多矿上人总是希望能回吴东的愿望,觉得就在这个世外桃源生活一辈子,也没什么不好。但是实际上,你的内心深处,真的会愿意像老牛那样,整天只能在这个闭塞的小地方辛苦地犁地,顶多再无聊地趴在田埂上反刍吗?"

"这个我当然也不愿意。但是,我们到底不是牛呀?"许硕坦承道,"其实,最近我是认真考虑过这个问题的。如果有一天真有机会能让我回到城里,像许多人希望的,每天能像城里人那样,潇洒地骑上自行车,在书包架上夹一只饭盒去上班。晚上回来逛逛马路,有时还看看电影,星期天和亲朋好友到园林去喝茶、游玩。这样的生活我也想要。但是,先不说城里的生活能不能都跟想象的一样愉悦。就算天天都能过那样的日子,它就真的比我现在的生活好吗?天天骑自行车上下班,就一定比我们走路上下班好吗?蠡山真实灵动的风土人情,难道不是一样很美吗?"

沈俊杰对此表示认同,但仍强调说:"如果仅仅是那样的城里生活,我也不觉得有什么好的。但是我追求的根本不是这些表面的东西,我渴望自己的命运有质的飞跃。我想回城是因为城里有更浓郁的文化氛围,有更多激发自己潜能的机会,最终我可以为社会做出更多贡献。"

呵呵……许硕会心地笑了一下,不禁又像刚认识似的端详着沈俊杰,暗暗惊诧沈俊杰年纪轻轻的,却有着如此高远的志向,而且不像是心血来潮。那么,他的志向有可能实现,还是毛头小子的痴心妄想呢?而我呢,也该这么有雄心壮志吗?

他觉得自己没有这个底气,似乎也没有这个必要。人只有那么区区几十年生命,你怎么活,在哪里活,只要过得去,不就可以了吗?从古到今的许多成功者虽然名震古今,却屈指可数,并不是一般人可以效仿的。而且,真要是细究其实质的话,"大有大的难处",他们的实际体验与心理感受,真就比普通人好吗?

——不过,我这种想法好像也太平庸了些……

许硕信马由缰地乱想着,一时没再说话,却情不自禁地抬头望向天际。天色已经越发模糊,红微微、黑幽幽的天幕上,有一颗相当明亮的星星,如同一只诘问的眼睛逼视着他。他知道那是金星。而在清晨,它还有一个名字叫启明星。启明星……他咀嚼着这个字眼,心灵瞬间被它的光芒点燃了。沈俊杰的话也又一次在耳边响起,给了他别样深沉的撞击。虽然相处有两年多了,他平时也经常听到沈俊杰类似的言论,但从来没有像今天这样深入心扉,使他觉得自己刚才的想法真是浅薄。他又一次感到自己比起沈俊杰来,实在自愧弗如。他不禁有些伤感地想道:不能不承认,自己和沈俊杰有着太大的差距。他始终怀着一种明确而高远的志向,而自己却显得平庸浅陋,眼光只在脚下三寸的地方打转转,从来不知道对自身命运做出重大的思考和憧憬,更不知该如何付诸行动……

他不禁向沈俊杰吐露了心曲:"说实在的,我是真心佩服你。很早就有这么远大的志向,但是我实在没办法向你学。因为我想象不出我这辈子除了当个称职的好电工,还能有什么远大志向或者是作为。我的基础太差,学也没机会再上了。总不见得还有可能靠自己的摸索,去争取当个出色的工程师什么的吧?"

"工程师什么的?"沈俊杰哧哧地笑了,摸抚着眉角的手使劲摆动开来,话音里也明显带着点嘲讽说,"你听说过'取法乎上,仅得其中;取法乎中,仅得其下'的说法吗?你对自己的要求好像不算'乎上'吧?"

许硕觉得自己的脸有些发热。他隐约觉得自己有这印象,但却想不起"取法乎上"是什么人说的,也从来没觉得这和自己有什么相关。只好含糊地点点头不作声。

沈俊杰的语气明显高亢起来:"毛主席有句名言,你总该知道吧,'人是要有点精神的。'他这个'精神',是一种情怀,一种境界,一种超越,一种不甘平庸、不甘屈从、不甘得过且过的血性和品节!这才使他能够从一个乡村娃娃,从北大图书馆的一个小小管理员起步,最终成为开天辟地的领袖,中国和世界革命的统帅和支柱!"

"当然,我的意思并不是我们一定要争取当领袖或者盖世英雄才算成功。但是我们的眼界一定要宽广!尽管现在很卑微,也没法受到良好的教育,但我们也能凭着远大的理想和不甘人后的精神,去开创我们的宏图大业。所以我很早就下定了决心,一定要'取法乎上'。有条件要上,没有条件创造条件也要上,哪怕十年磨一剑,二十年磨一剑,也要把自己磨成一把好剑!"

"这么说,你不仅早已有了宏大志愿,也有了具体目标了?"

沈俊杰毫不犹豫地点了点头,目光炯炯地逼视着许硕,声音也有些颤抖了:"我就跟你老实说吧——不过我信任你,你也不要对那些庸人去说,他们只会嘲笑我是疯子,绝不会理解我——我从小的兴趣主要在社会科学和思想、哲学方面。所以我一直在酝酿着,准备着资料,要写一部突破性的论著,不敢跟伟人巨哲们比,但拿出来的一定是有自己的理论、有独特创见、能对人类和世界发展有促进、有帮助的……"

乖乖!许硕由衷地竖起了大拇指:"你真要让我五体投地啦。想不到你居然一直在行动,那你的论著具体是什么内容呢?"

"行动还谈不上,现在还在准备阶段。但是我初步考虑的题目是:'社会进化论'。"

"嚄!这可是个大课题啊!"许硕再一次伸出大拇指,"听君一席话,胜读十年书。你对我的帮助太大了。比起你来,我既不敢想,也不敢做,简直就是高山脚下一抔土呀……"

他现在对沈俊杰真是佩服得五体投地了。不仅佩服他的勇气与豪情壮志,也不怀疑沈俊杰会有成功的一天。怪不得沈俊杰上回休假回来,床边多了一本大部头巨著《资本论》,每天上床后必定要阅读好一会。许硕曾问他怎么会想起看这种高头讲章的,沈俊杰轻描淡写地回答他,这部书他在分配工作前就浏览过一遍了。小学毕业后因运动停课的几年中,他还通读过《马恩列斯著作选读》《国家与革命》,亚当·斯密的《国富论》和圣西门、傅立叶等关于空想社会主义的著作。而这类书许硕从来没读过,更别说《资本论》这种皇皇大著了。别说看,翻一翻也让许硕头晕目眩。联想到自己连《电学入门》之类的专业书也啃不动,不禁更为气馁了。

令他没想到的是,沈俊杰虽然装模作样地谦虚一番,同时竟也说许硕太低估自己了。他又抚摸着眉角说许硕:"尺有所短,寸有所长嘛。今天既然大家都说真心话,我也说说我对你的看法吧。坦白说,我们相处这么长时间,我在暗地里其实也常常很羡慕,有时候甚至还有点忌妒你的某种才能呢。因为我比起你来,在抽象思维和宏观大局方面是有些长处;可是我早就感觉到了,你这人形象思维蛮发达的,有些地方还真有些诗人气质。比如刚才看见那几头老牛,我无动于衷,你却能有所感动,想到一些很有文学意味的问题来……"

"文学意味?"许硕有点受宠若惊地瞪大了双眼。

"是啊。文学就是形象思维的产物。就是一部分具有文学敏感和悟性的人,对于普通平凡的事物感受到的特别的情境和领悟。如果能够把这种情境和领悟,用文学的语言表达出来,就会成为令人共鸣的诗歌、散文、小说……"

许硕兴奋得呼吸都有些急促了,迫不及待地问沈俊杰:"你的意思不会是在说,至少在你看来,我也是有可能学习写作,比如写诗、写小说什么的吗?"

沈俊杰迟疑了一下,点点头说:"当然,我只是这么一说,究竟你有没有这个才华,是不是走这条路,还需要你自己根据多方面特点或者体验来决定。但是,如果我有这个兴趣和天分的话,起码是会做这个尝试的。因为这条路几乎人人可以走。特别适合我们这种没什么文化基础,没有机会上大学深造,也没机会系统学习相关理论的人。这点不用我多说,你自己也应该有所了解。古今中外这方面的例证多得是,充分证明文学家是不一定需要读多少书,啃多少理论才能成功的——对了,有本外国小说你看过没有?叫《马丁·伊顿》的?"

"这本书……我倒没看过。"

"那么,杰克伦敦的小说你应该看过吧?"

"哦,看过看过。我看过他的《野性的呼唤》,他的书个性很强,还有一种非常深沉的力量……"

"对了,《马丁·伊顿》就是他以自己的亲身经历写成的自传体名著。问世后不知道感染和影响了多少人!不管你有没有当作家的愿望,《马丁·伊顿》这种现身说法的好书,你一定要看一下。虽然我以前说过小说没什么用的话,但那是相对而言的。好的文学著作对个人的影响也不可小看。这种影响不仅在于对文学爱好者有作用,对于鼓舞激励一切有志者的士气,也具有举足轻重的感染力。比如《马丁·伊顿》吧,我父亲建议我看的时候,我还不屑一顾。看过以后便觉得,虽然主人公的选择不适合我,但他的精神人格,却让我对既定的志向有了更坚定的信心!下次休假,我从市图书馆借一本来,你看了,起码也会对自己今后是继续混日子,还是该走条什么路,向什么方向努力,产生明确的目标。"

"太好了!我一定要好好看看。"

"老实说,你我如果不是亲密朋友,我还真不愿意推荐你看它。因为我觉得它对你这样的人来说,是很适合的。说不定你看了以后,就真的想当一名作家了。因为书中的马丁·伊顿,完全就是一个像我们一样,不,他的起点和基础还不如我们这样多少读过些书的人呢。马丁·伊顿是一个一文不名,没上过几天学的穷水手,就因为机缘巧合,喜欢上了文学。并且他在穷困潦倒的境遇中,在失败的重重打击下,丝毫不肯动摇,苦苦坚持写作,最终,成为一个举世闻名的大作家!"

"是吗?"许硕不由自主地搓起手来,越听越觉得跃跃欲试,"沈俊杰啊,我这辈子遇到你,真的太幸运了。今天对我来说也完全是一个具有历史性意义的日子啊!我简直恨不得现在就提起笔来写小说啦——可是,我恐怕还是只能有三分钟热度。虽然我从小就对文学家充满膜拜,可是却没敢想过,有朝一日自己也能成为一个作家。而且,我在这方面简直就是个一无所知的瞎眼汉。应该从哪儿开始,应该写什么是好,甚至,就是写出东西来,要不要先请谁评判指导一下;或者,应该弄到哪里去发表,都一窍不通呢。对了,我可以请你帮助,请你评判……"

"这可不行,你知道我的文学书读得不多,而且根本上还不太看得上它的。但是,你真的要想走写作这条路,了解些这方面的基础知识,完全可以通过自学得来。比如可以有目的地再多看些中外名著,'熟读唐诗三百首,不会作诗也会吟'嘛。另外,我看也应该适当看些大学中文系的写作教材,这种书对你来说,是不会像对毫无兴趣的电学一样难懂的。至于具体该怎么做,我倒想起一个人来,如果他愿意,你完全可以拜他为师,随时讨教一些实际的问题……"

"拜他为师?你说的是谁,我能够见到他吗?"

"当然能。说起来也是巧合,或者说,说不定就是你的一种造化呢——"沈俊杰回过身来,站到高处向远处团部所在的小山包上看了一下,伸手一指说,"这个人远在天边,近在眼前。你看见团部山上图书室的灯光了吗?那个人现在可能就在那里写作呢。"

"是吗?"许硕万分诧异地伸长脑袋,向着沈俊杰手指的方向看去,心里顿时蹿过一股令他战栗的电流。就在团部所在的那座小山包的最高处,黑漆漆的天幕下方,果然有个小房子还亮着灯,虽然感觉微弱,却不亚于启明星的光芒,点破夜晚的薄雾,正向他无言地召唤呢!

许硕顿时生出强烈的好奇甚至是神圣的感觉:"今天是什么日子啊?怎么会有这么巧的事?你说的这个人到底是谁?我怎么从来不知道,在我们这小小的煤矿里,还会有个作家在啊?"

"我也是刚刚知道。前两天我到团部收发室去看信,听见工会一个人在跟别人说,团部山顶上的图书室里,住着一个作家。不过,依我看应该说是业余作家。他是我们团部宣传科的干事,从部队复员回来的。因为回来前就发表过一些作品,来矿上后,又开始写一部反映煤矿生活的长篇小说,团里便照顾他,让他单独住在图书室里,清静地写他的小说。白天有个管理员在,晚上有人来借书,他就应付一下。可以说是让他脱产写作了。"

"哦!这么说你也没有见过他?他叫什么名字你知道吗?"

"我问工会的人,说是叫郑远。"

"郑远?你看过他的文章吗?"

"我看的文学作品不多,现在那些报纸杂志上的东西更不看了。不过我下次回吴东时,可以到图书馆去查一下的。"

"不管怎么样,我们能不能去拜见他一下呢?"

"其实我也对这个人感到好奇。至于要见他还不好办?今天晚了点,明天吃过晚饭,我们一起上山去拜会他就是了。他至少现在还算不上大作家,应该不会把我们拒之门外的。"

第二天下班后,沈俊杰和许硕早早到食堂吃了晚饭,兴冲冲地爬上了团部图书室。

图书室是一座约莫两百平方米的红砖建筑。有一条窄窄的水泥小径,蜿蜒地从团部后面的高处通到它跟前。进门正当中空地上,放着一张乒乓桌,周围有些木条凳,平时可供人在乒乓桌上阅览。两边沿墙,各放着几排书架和报刊架。许硕以前来过两次,觉得架上的书虽然不少,但值得看看的没几本。其余大都是些思想教育和政治读物,和一些《金光大道》《艳阳天》《虹南作战史》之类的文学书。四大名著只有一部《水浒传》,外国名著也只有高尔基的《在人间》等书和几部巴尔扎克、雨果的小说。这些书他以前看过了,所以后来就不来了。

两人喘息着进屋后,发现图书室里没有人。但屋子最里面靠南边隔出一个小间,里面有灯光从向北的小门里透射出来。他们轻步走到小门前,探头一看,他们崇敬的作家,正坐在靠墙一张木床前的写字桌前,吃着搪瓷盆里的晚饭。听见动静他抬起头来,笑着问他俩:"你们来借书吗?"说着便推开饭盆站起来。

"我们……"许硕的心莫名地跳荡开来,但他还是迎上一步,躬着身恭敬地说,"郑老师,这个时候来,打扰您了。但我们是来拜访您,向你讨教写作知识的。"

郑远怔了一下,随即笑眯眯地伸出手和他们俩握手,并请他们在写字桌左边两把木椅上坐。自己也在写字桌前他的藤圈椅上坐下来。

这时,许硕和沈俊杰几乎同时对视了一眼。因为此前他们都没有料到,眼前的这位作家,竟然罕见地留着一绺小胡子。胡须不太长,有五六厘米吧,但是密而宽,且都长在下巴上。两腮和上唇都修得光光的。

显然是意识到许硕他们讶异的原因,郑远轻轻地捋着胡须说:"感觉我这人有点怪吧?其实我也觉得有点不合时宜。但是既然留了,剃掉也就有点舍不得。只是为了看起来不像只山羊,我把它修短点,留宽点。"说着他爽朗地笑起来。

"不怪不怪。"沈俊杰乖巧地说,"作家嘛,就应该是有个性的人。我猜你这是……蓄须明志吧?"

"哈哈!你说得有道理。但是刻意那样的话,就有点做作了。我留这点胡须,其实主要是……潜意识当中想纪念我的爷爷吧。我爷爷曾经是乡间的老塾师,我出生的时候,就见他留着一绺飘逸潇洒的灰白胡须,比我这长得多。我和爷爷感情特别好,因为十岁以前都是跟他过的。他对我非常疼爱,也寄托着很大的期望。教会我识字,背古诗,还给讲很多民间故事和神话传说。我的写作底子,应该就是他埋下来的。他去世的时候,我在外面当兵,没能见到他最后一面。复员后我回老家去祭拜他,看着他的遗照,突然就生出也要留点胡须的念头。好在我不是军人了,这也算不上封资修。而且我不留长,多少有那么一点,无聊时把抚一下,或者修理修理,心里会觉得踏实点呢。"

说到这里,郑远神情有些黯然。他默默地从抽屉里取出一把旅行用的小剪刀,对着桌上的小圆镜,小心地修饰起胡须来。

正在这时,忽见一团黑影,从郑远藤椅右手边的一只小书架上,呼地跳到郑远的膝盖上。

猫!这么大一只黑猫呀。许硕并不觉得有什么异样,却不料身边的沈俊杰蓦地从椅子上蹦起来,失声惊叫着,同时把椅子远远地往后挪到墙根处。

"怎么,你怕猫吗?"郑远朗声笑着,同时亲昵地爱抚着膝上的猫说,"但是你不要怕它,这家伙是我的亲密伙伴,决不会伤害任何人的。它原来是只小野猫,我搬上山来的第一天,它就闻着我的饭菜香溜进来,从此就赖下来不走了。"

许硕一点儿也不惊讶。他从小就喜欢小动物,睡觉时被窝里曾长年钻着家养的花狸猫。他欣喜地伸手去抚摸那只猫。那只浑身漆黑油亮,瞪着一对晶亮的琥珀色眼睛的大肥猫,目不转睛地注视着他。

"你叫它什么?"许硕问郑远。

"'黑旋风'。它兴奋时跑起来,活像一团旋风在地上滚。"说着,郑远向门口一指,对"黑旋风"说,"去吧去吧,到外面抓老鼠去。"

"黑旋风"竟像听得懂郑远的话似的,跳下地一挪一挪地、扭动着胖胖的身子跑到外面去了。

沈俊杰这才吁了一口气,红着脸重新坐下来。郑远俯身向他,伸手按按他那鼓绷绷的胸肌:"好棒的小伙子啊,居然也会怕一只手无寸铁的猫——但我不是嘲笑你啊,人和人总是各有千秋、互不相像的。只不过你们是不是觉得,这是个很有意思的小细节?凡事皆有其因。但不管是出于什么原因,这个细节是不是也说明了,人的性格真是千姿百态、千奇百怪的?这件事对我们搞创作的人来说,应该也是个有益的启发呀。"

"郑老师是在给你上课啦。"沈俊杰趁机自我解嘲地捅捅许硕说。

郑远挥挥手:"哪里。我主要是在给自己上课——观察生活、留心细节,永远是每个作者要十分注重的。"

他们说着话时,许硕专注地打量着郑远。感觉这位作家长得和自己差不多高,但肩膀宽阔,身形比自己健壮得多。而且天庭广阔,眉清目润,经常温和地微笑着。他那略有些方的脸庞也较饱满,不像自己的两颊总是凹陷着。只是他的脸色有些苍白,眼泡还有些虚肿,应该是长期待在室内和动脑筋太多的缘故吧。但他的眼睛很有神采,眉宇间有一种与众不同、似乎带着些忧郁的气质。这就是作家的气质吧?至于他的岁数,许硕估摸着差不多有四十岁了,因为他的额顶已经谢了一块,靠把别处的头发梳拢来才不太明显。他的衣着和矿上的转复军人们差不多,上身穿一件半新半旧的深蓝色中山装,腿上穿着的则是一条洗得有些发白的黄军裤。但他脚上的皮鞋还很新,擦得也很干净。

可能彼此还不熟悉吧,郑远话不多,时不时还会露出点若有所思的神情。但当彼此介绍过,确认他们也对写作有兴趣,特意来向他请教后,他变得热情多了。他哈哈笑着,话音很有磁性地说:"这很好啊,以后我也有伴啦。至于请教,那可就谈不上了。"

他端起手边的饭盆,草草地把剩饭划拉进嘴里,用手把嘴巴一抹,说:"比起你们来,我顶多年纪大些,可能也早写了几年,离成功还差着十万八千里呢。"

"郑老师太谦虚啦。"沈俊杰说,"听说你在部队上就发表过文艺作品,现在又要出版长篇小说了。"

"以前那些东西都没什么价值。"郑远的脸上反而浮现出一缕阴云来。他手指在桌上轻轻敲了一会才说:"现在的这个嘛,写长篇小说对我也是初次尝试,能出版当然很好。可是……难说啊。"

他拍了拍左手边堆着的一大摞厚厚的稿纸,沉默起来。

"可是你已经把小说写出来啦。这么厚,这几本都是吧?"许硕壮着胆子趋上前去,"我能看看你的手稿吗?"

"看吧。不过还是等以后能出版再看吧。这个稿子已经改了两遍了,估计顺利的话,还要改上一两遍,等书出来时,恐怕就面目全非了。"

许硕还是小心地俯下身去看了看稿纸,只见首页上用浓重的毛笔写着两个大字"乌金"。下面一行是用钢笔写着的"长篇小说、郑远著"。

沈俊杰也凑过来,还伸手翻开稿纸看了几眼内容。内容都是一笔一画端端正正的手写字,那些字相当有力,也很俊秀。他由衷地赞叹道:"郑老师的字真好哎。而且,能写出这么长的小说,也太不容易了。书稿应该有几十万字吧?"

郑远点点头:"可是出版社嫌长,要我压缩在二十五万字以内。所以我这第二稿已经缩掉五六万字了。不过只要最终能出版,吃再大苦也算不了什么。"郑远的话音沉重起来,眼中也不断闪烁出难言的光芒来。

"难道这第二稿还不能确定出版吗?"

"难说。出版社倒是蛮有兴趣的,也帮我向团里请了创作假。

过两天我要到大新煤矿去采访体验生活。回来再改一稿。"

"这么看,写作可真不容易啊。"俩人面面相觑,齐声感叹着。郑远却又笑起来:"世上无难事,只要肯登攀嘛。井下那些打眼放炮的,还有生命危险呢。"说着,他拉开抽屉,从里面取出一个厚厚的笔记本,翻了一会,找到一段话,用手指按着读给他们听,"美国作家爱伦·坡你们知道吧?他对创作的感悟是'任何创业都不是简单的,而最艰辛伟大的,莫过于用笔在纸上涂。尽管可能获得优厚的报酬,但你不得不为它付出一生!'

付出一生!许硕心头凛了一下,正在品味着,郑远又问他们:"怎么样,你们准备好'为它付出一生'了吗?对了,你们都写些什么呢?小说,还是诗歌?"

"我们都八字没有一撇呢。"沈俊杰指指许硕说,"主要是他,许硕。他的灵性比我足,也想当作家。所以来向你请教些写小说或者诗歌的常识。"

许硕的脸红了起来:"哪里呀,我只是有点心血来潮。看郑老师都这么艰辛,我就更不敢乱来啦。"

"哎,怎么是乱来呢?谁也不是神,凡事的起步阶段都会让人感到迷茫,缺乏信心,这很正常。我当初也是受团里一个军旅诗人的影响,才开始尝试写起来的。后来不知碰了多少壁,才逐渐发表了一些作品。文学之路确实特别艰辛,但是只要有兴趣,最好还能有良好的天赋,那就有了成功的希望。具体能成功到什么程度,是小作家,还是大作家,甚至什么家也不是,我的座右铭就只有两句话:'锲而不舍'和'只管耕耘,莫问收获'。我相信写作首先是一种理想,一种精神状态,一种坚持不懈的追求。写作的过程,本身就是很有意义的一种生活方式。我一路跌跌撞撞,但还是能坚持到今天,就是坚信这一点的结果。"

听郑远这么说,许硕又觉得心里暖暖的,越发感到今天不虚此行。几乎马上就想要摩拳擦掌,操起笔来大书特书了。

这确实是他命运中关键的一步。当晚他们不仅从郑远那儿得到了鼓励,还切切实实地得到了许多当时几乎是空白的知识。大到写作的基本理念,写什么好,怎么构思,怎么观察生活;小到怎样投稿,用什么稿纸,比如,许硕还是第一次听说,给报纸杂志投稿,文章要写在每页三百字或者五百字的方格稿纸上,而且是不需要贴邮票的,只要把信封右上角剪掉一小角,邮费就由报刊社付了……

尤其让他惊喜的是,临别时,郑远不仅欢迎他们经常来"共同切磋",还从身边的小书架上抽出几本三百格的稿纸,给他们每人两本,说是他作为"作家"得到矿上的照顾,可以报销一些稿纸和文具费……

告别郑远,门外扑面而来一股清凉的气息。轻柔的夜风里,隐隐还有淡淡的桂花香。许硕和沈俊杰都深深地吁出一口长气。

沈俊杰回头看看已经关上的图书室门,轻声问许硕:"你觉得他怎么样?"

"了不起。我觉得他很了不起。目标明确,意志坚强。人也坦率,还随和得很,一点架子也没有。不瞒你说,我刚见他的时候,紧张得手心里都出汗了。"许硕下意识地抚摸着自己还有些发烫的面颊说。

"他的为人是不错的。换个人恐怕就会自吹自擂,颐指气使,先在我们这些没见过世面的人面前,过一把作家瘾再说了。"不过,沈俊杰虽然这么评价郑远,却也并没有许硕的激动,"我隐约觉得,他离成功不见得比我们近多少。"

"为什么你会有这种感觉?"

"旁观者清吧。我觉得他的文学观念——这个我也说不大清,要等以后看过他的小说才能明确。但是我刚才听他的话,总觉得有些说得是不错,有些却好像有些片面,时代烙印也深了些。这可能和他的创作经历有关吧。他还强调要提高政治觉悟,积极、着重地表现正面人物,而且要旗帜鲜明。这听起来是不错。但是,可能是我的理解不太准确,总觉得文艺创作太旗帜鲜明了,就可能陷入概念化。我记得恩格斯说过:'我认为倾向应当从场面和情节中自然而然地流露出来,而不应当特别把它指点出来。'这就是说,倾向、主题不应当作为作者的主观见解,而应作为所写出的客观现实的趋势,自然而然地表现出来。好比人喝水,但尝到盐味,见不到盐粒,盐完全溶解在水里了。咸是客观事实,不是你要它咸它就咸。如果郑远的小说也是现在某种创作观念的产物,就是出版了,恐怕也不会好到哪去。"

"能出版还不好啊?能发表,能出版,起码也就是一种权威的认可,一种成功了嘛。"

"那你的要求也太低了。好的,甚至可以说,凡是够格的文学作品,应该是思想性和艺术性的结合体,更是作家对真实生活和自己真实情感的自然流露。这样才能唤起读者的共鸣,在任何时代的文坛,有自己的一席之地。所以如果我想写作,就决不盲目跟风,或者过分政治化。要写就写自己的独到发现,写人类的共同感情和哲思。否则,宁肯不发,不坏笔头。"

许硕一怔,又一次感到沈俊杰的知识积累和思辨能力比自己老成多了。而且,他一下子也弄不清沈俊杰的意图何在,只是隐约觉得他的话还是有道理的,于是由衷地赞扬沈俊杰说:"老兄哎,你不觉得你不追求文学太可惜了吗?你懂得那么多,脑瓜子又好使,哪像我两眼一抹黑。真要想写作,首先还要好好补上文学基础理论的课。"

"我志不在此。"沈俊杰听他这么说,不无得意地笑开了。随即却又正色道,"我这人就是对理论性和抽象的东西理解得快,真要写起文学作品来,就不见得比你强了。毕竟文学是形象的、感性的,我很清楚这是我的短板。不过我也不是没有想过,将来我万一别的做不成,说不定就会试着去弄文学或者艺术评论。吴东市图书馆有个工人业余书评组,我回吴东休假的时候,有时会去旁听。老实说,有点帮助,但是大多数人给我的印象一般般。"

"这样也好啊,"许硕更兴奋了,"以后我真要写了什么出来,你就给我当指导、做评论吧。对了,郑远老师的长篇小说出来后,你就可以写写他的评论呀。"

"我那是说说玩玩的。真要我写,恐怕就捉襟见肘了。再说,他现在是我们的老师,写他作品的评论,如果我有不满意的地方,照实说不太合适。做违心文章,我还不如不写。何况根据我的直觉,他的小说最后能不能出来还不好说呢。"

"你真的这样认为?"许硕很觉失望,好像沈俊杰说的是他自己,"我相信他会成功的。别的不说,就凭他能坚持十年不动摇的意志,就让我万分佩服了。而且,成功是没有止境的。他比起我们来,也只是多上了几年高中,能到今天这个程度,太不容易了。"

"他的精神是很可嘉。这点最值得我们学习。"

许硕重重地点了下头,视线转向了山坡下。坡下的煤矿夜色,让他大声赞叹起来:"我还从来没有从高处看我们矿的夜景呢。原来也有这么美啊!"

夜色确实有着魔术师般神奇的魅力。那些白天见惯了的灰扑扑的甚至显得杂乱的井口、团部的房屋和一排排的集体宿舍楼、路灯、小铁路上呜呜来去的运煤电车,现在都沉浸在密集闪烁着的灯彩之中。井架顶上的红灯高高地闪亮着,煤场上好几盏雪白耀眼的大功率碘钨灯,和来来去去的矿工们头戴的矿灯光柱,游弋交织出扑朔迷离的图景。整个小盆地就像是一只珠光宝气的聚宝盆,而那排列成行的矿车游动时,发出的砰砰的撞击声,卷扬机抑扬顿挫的轰鸣声,和空压机房压缩机均匀的运转声,又为这璀璨的聚宝盆配上了一曲让人心动不已的音乐。

无意中,许硕又发现在他们的左边,苍茫幽深的地平线处,正有一串猩红的亮点,在浓重的夜雾中缓缓远去。

"那里是海湖吧?亮着红灯的,是运煤的拖轮吧?"

"是的。应该是刚刚从码头上启航的船队。"

许硕的心胸倏地被一股子前所未有、猛烈升腾的豪情涨满了。他高高举起双拳,使劲挥动着喊道:"我也要启航!从现在就开始启航!"

回过头来时,他撞见一个让他觉得有些微妙的眼神。沈俊杰微笑着,似乎也很动情,却远没有他那么亢奋。甚至,眼神里好像还有一丝他捉摸不透的内容在。

第五章

那个晚上许硕几乎一夜没能合眼。辗转之中始终在苦苦思索着,恨不能立刻以笔为马,纵横天下。可一旦想到具体内容,或者自己该从何处下笔习作,则再怎么思来想去,脑海里始终空茫茫一片。要不就是另一个极端,一会儿觉得这个事情好写,一会儿又觉得那个内容好写。再一会儿,他一坐而起,打算立刻把刚才涌现的一个"灵感"捕捉下来。可是看看黑沉沉的寝室,听着舍友们长长短短的鼾声,那股劲立刻又泄了。

一连几天都是这样。白天他睁着布满血丝的双眼,走路时、吃饭时、爬在杆子上时;听到矿车长龙的轰隆声,看到传送带上飞泻的煤瀑时,他几乎都在寻摸着,觉得该把这个写下来,又该把那个写下来。傍晚从食堂回来,他立刻爬上床去,放下蚊帐挡住别人的视线,取出早已准备好的信纸作草稿纸,垫在书本上,打算今天一定要动笔,哪怕就写上几行歪诗也行。结果却还是半天也落不下一个字,或者好不容易写下几行字,转眼又觉得和心中所想的差距太大,烦躁地划掉了。他不禁反复摩挲着郑远送给他的方格稿纸,怀疑自己怕是永远也用不上它们了。

忽一日,当他经过以往司空见惯的锻工炉前时,一幅师徒们挥汗打铁的场景,突然像一只无形的手,拽住了他的脚步。

鼓风机呜呜吼着,人铁炉中蔚蓝和玫瑰色的火焰,正从刚添的煤屑上腾起。天气又热,师徒三人便都光着膀子,露出肩头和胸前健硕的肌肉。那师傅年纪较大了,头发稀疏,额头有颗鲜明的大黑痣。伴着呼吸,他那结实的肋骨便根根凸显。但更显眼的还是他精湛的技术。他用一把长铁钳从火舌熊熊舔着炉门的炉膛中,夹出一段鲜红的长铁块,往大铁墩上一放;右手轻巧地舞起铁锤,往红铁块上叮当一敲,两个虎头虎脑的徒弟便高高抡起铁锤,随着铁锤指示的位置,狠劲锤下去。师徒三个的身体都柔软而连续地晃动着,肌肉紧绷。铁锤宛如指挥家手中的小木棒,循着固定的路线,击出富有节奏的叮当声;铁锤则随着指挥的节奏砰砰闷响。连续的捶打声中,通红滚烫的红铁块,转眼就像柔韧性十足的面团一样,变成了扁扁长长的黑铁板。师傅夹起它端详一会,又塞进炉膛去加热,一个徒弟则麻利地操起铁锹,从炉边铲起一锹煤投入炉膛。而那炉火仿佛也知悉他们的心理,呼呼作响地蹿起更猛的火焰……

煤!许硕的心蓦地一颤:不正是我们的矿工们,从深深的地下开采出的煤块,给了火焰燃烧不竭的能量吗?而正是煤块化身的火焰,给人类带来无穷无尽的造化!

他出了神,身体也微微战栗起来。他两眼死死盯着炉膛里的烈焰和煤火,心中翻涌着一股说不清道不明的、火一样热烈的冲动,形成一股巨大的力量,在身心里疾速奔突,急欲寻找一个突破口。直到师徒们打铁的声乐重又震响,他才如梦方醒地跑了开去。是的,他几乎就是在小跑着,心里仍然涌动着莫名的激奋,恨不能立刻就跑回宿舍去,写一首煤和火的诗篇。

当晚,当许硕铺开信纸时,几乎毫不犹豫地就重重地写下了《煤之歌》和《火之歌》两个题目——这两个题材,整个下午都在他心中翻滚、咆哮着,迫不及待地想要涌出他的笔端。而一旦情绪和构思产生了共振,信心也陡然升华,动起笔来竟再也没有枯涩、犹豫之感,词句简直就跟得来全不费功夫似的,哗哗流淌。他也不管不顾,抢一样先把涌上心头的诗句记下来再说。

他之所以想到这两个题目、这样的形式,是因为以前他在吴东师院的阅览室里,读到过黎巴嫩著名诗人纪伯伦的散文诗《美之歌》,当时就怦然心动,十分喜欢地把它抄了下来。他觉得这首散文诗本身就是美的化身,特别贴合自己的心境,以致他后来反复吟咏,一度能全部背诵出来。白天在炉膛前看打铁时,纪伯伦笔下那些美妙隽永的诗句,竟又随着炽热的炉火曼舞开来:

我像早晨开放的玫瑰花。摘下我的是一位姑娘,她吻了吻我,然后把我紧贴在她的胸口上。

我是幸福的宫殿,我是欢快的源泉,我是安详的开端。

我是那温柔的一笑,浮现在姑娘的唇边;年轻人看见,就会忘掉自己沉重的负担,他们的生活就会变成甜蜜的、梦一般的草原。

我为诗人唤起灵感,我是艺术家的旅途良伴,是音乐家忠实的教员。

我是婴儿的一双慧眼,温存的母亲看见了,她就会跪下祈祷,歌唱赞美安拉的诗篇。我在亚当面前变成了夏娃,并且征服了他;我依女友的身份去见所罗门,把他变成了智者和诗人……

当晚,许顿就是仿照着纪伯伦的笔法,几乎是一挥而就地写下了他的第一首习作《煤之歌》——

我是亿万年岁月熏陶冶铸的精灵,
　　命运造就我乌黑多情的肌骨。
　　我与深不可测的黑暗与地压搏斗,
　　生成热烈豪放的气质。
　　我用每一个分秒酝酿光明与热力,
　　我用每一个细胞存蓄雄心与斗志。
　　我是纯煤还是矸石,
　　听凭烈焰验析。
　　我愿以辉煌灿烂的"死",
　　换取那光焰万丈的新世纪!

　　第二天,许硕重读自己的"杰作"时,尽管也失望地感到,它和纪伯伦的诗歌简直是天差地别,但他没有放弃,而是涂涂抹抹,反复修改增删后,一笔一画地誊写在一本新启用的漆皮大笔记本上。毕竟,纪伯伦是闻名世界的大诗人,自己还只是泰山脚下的一抔土。但是,这首诗又是自己大胆走出的第一步。而且,"癞头儿子自己的好",他还是暗暗为自己初试牛刀就写出这样的东西,感到几分自豪与喜悦。

　　此后一些日子里,许硕更深地沉浸在习作的狂欢中。说狂欢,是因为他发现自己竟突然由开始的抓头挠腮、无从下笔的艰涩状态下,一跃而成了一个诗兴勃发的"诗人",几乎每天都有浓郁的诗兴,挡不住地往外喷发。他突然觉得,写诗并不是多么困难的事情。仿佛自己凭空生出了一双慧眼。看山是诗,看水也是诗。生活中到处都是诗,甚至有时拧开水龙头洗手,哗哗的流水也让他怦然心动:水啊,你这生命的源泉,究竟是从哪里涌来? 为什么你要急急忙忙地来到人间……不过,他还是有着一些理智在,知道这应该不是正常现象。毕竟他也读过许多好作品,明白生活中的确处处有诗,但不一定处处都有好诗。而自己写的这类东西,还太稚嫩,写下来顶多可以练笔,值得保留或者拿出去发表,还是不行的。慢慢地,他开始努力约束自己漶漫散乱的情绪,尽量写得从容一些,像样一些。于是,经过一个多月的反复琢磨与修改,他又完成了一篇自己比较得意的文章。这就是他最初想要写的《火之歌》——

  我是光明和温暖的源泉。我是黑暗和寒冷的死敌。虽然它们恨我,但我一出现,它们就仓皇逃遁,消踪匿迹。
  我活泼,好动,爱穿鲜红的袍服;我喜欢低声吟唱、翩翩起舞;这是我的天性。有时我也会发怒,暴躁得有如放荡不羁的野马。我会毁坏一切:树木、田舍、人畜……但只有在人类不懂得或不善于掌握我的脾性时,我才会这样做。
  混沌初开之际,我的母亲——统治世界的宇宙规律生下了我,派雷电送我来造福地球。虽然在漫长的光阴里,人类和地球生命都畏惧我、逃避我、视我为祸星。那是因为他们还不了解我。我不责怪他们。
  我在猿人的洞穴边燃烧,给他们以光明和温暖。我烤熟野兽,让食物散发香味。勇敢的人尝试了,便认识了我的功能。我也就高兴而驯顺地做了知我懂我之人的仆从。他们需要我时,只要敲敲打火石,我就披上红袍欣然现身,唱着祝福人类的歌儿,跳起激励意志的舞蹈。于是,人类都视我为朋友,不断地摸透我的脾性。让我吸新鲜的氧气,饲我以木柴、煤炭和石油。我更心甘情愿地为他们驱动发电机、锅炉、轮船、火车和飞机。我成了人类不可或缺的帮手。

我喜欢广阔的天空,飞升到太阳宫里,把我的光明和温暖化作放射不尽的金箭,源源不竭地飞临地球。于是地球更加灿烂,江海金波粼粼;山林绚丽斑斓,田野生机蓬勃。游鱼飞鸟、禽兽人类,一切生命都无不向着太阳放声赞颂——我默默地隐在太阳的身后,充满了创造的喜悦。

我也喜爱变幻踪迹。我会由一种形式变为另一种形式;我还会由物质的我,变而为精神的我;又由精神的我,变而为物质的我。我的生命是无限的,我的能量是不可穷尽的……

——原文很长,这里就录其上半阕。后半部分许硕自己也觉得有些牵强。因为他把火的精神特质与人类的文明进化、社会革命、政治理想联系在一起,试图表现自己对这一领域的认知和探索。这未必不可,但显然是他所不逮的。虽然他也为自己作为一个毫无写作经验的毛头小子,居然能生出某种自己也不敢相信的状态,上穷碧落下黄泉,思接千载,视通万里地纵情挥洒自己的思想和情感而颇为讶异,也感到几分欣慰。

那一阵,许硕的信心和意识也成天处于亢奋之中。有时竟觉得自己也成了一团熊熊烈焰,势将为自己的未来,燃烧出一片崭新的天地。但当他激动万分地誊好文章,捧着稿纸反复吟哦、击节自得后,突然间又生出对自己的怀疑:这就是创作吗?这就是诗歌或者散文吗?这样的东西投出去,会被编辑认可而发表吗?恐怕只会落得个丢人现眼、遭人耻笑的下场吧。

可他们凭什么耻笑我?这分明是很好的文章呀!而且它还是

出自一个二十岁出头、初试牛刀的小电工之手……

尽管拼命给自己打气,他终究还是没敢往外投稿。斟酌再三,他决定不耻下问,把"大作"先给沈俊杰尤其是郑远看看再说——其实他一度曾打算要悄悄地寄出去,发表不了,也不会为沈俊杰所笑话。万一发表的话,就把报纸或者杂志往他面前一放,那效果,才叫一鸣惊人呢……

打定主意,当晚许硕和沈俊杰出去散步的时候,他就把稿件揣在怀里,路上递给沈俊杰,谦恭而忐忑地笑着,请他多多指教。沈俊杰显然有些意外,然后饶有兴趣地展开了稿纸。那一刻许硕的心莫名其妙地蹦跶起来,唯恐会听到沈俊杰的耻笑或者尖刻的否定,那样的话,只怕自己信心顿失,就此一蹶不振了。然而阅读的过程中,沈俊杰始终没有出声,也没有看他一眼。不知是自己出现了幻觉,还是沈俊杰的情绪正在波动,许硕觉得他似乎作了几次深呼吸。手中的稿纸好像也随着他的手在微微抖动。许硕不由得偏着头,眼睛瞪得大大地,急切期待着沈俊杰的评论。

可是沈俊杰看完后,还是一言不发,沉默地折好稿纸,递给许硕。直到许硕急切地询问他感觉怎样时,他才扭过头来,习惯性地抚摸了一会眉毛,轻轻吐出一句话来:"有句俗话叫'说得比唱得好听';我觉得你是'写得比说得好看'——平时我们虽然也谈论文学,但你的谈吐并没有让我觉得你有多了不起的素养。看来'熟读唐诗三百首,不会作诗也会吟'还真是至理名言。你真没有吹牛,从小到大读过的各种文学书在你心里发芽了。"

许硕如释重负,满面是笑:"真不是吹的,我从小学一年级开始,就凭着请教父亲和翻字典,上下学期各看了一部长篇小说呢——这么说,你觉得我写得还算可以?"

"相当可以。至少,它们像那么回事。"沈俊杰认真地说,"当然,我是从你还刚刚起步的意义上说的。而且,我现在真心觉得,旁观者清是至理名言。我建议你走写作之路是说在点子上了。起码,你的文学感觉是在我之上的。所以,你完全应该正式走下去。但具体该怎么写,我再给你一个建议,你应该把文章给郑远看,毕竟他是过来之人,眼光肯定比我准,还会给你专业的、实在的指导。"

"我也是这么想的。我问过宣传科的人,郑老师从大新煤矿体验生活回来了。明天晚上我们就去看他吧?"

沈俊杰迟疑了一下,摇了摇头:"我想抓紧时间多看点资料,酝酿一下自己的提纲,以后就不多去了。你们的共同语言比我多。何况,他那只'黑旋风',总是让我不自在。"

"真的啊?你不是在找借口吧?一只猫会把你吓成这样?"

许硕忍俊不禁,拍手大笑。不过想想自己也有一些古怪的畏惧,很小的时候怕看人杀鸡,大起来看了些《十万个为什么》和科幻小说,一个人独自在家的时候就一定要关紧门窗,唯恐有外星人驾飞碟到来,把自己掳去。不过这些畏惧都随着年龄和心智的成熟而淡化了。沈俊杰身高力大,居然到现在还会怕一只许多人由衷喜爱的猫儿,真是不可思议。然而正像郑远说的,仔细分析一下这种心理,对写作或许也有帮助呢。不过,这不是当务之急,眼下他关心的是,郑远对自己的习作会有什么看法。再想想沈俊杰的志向也的确不在文学上,于是决定明天自己去山上。正好第二天上午电工班没什么事,他便借口到团部小卖部去一下,悄悄溜到了郑远那里。

"写得不少嘛。看来你的情绪开始喷发啦。"郑远戴上眼镜,认真翻阅着许硕的文章,全程也像沈俊杰一样,几乎不动声色,让许硕看不出他做何感想。所不同的是,他看一会,就会偏过头来打量许硕一眼;再看一会儿,再打量他一眼。末了,他劈头吐出一句话来:"你以前真的没写过东西吗?多少应该练习过吧?"

许硕顿时咧开了嘴巴:"真的没写过。顶多是在家等分配的时候,心血来潮喜欢上了诗。但也就是些《唐诗三百首》以及纪伯伦和普希金抒情诗歌选什么的。有时候很偶然地,会在本子上模仿着诌几句四言八句。从来没认真写过,更没想过要当作家。对了——"他犹豫了一会,还是红着脸说,"其实我这两篇文章,也是模仿的纪伯伦的写法。你说这样可以吗?"

"可以的。"郑远不假思索地点头道,"古今中外几乎所有的作家,都是从兴趣开始,从模仿起步。所谓天下文章一大抄,就有这个意思在吧。关键是不能抄人家的思想和内容。"

"这个肯定没有。我只是觉得纪伯伦把'美''道德'这些看不见摸不着的抽象东西,都用活生生的人的口吻来表现,很亲切,很生动,也很巧妙。我模仿他这种写法,思路一下子就打开了。"

"怪不得我觉得你写得很特别。构思好,想象力也很丰富,像这种形式和风格的模仿,就可以说是借鉴。要紧的还有一点,在今后的写作中,要逐渐摆脱这种有意的模仿,努力寻找自己的表现方式和构思方法,慢慢形成自己的特色和气质。当然,这不是一蹴而就的事。要充分认识到,写作的难点主要在这里,一辈子都要寻求创新和突破,写出来的文章才能胜人一筹,脱颖而出。所以,你今后必然遇到种种考验,甚至是磨难。不过,我觉得你初步尝试就能写到这个程度,明摆着是很见才气的。坚持练下去,你早晚会有出息的。"

"谢谢老师的鼓励啦!"许硕的忐忑烟消云散,简直有了种受宠若惊的喜悦,不由得就提出了那个他最想问的问题,"那你觉得……我可以把它们投稿吗?"

"这个嘛……"许硕没料到,郑远沉吟了一会才说,"这样,你这首《煤之歌》就不要投稿了,它还是单薄了些。"

他把《煤之歌》抽出来,放在自己面前:"不过它很符合我们煤矿的特点,我把它推荐给团部宣传科的墙报上用吧。

"至于《火之歌》,你可以投出去试试。不过依我的经验,不一定能发表。因为它虽然比较有艺术性,但和当前文坛的总体风格和政治倾向还是不太符合的。而且,从后半部分看,还需要好好斟酌一下,删减一些比较繁复的、概念化的东西。老话说:'逢人只说三分话,未可全抛一片心。'这种处世哲学在现实中应该说是不足取的,但在艺术创作上却大有道理。文学也好,艺术也好,'话'都不可说得太满。所以画画上讲究留白,文章上也要保留余地。因为你让别人思而得之的东西,往往比你直接写在纸上的内容更丰富、更深刻,甚至会超出你想要说的东西。总之,鲁迅的话你知道的吧?'写完后至少看两遍,竭力把可有可无的字、句段删去,毫不可惜。'以后你会越来越体会到这话的重要性。"

许硕频频点着头,却也觉得自己就像一只上山来时鼓得饱饱的气球,现在正在悄悄地漏气。但他努力不显出失望,说:"那我就不投稿了。或者好好修改一下再说……"

"投,为什么不投?投稿不仅是为了发表,也是检验自己创作能力的重要环节。我就有一种写归写、投归投的思想准备。能发表要写,不能发表也要写下去。当然,有个严峻的现实,是你以后一定会面对的:对于大多数业余写作者来说,十次投稿九不中,甚至完全不中,是很正常的现象。刚才我说的磨难、要承受失败和各种打击云云,指的就有这个状况。这里的原因非常多,也非常复杂,不仅有作品够不够格的问题,也有现在报纸杂志少而写作者多的问题,更有形势问题、题材对不对路和报刊的艺术风格特点等问题,难哪!"

许硕有点惊愕地苦笑道:"这些问题都是我没有想到的啊。看来自己不仅还要多写,也要多学习,多总结经验。"

郑远点头表示赞许,又下意识地捋了一会胡须说:"还有一个不大能拿到台面上,但实际上相当关键的因素,那就是作者的名气和读者的阅读心理等左右。尤其这个名气,完全就是个牵着人鼻子走的怪脾气的悖论,你没有名气,哪怕你东西真好,一些编辑和读者看着,都好像乏善可陈。很多好作品、好作家就此被忽略。你有了名气、大名气,那你的每一个作品,甚至是每一个字,都会让人看出微言大义来。可是,想要出名简直是难于上青天!首要的一点就是,你要争取多发表作品,这样才能在文坛上混个脸熟。否则,谁能了解你、崇拜你?而你没有名气时,却又难于发表。就是发表了,也还远远不够,还有个非常关键的机遇问题,说白了,就是一个作者的运气问题。你说你读过很多书,那也应该知道,中外文坛上,历来就有很多本质优秀的作家,却一辈子郁郁不得志,甚至死后才偶然被文坛所认可……总之,左右一篇作品能不能被采用、被欣赏的因素太多了。你要走这条路,首先要有这样的思想准备——但愿我们都是那个好运气的范进!"

这真是听君一席话,胜读十年书呢——下山后,许硕一直都在感慨着,并反复咀嚼着郑远发自经验和肺腑的每一句话。

当晚他就又把《火之歌》认真改了一遍,咬牙忍痛,把冗长玄虚的后半部分大多都删掉(但他还是因为不舍得割爱,在笔记本上保留了全部原文)。一直熬到后半夜,他才迷迷糊糊地眯了一会。本来他想第二天就把它投出去,走到半路上,又改了主意。《火之歌》中的许多字句仍然纷纷扰扰地在他脑海中吵闹不休,让他在当晚又拆开信封,把稿件取出来改了一遍。

翌日,去团部食堂吃早饭时,许硕揣着重新装进信封的稿件,一路小跑着,头也不回地先来到挂在团部收发室外的铁皮邮箱前,片刻也不容自己犹豫,即刻把稿件投了进去。

但他并没有马上离开,而是呆呆地望着邮箱上那条吞下自己稿件和希望的细长缝口,发了好一会愣。毕竟,这是他生平第一次向外投稿啊。恍惚中,他依稀看见自己的稿件从邮箱中飞了出来,轻悠悠地、忽高忽低地飞过高高的矿井、斑斓的山野;又飞过烟波浩渺的海湖,直到省报编辑的案头上——想到这里,他就不敢往下再想那结局,也无法再想了。

当他清醒过来,踱进食堂吃早饭时,意外发现食堂里的气氛有些异样。排队打粥的队伍中,有人在说着什么,还回头打量他一眼。一些平时不大熟悉的人,经过他吃饭的桌旁时,竟冲他点头一笑,有人还对他竖了竖大拇指。机电连的一个车工,还特意拐过来拍了下他的肩膀:"你这小子,没想到还会写诗,写得还蛮好的呢。"

许硕一脸茫然,反问道:"什么写诗?我不会写诗的好不好?"

"不要装清高啦,我们都看到了。"

他猛然意识到了什么。写诗的事,除了本宿舍的人有点知道,他从来没向别人说过。难道是郑远让人把他的诗登在黑板报上了?

许硕的预感很快得到了证实。当年来接他们的政治处副主任老罗,端着饭盆走过他身边时,俯身看了他一下,哈哈笑起来:"许硕啊,你写的诗我看到啦。好,好,写得很好!"

许硕立刻跳起来,红着脸连声说:"我是瞎写着玩的。写得不好。"

"怎么不好呢?歌颂我们煤矿的文章,尤其好!"老罗拍拍他肩膀说,"那时在船上,我就觉得你思想觉悟高。继续写,多写点。以后有什么需要组织上支持的事,就来找我。"

老罗走开后,许硕愣了好一会才坐下去继续吃饭。心里却不无得意地想:我这一步真是走对了。仅仅在黑板报上登一首歪诗,竟能引起这么大反响。今后如果我能在报纸杂志上发表作品的话,真不知还会有什么影响呢。但他脸上仍然不露声色,草草喝干饭盆里的稀饭,边走边咬着手中的半个馒头,快步溜到食堂边上的小卖部里。吃完早饭的人都急着到车间去上班,小卖部里没有闲人。他站在窗前,看着外面的人明显稀零下来,才悄悄出去。为了不碰到人,他特意从团部下面的小路上绕到工会前面。团部的那面长而又宽的黑板报,就在他的正上方。他四下看看,现在那里没人。他急切地跳上台阶,在并不很靠近,却能够看清黑板报上内容的地方停住脚步。一眼就瞥见黑板报最右边一栏,用彩色花边勾出来一个长条框内,自己的大作正神气活现地瞅着他。"煤之歌"三个字,和许硕的名字都相当显眼,因为也是用彩色粉笔写的。一旦看清这点,他的血呼啸着向头上涌来。同时却不知为什么,简直像是做了贼一样,又向四下看看,掉头便往车间跑去,根本无心仔细欣赏自己作品的内容——这是他平生第一次发表作品,感到的却不仅有喜悦,还有从没料想到的羞愧心情。似乎自己做错了什么事,正被押在台上示众:早知道这样,我应该把这首诗再好好加工一下的……

但是当天晚上,他还是悄悄溜出宿舍,独自来到距宿舍十分钟路程的黑板报前,借着黑板报对面照过来的路灯光,把自己的诗一气看了好几遍。写黑板报的人那一手艺术化的字体,比自己不知强了多少,所以给内容大大增了色。今后要是能变成铅印体登在报刊上,还不知会有多理想呢。他越看越得意,回来时一路都跳跳蹦蹦,还哼着小曲。

此后的几年里,他的一些写煤矿生活的诗歌和短文,便成了黑板报上的常客。他的名气在蠡山煤矿成了一种常态。而他的心情早已波澜不惊,甚至还多了不少焦躁、愤怒和沮丧。因为他越来越觉得,自己的作品至少一多半都是相当精彩的,而满心渴望的真正的"发表",却迟迟不和他照面。包括那篇曾寄予厚望的《火之歌》在内,他连续投向四面八方的一篇篇满含着期盼的新作,要么石沉大海毫无回音,要么就是怎么去怎么来。退稿信里总是夹着一张报刊编辑部备好的铅印短信:大作已阅,经研究未能采用,请您另行处理。

起先他收到这种冷冰冰的退稿信,还一度感到些许温暖,因为比起那些毫无回音的投稿,这似乎也多少意味着,编辑老爷们对他的作品有一定好感。但是这种待遇多了,他垂头丧气,心里明白:这和石沉大海无实质区别,他已经有了一种经验,收到刊物的回信,不必拆开,瞄一眼信的厚度就明白,自己痴汉盼老婆般等来的又是一个冷漠无情的拒绝。

但开弓没有回头箭。郑远传授给他的"锲而不舍"座右铭,还是激励着他像单相思的痴汉一样,继续向姑娘们投送去一枝又一枝并不讨好的玫瑰花。通常,各连队的信报会在每天下午两点左右,由专人去团部收发室取来分发。许硕可等不及那个时刻,他几乎每天都在两点前先溜去团部收发室,取来机电连的信报,为的是尽早看到自己渴望着的佳音:一封薄薄的、某个报刊社编辑手写给他的用稿通知。

然而,他收到的,仍是一封封厚厚的退稿,和一肚子失望和凄楚。

为了验证自己的猜疑,他还一度逐页翻检每一篇退稿,为的是寻找编辑翻阅的痕迹。后来他还想到在稿件的中后部分,暗暗夹上一根头发,退回来时检查一下头发在不在,不在则说明,编辑至少是看到这个地方了。结果还真发现不少稿件都是完好如新,头发也平安旅游一番,照原样回到自己面前。对此,他起先很是失望、生气,转念一想倒又释然:这说明不是我的稿件质量不行,而是这家杂志社的编辑们不负责任、蔑视我们业余作者。那我再投另一家,不相信东边不亮,西边也不亮!

当然,对于重新投出去的稿件,他也很是谨慎。要把一些有点磨损的稿件的开头一两页和末尾几页换下来,重新誊过再订上,免得编辑们看出稿件是被人家退过的,而影响他们的判断。

第六章

失望归失望,酸楚归酸楚。但许硕仍如离弦之箭,一发而不可收。他在一本新启用的笔记本扉页上,力透纸背地写下郑远说过的话:

锲而不舍。

只管耕耘,莫问收获。

实际上,锲而不舍他可以做到。"莫问收获"则不可能完全做到。完全不问收获、不求发表或扬名立万,那我还写个什么劲呢?虽然他时常会这么想,心态却也多少平衡了些:精诚所至,金石为开!

但是许硕也很清楚,想要有所成功,仅仅有决心、能吃苦是远远不够的。心气平和的时候,他认真分析了自己的薄弱之处,主要还是底子不厚,缺乏写作经验,尤其缺乏系统性和有针对性的教育和训练。

早先他回吴东家中度假,总是闷头在家睡大觉,要不就是邀约昔日的三朋四友,到园林里去喝茶、打牌。现在他回到家里,多半是悄悄地来去,一个朋友也不惊动。每天揣上本笔记本,到吴东师院图书馆的阅览室去看书,常常上午下午都泡在那里。他很庆幸自己有这个条件,住得离师院又近。那时的阅览室供阅读的书刊并不多,但对他来说已很丰富了。

他读的主要是文学书刊。阅览室订有全国性和省级文学刊物二十多种——这时就是这样,文学刊物虽然陆续复刊,全国基本上还只是每个省出一份专门的文学杂志。全国性的也只有《人民文学》《解放军文艺》等几种。许硕为此大摇其头,深有生不逢时之慨:僧多粥少,想发表真是难于上青天呢。但他仍然没有放弃的念头。他认真翻阅这些刊物,并抄下这些文学杂志的地址。这对他最直接的帮助,就是他能有的放矢,根据它们的风格和特点,投寄内容风格相近的稿子,以增加命中率。杂志上发表的小说、散文、诗歌作品,他也会读一些,以了解当前的文学走向、创作特点,并揣摩那些好作品的写作方法。但他在阅读这些作品的时候,会不自觉地流露出忽卑忽亢两种态度。看到好的,便拍案称奇,还把感想记在笔记本上。却也会因此自叹弗如,甚至怀疑自己的"红旗还能打多久"。好在这种情况不是太多,他觉得那些堂而皇之的高头杂志上发表的作品,大多也都一般,很多似乎还不如自己写的。这时他又会充满信心,觉得自己"是金子总会闪光",早晚会被编辑们青睐,大多数作品都能发表。

他最爱读的是有些杂志上的评论、创作谈或创作理论文章。过去不写作时,对这类栏目他是毫无兴趣的。现在结合自己的创作实践来看,顿觉大有启发,津津有味。也不得不承认,自己最需要好好补充的,首先是文学理论素养和写作技巧。

每回休假,许硕还会抽空逛逛市里的新华书店。因为囊中羞涩,也因为他很早就发现,自己买的书,回家真正能读完的并不多。买回家翻翻,那感觉就和买它们的时候不同了,往往冷落在旁,又看上别的新书或者去借阅别的书了。这种心理是怎么形成的,别人是不是也有这种心理?他不得而知。只是觉得颇有点像民谚说的"老婆是人家的好"。哑然失笑之余,他再逛书店,看到新出了什么想看的中外好书,就记下书名,回头用父亲的师院借书证去借阅。但他越发喜欢逛书店的那种感觉。书店的环境,书店的氛围,书店那些五光十色、印装精美的书籍,看着和在蠢山看美景一样,别是一种心灵陶冶和抚慰。有时就是翻翻书的内容,摸摸它们的厚度,看看作家的简介,都会让他心生涟漪,不由得出神地憧憬着:会不会有一天也在这里看到自己的大著呢?尤其是看到别人在书店里抚摸、翻阅、购买自己著作的话,该会是多么美妙的时刻啊!

会有的,会有那么一天的。有回他竟忘情地嘟哝出声来,把自己吓了一跳,幸好身边并无旁人。

有一本书,他翻了几下就毫不犹豫地买了回来。这本书后来成了他放在床头,几乎稍空就会反复翻阅的工具书。也可以说是比较系统的文学常识启蒙书。那是吉林大学中文系新编写的一册中文写作教材。它较少概念和说教式的套话,写得深入浅出,很容易理解。什么是文学的体裁,什么是主题的提炼,什么是构思,什么是结构,什么是好的文学语言,什么是情节、细节,乃至什么是意境,怎样塑造人物;什么是"凤头、猪肚、豹尾",怎样设置悬念,等等,几乎是对症下药地给许硕作了一次善莫大焉的创作洗礼。

在这种情况下,可想而知的一个鲜明变化就是,许硕在宿舍里,依旧保持着每晚睡前看书的习惯。但其内容不是文学理论就是小说诗歌之类,电工方面的书籍,则早就被他束之高阁了。这也因为实际工作过程中,很少碰上理论性强的活儿,而电工班又分成了内线和外线两个班,他在外线班。外线班技能性要求高而技术性活儿不太多。

有目的地读感兴趣的东西就是不一样。有时写过东西头脑兴奋,反正也睡不着,许硕经常就读到了后半夜。这时探头看看,宿舍里的人早都在黑甜乡里做美梦了。只有自己蚊帐里的床头灯还亮着。不,常常还会有一盏灯亮着,那就是左侧上铺沈俊杰床头的。

沈俊杰自然也每天好读不辍。某种程度上说,正是他的言传身教,使许硕能保持勤奋努力。所以许硕对沈俊杰存有感激之心,也暗暗向他学习,力求缩小和他在学识上的差距。

但他渐渐感到,自己和沈俊杰的关系似乎产生了一点微妙的变化。沈俊杰在宿舍里似乎不太爱和他说话了,也几乎不再问起他的写作情况,对自己的宏图大志也很少提起,还经常陷入一种若有所思的状态,好像有什么心事。这变化是怎么回事,是不是和自己有关,他却又想不明白。于是他并没太在意,觉得是自己成天思虑过度,变得太敏感了。可是有一天临睡前,他下地到外面解手,回来再看,沈俊杰的床头灯仍然亮着,他不禁暗生敬意,轻轻撩开他的蚊帐,一看却哑然失笑。原来沈俊杰靠在床头上睡着了,手中的书合在他胸前。

许硕以为这只是偶然现象。但后来再留心观察,有时却又发现沈俊杰其实睡着了。为什么他不早点熄灯安睡呢?难道是因为自己还在看书吗?他连续几天一过十一点就熄灯睡觉,果然发现沈俊杰过一会也熄灯睡了。再想想,平时还真的没见过沈俊杰比自己早关灯的时候呢!这真有意思呵,难道他也在关注着我,暗暗铆着劲,不想在某些方面落后于我吗?

尽管这么想,许硕并没有在沈俊杰面前提及过这事,毕竟沈俊杰还是十分刻苦的,天分也高。他们的关系依然很好,每天或者隔两天就会相约着出去散步。过一阵还会利用加班补休的机会,或者到团部卫生队,找熟悉的医生开上一天病假,然后带上几只馒头,一起到还没玩过的地方去远足。

蠡山真是个移步换景的好地方。几乎每个角落都有其独到的魅力。有一次两人又来到岛上最东边的村子,顺着不断向下的山路一直下到海湖边上。这儿的湖畔满是成堆成簇的礁石群,礁石群中间还分布着许多深不可测的水洞。滔滔不绝的浪潮不断扑进那些洞里,发出轰隆隆的回响。而那些一簇簇、一堆堆的礁岩,也被长年累月的浪涛啃噬得千疮百孔,变得千姿百态。如狼似虎,又如城里园林中的假山。到了这里,许硕完全相信,当地人说的,北宋徽宗疯狂痴迷假山石,以致大征花石纲的故事,显然是真实的。而那些风姿特异的花石,主要就采自蠡山。

两人在石阵中上下攀缘,尽兴赏玩了一番,便坐在一处较平坦的礁石群上休息。两人沉默了一会后,沈俊杰忽然开口:"人真是捉摸不透的呢。"许硕没想到一向慷慨自信的沈俊杰会出此言,忍不住心生感慨。但他并不流露出来,反而笑着问他:"你的意思是,我们也要祭一下笔神?"

沈俊杰也笑了笑,并不回答。默了半晌,忽然吟出两句诗来:"刚才我想出两句诗:'临风长啸东村头,海湖萧萧芦荻秋。'你觉得怎么样?"

"很好的呀。原来你还有古体诗的底子。"

"哪里。我早先看书漫无目的,很杂的。兴趣点凝聚在社会科学上以后,光看理论书太累,有时就看点古诗换换脑子而已。现在,你看这一片大好河山,山俊水秀的,你就没有一点感慨吗?那何不在这里做点什么,沾点大自然的灵性不好吗?"

"好呀。你说怎么个祭法呢?"许硕嘴上附和着沈俊杰,心里仍觉得他有时候未免有点迂,便想看看他会不会真的付诸行动。

"这很简单。"沈俊杰是不抽烟的,此时却伸出手来说,"你点一支香烟给我。你也点一枝,我们以烟代香,各祭各的就是。"

接过点燃的香烟后,沈俊杰回过身隐在一块高耸的大岩石后,把烟小心地插定在面前的石缝里,对跟过来的许硕摆摆手说:"你也点上一支,到石头那面去祭拜吧。免得互相干扰。"

出世以来就没做过类似行为的许硕,怎么也认真不起来,躲到沈俊杰背面的石壁后去暗笑。他磨蹭一会,忍不住又悄悄转回来,探头去窥沈俊杰。却见他已然双手合十,深深地弓着高高的背脊,摇头晃脑地向着巨石念念有词:"笔神在上,小生在下……虽肝脑涂地,万死不辞!"忽然瞥见许硕在偷觑,顿时白了他一眼,却又急忙回头向石头嘀咕一声,"请笔神恕我不敬——"或许也有点教训许硕的心理在,他竟然当着许硕的面,双膝跪地,连磕了三个头。

望着他额头的斑斑灰尘,许硕大笑而不能自禁。再加心里也难以当真,就谎称自己也祭过了。但沈俊杰并不相信,很不客气地训他。

刹那间,有一种东西在许硕心头泛滥。他真有点后悔刚才的表现,无意间刺伤了好朋友。如果说沈俊杰又教了他什么,对理想和事业的虔敬,是他最大的收获。

没几天,一个偶然的机会,又让许硕有意无意地闯进了沈俊杰的心灵世界,多少又触摸到这个年轻追求者的灵魂。

这天许硕一起床就觉得天昏地暗,喉咙里仿佛烧着一把火。他觉得自己发烧了。请假到卫生队一量,体温超过了三十八度。医生开给他一天病假。他满心欢喜地回到宿舍,室内空无一人,别人都在上班。许硕想先上床看会书,累了就补补觉,下午再写点什么。当他想往自己的上铺爬时,一扭头发现沈俊杰床头里面堆着好几本书。他便转到沈俊杰床边,想看看有没有自己想看看的,却意外发现书下还压着本厚厚的黑漆皮笔记本。这不是他的日记本吗?

许硕知道沈俊杰有记日记的习惯,自己也是在他影响下开始记日记的。问题是,沈俊杰是个很审慎的人,他想记些什么的时候,会从床肚一只小樟木箱里,取出日记本,坐在床上写,隔天早起再把它锁进箱子里。而今天,他居然忘了把日记本锁起来了!

许硕的心就此忽悠开来——他转身跑到宿舍门口,打开门向过道上张望。外面寂无一人,只有热情洋溢的太阳光在宿舍的玻璃窗上跳跃。还有两只小麻雀,在护栏上蹦跳着,看见许硕,呼地一下飞上了护栏外的银杏树上。

关上门后,许硕垂着头,下意识地啃着指甲,在门边呆立了好一会。因为有两个势均力敌的念头在他心中角力着——强烈的好奇心使他恨不得即刻打开沈俊杰的日记看看。另一个声音则也在向着他大声疾呼:上你的床,看你的书,偷看人家日记是不道德的!

我知道这是不好的,但是我不会多看的。日记是人的心灵之窗,我就翻上几页,看看能不能发现沈俊杰最真实的一面。纯粹是好玩,完全没有恶意的。不管看到什么,都不会影响我们的关系。我们俩本来是好朋友,以后还照样是好朋友……

在这过程中,他的双脚已挪到沈俊杰床前,就那么站着,胳膊支在上铺上,双手有些僵硬地翻开沈俊杰的日记本。劈面映入他眼帘的,是扉页上他熟悉的《明日歌》:

明日复明日,明日何其多。

我生待明日,万事成蹉跎。

世人若被明日累,春去秋来老将至。

朝看水东流,暮看日西坠。

百年明日能几何？请君听我明日歌。

明日复明日,明日何其多……

许硕咧嘴笑了一下。这很符合他对沈俊杰性格的印象。于是又急切地往后面翻去。有几行字抓住了他的视线,显然,这是沈俊杰来矿上之初,逃亡失败后写的:

不能指望幻想了,必须敲起警钟。

连队指导员找我谈了话。他的态度很出乎意料,不仅没有过多的指责,还对我的幼稚行为表示理解……为了让我安心吧,他还说,可以让我在电焊工和钳工这两个工种里挑一个。我选择了钳工。我受不了电焊时的烟火味。

爸爸也来信,叫我一定要吸取教训,加强思想学习,老老实实接受工人师傅的再教育,扎扎实实做好本职工作。个人兴趣可以有,业余时间照样可以钻研理论。一个人真有决心和毅力,就会像金子一样,在哪里都能闪光。时代的孤岛是没有的,形势也在不断变化和发展中。来日方长,早晚会有真正有准备者的用武之地的……

奇怪呵,爸爸信上的话,我是能听得进去的。但是一见面,他那种教训的口吻和一套一套的大道理,是那么让我讨厌！

不管怎么说,也不管今后面临什么样的处境,我还是要按自己的意志,自己的理想去做。我要不怕艰难曲折,也不怕别人能不能理解我。怕别人说的人,还会成就大事业吗?

我需要不断磨炼的,是倔强执着的个性,任何东西都不能摧毁我的意志……

再往后翻几页,许硕颇觉意外地看到,在他心目中一直立场坚定、信心十足的沈俊杰,居然在国庆那天,历数了自己还不多几年人生的所谓失败:

小学毕业赶上了不考试,就近分在家门口的中学。太失败。

初中毕业前与班主任争辩一场,结果被分到煤矿。太失败。

来到煤矿想自救,结果又被逼回来,太失败。

名为初中毕业生,实为一"文"不名的社会青年,还没有一个理想的工作,太失败。

一晃蹉跎三年多,还看不到回城的希望。太失败。

心比天高,"命比纸薄",主客观条件一如既往,以至于我的宏伟蓝图一笔也没能画下。辛辛苦苦拟了一个提纲,想开篇却觉得老虎吃天,无从下口;想查资料,又无处可得,只好暂停。

失败呵,你是想缠死我吗?

许硕盯着这则日记的最后一小节,看了好几遍。证实了心中的猜测:沈俊杰越来越不愿和他谈自己的写作大计,偶然试探他一下,他也是含含糊糊,顾左右而言他。果然是出师不利。怪不得他居然会生出祭笔神的念头。而现在的许硕已不像早先那样,对沈俊杰满是尊崇。有时他甚至怀疑他是不是有点好高骛远。如果是自己,恐怕会考虑因地制宜,先从小一些的目标或角度出发,结合现实形势,写一些把握得了的小文章,以积累经验……

但他并不会因此而轻视沈俊杰。毕竟一切才刚刚开始,人生的路还很长,厚积而薄发,一鸣惊人的例证数不胜数。沈俊杰可能就属于这种大器晚成的人。因而,许硕也深为同情和理解沈俊杰的心态。从他的这些记述来看,他的内心是深埋着很大痛苦的。人生二十来年中,竟然一直为"失败"所纠缠。当然,这里也有他自己的认识问题,因为其中有些情形并非他个人的遭际,而是当下许多人的共同命运,未必就是他个人的失败。还有些则可能是他的个性问题。他无疑是一个很要强的人,但仅有志愿还是不够的,还有方法和如何脚踏实地去实践的问题在。同时,沈俊杰也好,自己也好,都有个生不逢时的问题……

仿佛是要回答许硕的想法,接下来的日记中,沈俊杰慷慨激昂地写下了这样的感想:

难道曹雪芹举家食粥写《红楼梦》,是为了钱吗?

难道列宾画《伏尔加河上的纤夫》,是为了钱吗?

难道鲁迅写《阿Q正传》是为了钱吗?

难道马克思写《资本论》、欧仁·鲍狄埃写《国际歌》,也是为了钱吗?

不!绝对不是!

我要以这些伟人和真正的艺术大师为榜样。

我需要得到一些什么呢?什么世俗的东西都不需要。从名誉、地位乃至金钱。但我还是需要一样东西——

著作！思想！有独创性的著作,有开拓性的思想！

我坚信,我能创作出当之无愧的佳构来！

再往下看,许硕发现,尽管沈俊杰似乎总对文学作品轻看一眼,但在日记中,他还是抄录了一些王安石、欧阳修乃至鲁迅、歌德等作家的诗作和言论。其中竟还有几首沈俊杰自己写的诗。他这些诗有的写得很真挚,也不乏艺术性,但有的则是现在的许硕不敢恭维的。但一首早年写的《笔颂》,却让他看到沈俊杰的宏图大志,并非一时之慨,而是很早就萌芽了。因为,根据《笔颂》下注着的写作时间,这还是他在初中毕业后,在家待分配时写的。只是在现在看来,那些豪言壮语未免幼稚了些。毕竟,沈俊杰那时也还小。但他那颗在特异年代仍不安分跳动的心令他感动,也令他敬重。

室外似乎有什么动静。许硕啪一下合上日记本,塞回沈俊杰枕头下。可是他开门察看外面,发现并无人影。回过头来,便忍不住又把日记本抽了出来,因为他很想看看沈俊杰最近的日记写了些什么。不料随手翻到日记的后面,他的心怦然一跳,一时竟屏住了呼吸。沈俊杰提到了自己！

惭愧！昨天我竟在许硕面前失态了。也许是许硕扬扬得意的神态触怒了我。他眉飞色舞地告诉我,团政治处老罗,要推荐他去市里参加总工会举办的全市工人赛诗会。本来,作为好朋友,我不说赞赏,也该一笑了之。可是我却故意不屑地说,这种活动没有参加价值。反而会因为经常写那些概念性的、大呼小叫的东西而坏了自己的笔尖。现在想想,我的话并不是没有道理的。可是在那个时候说,许硕一定以为我是在忌妒他。所以他很不以为然地反驳我,说那样可以让他有机会登上更大的平台,接触到市里的文学行家。老实说他的看法也不无道理,并且也不损害我什么。可是我却因此而心绪不宁。

那么,我真的是在忌妒他吗?平心而论,还真有一点。这也太不像话,太没有男子汉大丈夫气度了!没错,我们是难得的好朋友,我们对彼此的印象也一向很好。他开始文学写作,也有我不断鼓励的因素。而以前我也不觉得他的整体素质会比我强。但是他一旦开始写作,突然冒出的一股劲头,很让我惊讶。他写出来的一些东西,很出乎我的意料,甚至越来越让我不能不刮目相看。他现在已是矿上很多人眼里的"诗人""作家"了。虽然这点成绩根本不足挂齿,我却从他的一些作品中感觉到,他早晚会先我一步出人头地。而比起他来,我最感到羞愧而焦灼的是:他简直就像一个坚忍执着的愣小子,一旦举起手中的镐头,就不管不顾地拼命挖掘。而我呢?总是眼望着天边的彩霞,却埋怨着条件,准备得不足而在原地踏步……

看到这里,许硕又一次合上日记本,无心再看。沈俊杰居然会忌妒自己,这是他没有想到过的。平时和沈俊杰在一些问题上的小小分歧和争执中,他也没觉察出沈俊杰对自己有忌妒之心。看来,他真是个内心复杂又敏感的人呢。但再想想,这其实是个很正常的情况。我今天偷看他的日记,真实心理又何尝不含有忌妒之意或较量之心呢?我最想从他日记中看到的,不就是他的《社会进化论》的进展情况吗？现在看到他还没动笔，我首先感到的，并不是同情或者理解，反而是松了一口气！但是，如果他动笔了，而且进展顺利，我首先会为他高兴，还是备感压力、唯恐落后呢？恐怕是后者的可能多吧。

许硕一边想着，一边往自己床上爬去。但是突然地，眼前洞开一扇光亮刺眼的窗户：绝不能让沈俊杰怀疑我偷看过他的日记！那样他一定会鄙视我，也一定会备感难堪！而如果他中午回来，看见我躺在床上，而宿舍里再没有别人。他又发现自己的日记忘了锁进箱子里，恐怕一定会对我有所猜疑！

他迅速爬下床，再次检查，确认已经把沈俊杰的日记照原样放好了，便快步走出宿舍，关上门，大步流星地走向山间小路。吃过退烧药，精神也好一些了，他准备在山间闲逛一会，然后直接去食堂吃过饭再回到宿舍来。这时候，沈俊杰和舍友们就会先于他回到宿舍了。

许硕上山的路，是宿舍后面从一大片茶园时隐时现地蔓延到峰顶的土石小径，是他和沈俊杰日常散步常去的地方。这里山势较高，半山腰就可望见远处的海湖。并且鸟鸣啾啾，松风飒飒，反让人感觉十分幽静。所以平日里哪怕是上班时候，只要一有闲暇，或感到烦闷、孤独的时候，许硕便会甩开一切人，独自遛到山上去散心。正在挂果的林子他不去，因为有瓜田李下之嫌。比较宽展的山道他也不走，因为有山民出没。他就顺着那蜿蜒的羊肠小径，走到哪儿是哪儿，然后静静地坐下来，纵情冥想。眼前是湖光潋滟的水平线，背后是岚烟袅袅的山巅。头上飞鸟穿棱，地下野花争艳。偶尔传来几声人语，却在"云深不知处"。

这时，许硕会点上一支烟，就那么呆呆地坐着，看着，想着，有时还会昏昏沉沉地眯盹一小会。记不清都想些什么了,但他清楚地记得,只要一坐到山里,什么烦忧、孤独都淡化或消亡了,心率莫名地加快,感情异常地敏感。眼前的一切,比如一只突然栖在枝头打量他的飞鸟,一朵露湿了的残花,都会让他莫名地唏嘘。毕竟正是二十来岁的小伙子,且又意气风发,志存高远,似乎总在设计着美妙的未来,幻想着出人头地的一天。躯体依恋着山的怀抱,魂魄却在山外遨游。

矢志写作以后,他也经常会在晴朗的黄昏,不和沈俊杰一起,而独步在山坡的茶园小径或徜徉在山坳的泉边,去体味大自然的变幻和隐秘,寻找写作的灵感。这时候,看晚霞由红变紫,由紫转蓝,渐而灰褐、昏暗,心境也如水一般动荡着。踏着星光归去时,有时竟会垂下几滴细泪。为爱,为种种神秘的焦灼,更多的是少年意气的慷慨。

而今天,他在下山的时候,心情是踏实而轻松的。他已经做出了一个决定,要搬出宿舍,到附近村上租一间小屋,以利自己的写作。哪怕这会使自己干瘪的钱包更加吃紧。

迷上写作以来,他一直有一个很大的遗憾。集体宿舍太过喧闹了,干扰心情的因素也太多了。这样的环境怎么可能诞生好作品呢?

应该说,他们宿舍的人际关系本来是不错的。大家都是机电连差不多同时进来的人。彼此年龄相仿,共同语言多,日常龃龉也很少。没想写作的时候,许硕住着还是很开心的。平时晚上大家都会聚在一起喝茶聊天,谈天说地。扑克风兴起后,便呼喝一气,把牌甩得山响,常常玩到天快亮。隔一阵他们还会邀约一起,向熟识的矿工借两盏矿灯,用铁丝做几杆简易的鱼叉,趁夜到农田里去叉青蛙。夜里那些青蛙很呆,强光一照住它,它就趴着一动不动任你叉。回来的时候,他们又会到附近村上的菜地里"顺"一些蚕豆、大蒜乃至山芋,连夜剥皮洗净,用电炉烧好,然后忍着烫,呲哩哈啦地吸溜着,大嚼一气……

后来许硕不想浪费时间,便不再参与打牌,也不和他们出去"狩猎"——这是因为,有一天许硕他们出去巡线,正碰到一个苍老干瘦的村民,在他家自留地跺脚咒骂。近前一看便明白了。老头种的山芋,夜里被人偷挖了一片——那一刻许硕愧悔交加,深恨自己太堕落了。

他发誓再不做这种缺德事了,却常常拗不过舍友们。他们半夜里吃东西时,依然拉他一起来吃。一次两次也罢,老这样就让他感到不好意思了。而他们叫他打牌时,其理由则不外是:"看着我们三缺一,你都忍心不来吗?"

"许硕你做了诗人,就看不起劳动人民啦?玩一会扑克又能影响你什么呢?"

或者就是真心的不理解:"许硕你已是一个响当当的电工师傅了,以后走到哪里都能吃香喝辣,受人尊敬。不比稿费都没有的诗人、作家差半点,何必辛苦爬格子?"

凡此种种,许硕都疲于招架。于是越发羡慕郑远——能有个在山上小屋潜心写作的条件。那是自己不敢奢望的。但悄悄地在附近村上租间农舍总可以吧?但是,虽然当时矿上早有一些零星在外租住的人,但许硕仍然不敢轻举妄动。因为团里早有规定,为怕出现意外或违法乱纪、影响矿地关系等,是不允许职工们到外面租房住的。

就在前几天,许硕曾探询过沈俊杰的意向。希望他和自己一起租出去,俩人都能有个清静,也可以平摊租金。可是沈俊杰沉吟一会后,却摇头拒绝了。他的理由也不无道理。他说一个宿舍同时租出去两个人,动静太大了,恐怕没几天就会被连里逼回来。不如许硕先悄悄出去,过一阵没有问题,他再考虑过去。许硕虽然有点失望,但想想沈俊杰一来时,就因为"出逃"而落下了负面影响,现在可能是接受教训了吧,于是便也理解了。再者,沈俊杰从来就在宿舍里"打出牌子",说自己不会打牌,也很少参与大家的海阔天空。慢慢地大家也都对他敬而远之了。而且,八个人四张双人床的宿舍里,一开始就安排了7个人住。沈俊杰住的床铺下面,一直空着一张铺。如果边上的许硕再搬出去了,他的空间就相对更大了。所以他才不想出去租房吧?

但是,今天看过沈俊杰日记后,许硕又有点豁然开朗地感到,说不定正因为俩人的关系有了某种微妙的变化,现在的沈俊杰才不乐意再和自己天天待在一起吧?

不管怎么样,许硕终于还是行动了。

他首先想到了附近林家坞的老朋友林队长。虽然他知道林队长家房子比较宽敞,对自己也很好,却不想在他家租。因为他可能会不好意思收自己租金。而且,林队长喜欢交结朋友,他家里也清静不到哪里去。所以他找到林队长说明意思后,林队长果然要他就住在自己家,一分租金也不要,但被他坚决拒绝了。于是林队长就说:"你要真客气也好办。我堂弟家就有房子空着,我给你说一下好了。"

说下来的结果是,没有问题。也只收他五块钱一个月租金。这个价钱虽然要占去许硕工资的六分之一,但相对许硕打听过别的在外租房人的价格来看,还是很便宜的。于是他便趁一个晚上,果断地收拾了脸盆、漱口杯、换洗衣物和几本书,很轻便地搬了过去。现在正值天热,被褥、厚衣服都不需要带。况且宿舍的床铺还是他的,他需要什么可以随时回来取。

林队长的堂弟名叫林阿虎。可是许硕上门看房子的时候就意识到,这只"虎"实际上是家里的一只"猫",真正拿主意的是他老婆秦小妹。而秦小妹一看见许硕就响亮地拍了下手,冲着他竖起大拇指:"原来是你这个'小囡头'啊,吾认得你的。你不是经常到村上来玩的吗?吾还看见你爬在电线杆上,吓煞人的高哎,真真了不起!"

山里人在山野里喊惯了,加之秦小妹的嗓门不是一般的大,嘎嘎的笑语声简直把许硕吓了一跳,仿佛梁上的老灰都要被震落了。

许硕对秦小妹的第一印象虽然也可以,却远远没有秦小妹那么兴奋。因为这秦小妹的名字听着蛮可爱,看着人却有些苍老。从年轻的许硕眼里看去,她就是一个大婶级人物。而且她的名字虽然十足地女性化,长得也还标致,年轻时应该不失为美人,但其性格却有几分男气。头发为了方便干活吧,留得很短,身形却比一般女性健壮。因为她和大多数蠡山女子一样,勤于劳作。下地干活,春种秋收,她样样都行,一阵风似的,又快又好。听人说她从山上往下挑果子,总是冲在最头里,瘦弱点的人一趟没挑到,她已经要跑第二趟了。所以她的脸色又黑又红,皮肤也糙,胳膊和手上都疤痕斑斑。她的举止做派也让许硕很快就对她敬而远之。因为她完全就是当家的,粗哑的大嗓门和经常突发而起的嘎嘎笑声,充斥着她所到的每一个空间。这显然也和她老实木讷的丈夫成天不放一个屁,蔫头耷脑、凡事都听她做主有关。

她家本来并不算宽敞,有两间正房,一间灶屋、一间客堂。但她女儿早早地嫁到外村去了,所以就把女儿的房间租给了许硕。许硕对这间房子相当满意,不仅面积有二十多平方米,光线也敞亮。推开那两扇木格子窗户,便"悠然见南山"。紧靠窗扇处还有一树桃花、两株枇杷,伫立在一条汨汨流淌的小涧边上。许硕写作疲累了,便会到屋后转转,呼吸新鲜空气。或者逐着清清泉水溜达一会,很是心旷神怡。

但有一个让许硕受不了的因素,让他渐渐感到不自在了。秦小妹的为人无疑是热诚爽朗的,但对他未免太热情了。许硕从小受不得别人对他的特殊关照。回家休假时,母亲过多给他搛菜,他也会感到烦。现在秦小妹经常要请他到客堂和他们一起吃饭。许硕捺不住热情,去过两次,后来就找种种理由坚决不去了。因为饭间秦小妹总在和他说长道短,还不停地给他搛菜,说他太瘦了,日日夜夜耗脑筋,还要爬高落低的,一定要好好补补。而男房东林阿虎却几乎一言不发,只顾埋头扒饭,让他捉摸不透是不是在生他的气。虽然时间长了,许硕知道他就是这性格,实际上也很尊重自己的——几乎从来不苟言笑的他,只要见了许硕,布满皱纹的脸上总会绽开一朵笑靥。而且必定要摸出支"杧果"烟敬给他。许硕推辞,他也不说话,又把烟往他眼皮底下一送,直到许硕接受才罢。而他自己,许硕见他从来都只抽一毛多钱一包的"丰收"烟。而且他抽烟的方式很是特别,一支烟抽到后面时,他就又摸出一支,接在前面的烟屁股上继续抽。暂时抽够了,他就用大拇指将烟火压熄,把吸剩的烟夹到耳朵上下次抽。

有一回许硕请他抽了一支他从吴东市带来、刚刚时兴起来的带过滤嘴的"凤凰"烟,他竟把过滤嘴也接在原来的烟屁股上一起抽掉。

秦小妹见了许硕则从来都是一脸的欢喜相。她四十一岁,年龄比许硕大得多,所以从来不叫他名字,而叫他"小囡头"。这倒没什么,许硕知道这是当地习俗。只是她每天一有空就会跑到他房间来,倚着门框,"小囡头"长、"小囡头"短地跟他嘘寒问暖。隔几天还会给他端来一碗杨梅或者几只桃子之类水果。有天许硕写得顺手,很晚还没睡觉。她竟送来一碗热腾腾的面条,底下藏着两只荷包蛋,心疼地要他吃了赶紧睡觉:"你也不照镜子看看,面孔总是黄巴巴的。也不晓得你都在写点啥东西,犯得着天天这么苦自己吗……"

许硕千恩万谢,也吃了面条。但第二天便态度坚决地再三请她下不为例。

从小到大处在一个特殊时代的许硕,一向对男女之情比较隔膜,与不熟悉的异性相处,总好像缺了一根弦,比较拘谨也拙于应对,甚至还有点习惯性地敬而远之。但他毕竟不是傻子,没多久就觉出秦小妹对自己似乎怀有一种特别的情感,超出了一个房东应有的表现。这种异样的表现有时还特别露骨,只要许硕出现在眼前,她的眼角眉梢都堆着欢欣。有时候她还会在许硕身边擦过来,擦过去。偶然还用她丰腴的屁股蹭他一下。许硕怀疑她是在表达什么特殊的意思,却不敢相信会是真的。两人的岁数、身份都差了那么多,秦小妹又是个女人,许硕怔了一下,加快脚步,逃一般蹿进自己房间。过后再看见秦小妹,不禁还脸红心跳。秦小妹分明也知道许硕是看出她的用意,却若无其事,照样对他眉开眼笑、种种关照。而许硕反而越发不习惯秦小妹这种种几乎是咄咄逼人的好感。心理上感觉不佳,也觉得烦,自己在外租房子就是要清清静静好好写作的,现在一听见门外有什么响动,就以为秦小妹又来了,这还不如住集体宿舍呢。

因为一个更为特殊的原因,许硕在住了几个月之后,下决心搬走了。这个原因他羞于启齿,连沈俊杰也没有告诉过,却永远铭刻在自己心底,再也忘怀不了。

有一天晚上,正为思路不畅,在小桌前托着脑门苦苦思索的他,忽然觉察到从隔壁房东两口子的房间里,传来几声嬉笑。那嗓音他一听就知道是秦小妹的。以前也断续听到过,却因为全心写作而未多在意。今晚隔壁的动静却特别响,哼哼声也让他心旌摇荡……

对夫妻间的这种事情,许硕也非一无所知。小学后运动正炽,看不到什么文学书的他,曾经把家里的一厚本《家庭医生》看了个遍。其中也简略涉及一些性知识。

此后的晚上,只要隔壁有了动静,许硕便忍不住又会心猿意马,发一会呆。仅仅是这样,虽然相当影响他的写作,倒也没让他产生搬走的想法。万万没料到的是,他后来竟从旁听者变成了"当事人"。

有天中午,由于隔天熬夜太久,许硕浑身酸软,便从车间溜回来,想睡一会补补觉。那天特别热,他大开着窗,还把房门留了一条缝通风。汗衫早湿透了,他索性赤着膊,只穿一条裤衩睡在黏兮兮的草席上。朦胧中忽然梦见下起雨来,习习凉风好不舒畅。谁知睁眼一看,身边竟坐着一个人。秦小妹摇着芭蕉扇,爱怜地看着他,在给他扇风。他霍地挺起来,秦小妹却把他推躺下。喔哟一声说:"小囡头跟我还难为情啊。"

他忽然感到对不起她。秦小妹就是这么一个人。她率真热烈且毫无坏心眼,几乎倾其所能地爱慕着他。自己却如此狠心、决绝……

但那以后,他再也没到秦小妹家里去过,到林家坞去时还特意绕道回避她家。虽然他时而还会想到她。有一回甚至又在梦里与她抱在一起……采摘橘子的时节,有天他回到新住处时,意外发现门口放着一小篮红油油的橘子。他几乎没加思考,就想到了秦小妹。因为林队长等朋友,从来不曾以这种方式给过他东西。他木然地剥开一只橘子,放进嘴里慢慢嚼着。那些显然经过精挑细选的橘子个个硕大、结实,口感也很是甜美。但他的心里却不断冒出酸涩莫名的滋味。他很想带点什么东西去秦小妹家还礼,但犹豫再三,想到又可能出现"礼尚往来"的局面,终于还是没有去。

搬离秦小妹家那天,许硕茫然地走在回宿舍的路上,但心有不甘。只是,再在这村上租房子显然是不合适的了。于是想到东边村上去打听一下,但路过静悄悄的发电机房时,胸中突然蹦跳了一下——这地方离矿井还有一段路,四面都是树林和茶园。矿上停电的时候不多,这里基本不用发电,因此也十分安静。更妙的是,他知道高大的发电机房最西头,紧挨着它的一间小房间,是值班室。需要发电或者维护保养的时候,会有人在里面住上几天,平时则没有长住的人。那么我可不可以向领导要求,住到这个值班室来呢?

他赶紧跑到值班室前,趴着窗户一看,更加心动了。房间和集体宿舍差不多大,靠北的窗户前有张双人木床,下铺上还有被褥翻卷着。南边靠窗处,居然还有一张旧写字桌和两张木方凳,俨然就是为自己准备的!更妙的是,值班室门外的墙上,还砌有一个小水池,许硕去拧了下龙头,居然有水出来……

他充满希望地啃咬着拇指甲,陷入了剧烈的思考中。想的就是,如何能实现这个愿望。想来想去又觉得太没把握。发电机房是归团部机电科管的,而机电科长许硕虽然认识,却并无交情。你去求他,恐怕会被他以发电机房是重地,不能让闲杂人住为理由拒绝。

他遗憾地摇了摇头,拎起东西回集体宿舍去。走着走着又觉得,无论如何还是应该去机电科试探一下。于是把东西先放回宿舍,便向团部去。没想到经过团政治处办公室时,里面忽然有人大声叫住了他。扭头一看,叫他的是政治处副主任老罗。他从办公桌后绕过来,红光满面地把他拉到桌子前,拍着桌上的一份报纸说:"你怎么知道消息的?报社通知你的吗?我正在拜读你的大作呢!"

"大作?我能有什么大作?而且是在报纸上?"许硕不敢相信自己的耳朵,心潮像突遇大风般狂乱地腾涌起来,双手也急切地去抓报纸。老罗推开他的手,用两根手指重重敲着报纸上印着的许硕的名字说:"你看看,你好好看看——这可是省里最高级别的报纸呀!我们的小矿工竟然上了省党报了,这也是我们蠡山煤矿的骄傲呀!"

许硕几乎站立不稳。他暗暗扶住桌子,两眼呆呆地看着报纸,眼前却一片模糊,除了看清了自己的名字,其他内容都看不清楚。那是他眼里涌出了泪花的缘故。他下意识地轻抚着报纸上那一行行端庄漂亮的铅印字,拼命忍住泪水不让它们掉出来。嘴里则喃喃地说着:"不知道,我真的一点也不知道。我到团部来也不是看报纸的……"

"是吗?这么说,他们应该是从吴东市工人赛诗会上选出来发表的。赛诗会!你这首诗不就是在赛诗会上朗诵的吗?我回头就给市总工会打电话,他们一定知道这个情况。对了,过后报社也应该会给你寄样报的吧。"

许硕恍然大悟,拼命点着头说:"对了,对了,应该就是这样的。罗主任,我还要感谢你推荐我参加市里的赛诗会,才能有发表的机会——这还是我生平第一次正式发表作品呢……"

"有了第一次,就会有第二次。小伙子加油干吧。要继续宣传我们火热的煤矿生活。"老罗把报纸上副刊那一页抽出来递给许硕,"这报纸你先拿回去,好好保存,这可是你的处女作啊。至于组织上,我还是那句话,有什么困难随时来找我,能解决的都会帮你解决!"

许硕又一次瞪大了眼睛。激动地想:这也太巧了!何不就请老罗去和机电科长说一下住宿的事呢?

于是他结结巴巴地把自己的想法说给老罗听。还没等他把话说完,老罗就抓住了他的胳膊:"既然房子空着,有什么不可以?来来来,我们这就去机电科。"

机电科李科长正好在办公室坐着,趴在桌上划拉着什么。老罗一进去就嚷嚷着问他看过刚到的省报没有。李科长摘下眼镜,迷茫地望着他摇头。老罗马上从他们的报架上抽下今天的省报,哗啦哗啦翻到副刊页,点着许硕的名字对李科长说:"看见了吗?《煤田晨曲》,歌颂我们煤矿的!作者许硕。"说着把许硕往他跟前推,"你应该认识他吧?"

李科长瞟了一眼许硕说:"当然认识啊。机电连的小电工我怎么会不认识?"

"认识就好。他现在可不仅是小电工,还是小才子,我们煤矿难得的代言人呀。你说我们该不该支持他?"

李科长并没有老罗那么激动,但也揉着眼睛表示同意。听老罗说明来意后,他好像刚认识许硕似的认真打量了他一会,先拍了拍他的肩膀,轻轻叹息道:"小许啊,看来你当初是学错生意进错行,该捏笔杆子的手,错捏了螺丝刀啦。"说着转向老罗说,"我们不是有推荐工农兵上大学的名额吗?你应该鼓励他去那里深造呀。"

"你说得对。可是今年给我们的两个名额,都是学地质和采矿的。跟他对不上号。不过小许,说不定明后年就会给我们学中文的名额,你应该早做准备,到时候争取一下。可能的话,我当然也会支持你的。"

许硕还没听说过这样的事,顿时欣喜若狂。这么好的机会,过去他是想都不敢想的。他激动得不知说什么好,深心里对一向都如此器重、关照自己的罗主任,更是不知怎么感谢是好。

"那么,他需要一个有利于写作的住处的事,你不会不同意吧?"老罗又定定地看向李科长。

李科长爽快地回答:"罗主任你都这么支持他,我还有什么好说的?那儿确实对他来说很合适。就是离食堂和他们车间远一点。不过,我们也应该和机电连打个招呼,免得他们……"

"这个好办。等会我就给机电连指导员去个电话,他们应该会支持的。"老罗干脆地说着,又具体叮嘱了许硕几个需要注意的小问题。事情就这么意外而又幸运地定了下来。

第七章

搬进值班室,扫地、擦灰、掸尘,将里里外外都清理停当后,许硕跑到屋外,把浑身上下使劲拍打一气,手也顾不上洗,便心满意足地在擦得干干净净的小写字桌前坐下来,拿起摊在那里的报纸又看起来。自己的作品内容早就滚瓜烂熟了。但他仍然一字一句地把"处女作"反复看了几遍。越看越觉得甜蜜而自豪,真有点不相信,堂皇庄严的省报,居然真就发表了自己的作品。报上这一个个端庄俊秀、明显能使手写文字更增美感的铅字,居然是从自己脑袋里迸出来的——这个时候,全吴东的人,不,应该是全省,甚至全国都有人正在读自己的诗吧?他们会做何感想?起码有不少人喜欢它吧?而很多过去的同学、现在的工友,恐怕都不敢相信自己的眼睛吧?那些瞧不起我的人,那些暗地里说我整天爬格子是不务正业、得不偿失的人,说不定都晕过去了吧?

他哈哈一笑,霎时感到自己像换了一个人一样,浑身是劲,简直可以气吞山河!不禁握紧拳头,重重捶了下桌子:"好样的,许硕!甩开膀子,大干社会主义吧!"

实际上,反响无疑是有的,只是远不如许硕想象得那么热烈。甚至就从矿上的情形来看,在省报上发表的作品,还不如团部墙报的影响更大。除了罗主任这样的干部,一般的同事们显然并不热衷于读报。此后只有少数人对他说起他的大作,连平时喜欢读点报以了解形势的沈俊杰,也没向他提起过。不过许硕相信他是看见了的。只是因为当初不赞同他参加赛诗会而不好意思提及吧。但他不提,许硕也只字不对他提起。看过沈俊杰的日记后,许硕不忍心再向他心上撒盐。因为换了自己,就是不在意这事,也未必会对"竞争对手"的成就感到欣慰。

这情形未免让许硕有些扫兴,却并没有失望。因为反响最热烈的父亲,居然在看到报纸的当天中午,当即破天荒地给许硕发来一个电报:看到报纸了。好!戒骄戒躁,继续努力。

许硕心潮起伏地坐在床上,抬起头久久凝望着窗外飞云奔腾、澄澈而明亮的天空,任由一朵泪花静静地滑下脸庞。

自从父亲知道他有写作的志向后,立刻点头表示赞许。虽然许硕回家度假时,父亲很少过问他的写作有没有进展,或是给他打气,但也从来没说过半句让他泄气的话。倒是母亲经常会面含忧戚地问他,是不是还在写作,一定不要累坏了身体等等。许硕习惯在夜里写,母亲便从来没有早于他睡过觉。半夜三更还会听到她蹑手蹑脚的声响停在房门外,显然是在偷听他的动静,希望他能早点睡觉。意识到这点后,许硕回家度假时,便不再写东西,也尽量早些上床。

不过仔细回想,真正把作家梦的种子埋进许硕心田深处的,还是父亲。由于父亲在大学工作,年轻时也做过一阵未竟的作家梦。他的影响使许硕在尚年幼时,就已识字并一本正经地读起书来。这就有了第一部对他产生启蒙意义的书——小学一年级时,许硕靠着字典和向父亲请教,读完了此生所读的第一部长篇小说《苦菜花》。二年级又读了该作者的《迎春花》《山菊花》。这套书本身对他并无大影响,却潜在地左右了他的人生观。可以说他的作家梦也是冯德英塞给他的。当然还有父亲。从老家参军并渡江南下的父亲告诉许硕,写《苦菜花》的作家冯德英,是他们山东人的骄傲,更是他们的骄傲,因为他们与冯德英同为山东省乳山县冯家集人!一个作家不仅能荣耀其自身,还能荣耀其家族、乡亲甚至国家。许硕幼小的心灵就此植下对作家的崇拜与渴望。

从那以后他成了不折不扣的书迷。整个小学期间他读过的小说无以计数。几乎所有对他同时代人产生巨大影响的作家,许硕都与他们神交过——他们对他的影响当时似乎并未显现多少,倒是极大地影响了父亲。他几乎是恐惧地从到处为儿子借书转而为搜书、藏书、禁读一切课外书,因为他一度担心儿子会成为不食人间烟火的狂人。

事实上许硕早已经成了文学书痴。嗜书令他废寝忘食、面黄肌瘦,不知有汉,无论魏晋。父亲禁书的唯一成果,是使许硕像后来最狂热的古董迷们一样,求爹爹告奶奶地四处找书看,把一切可以交换的东西与人换书看;偷偷地躲在小人书摊上,从别人身后蹭书看——五年级时,他被一个高年级生揍了个鼻青面肿,因为他以请他吃二十根油条的代价,借阅他一本《不体面的美国人》,还书时却迟迟无力兑现承诺……

初中时,因为读不到多少书,许硕还把家里的《家庭医生》读了个遍,简直记不清那几年里自己轮番患过多少种绝症。因为缺乏临床经验的他,总会不自觉地对号入座。看到医书上什么病症的描述,便觉得与自己的感觉十分相像。于是今天这里痛,明天那里不舒服,经常暗自心慌地为自己的健康忧心忡忡。有一回为办一张游泳证,他急吼吼地到街道卫生院去做体检。偏巧那量血压的护士也是个没什么轻重的人,量了一遍就对他大叫:"乖乖,小赤佬才多大点的人,血压这么高!"毫无思想准备的许硕仿佛挨了当头一棒,慌忙解释说,可能是自己一路小跑来量的结果。女护士就叫他静坐五分钟再量,结果唯恐办不成游泳证的许硕,心情依然紧张,血压还是超标,每分钟心跳也接近一百。游泳证没办成还是小事,后来好长时间里,他一听说要量血压就恐慌。平时一旦感到头昏脑涨,就担心血压升高。越想镇定则呼吸越急促,甚至天旋地转,不赶紧坐下来或躺一会,就以为自己马上要中风猝死……

看医书当然也有积极意义。增加了医学知识不说,最现实的是,许硕后来查到书上有一种"白大褂高血压"的病症,说的就是情绪会影响血压,以至有的患者到医院量血压时,因为某种心理阴影,看见穿白大褂的医生,血压就会条件反射地偏高。平静时或者自己在家量,血压其实是正常的。明白了这一点,许硕后来再参加体检,慢慢地就不那么恐慌了。

令他得意的还有:他因为在学校时动辄向人炫耀医学知识,而在下乡支农期间当上了年级的卫生员。凭着那只有少量土霉素、小檗碱、红药水之类的小药箱,他为住地村里不少患者驱除了伤风、泻肚之类的毛病。以至一个邻村老太,竟慕名带了她那十六岁面如菜色的孙女,来找许硕求医。许硕严肃地翻阅了其孙女在公社医院看病的病历,见上面有"血冲,多少次"之类字眼,竟当着女老师的面,一本正经地诊断为"月经不调";告以不可在经期下水田、多喝红糖水等经期保健知识……

到了蠡山煤矿后,对许硕久已熄灭的作家梦起"点火"作用的,自然是沈俊杰和郑远。但持续对许硕起着推动作用的"引擎",还要数沈俊杰推荐他看的《马丁·伊顿》。

杰克·伦敦笔下,那个穷困潦倒而又奇迹般崛起的马丁·伊顿,成为一个大红大紫的作家的全过程;马丁·伊顿那充满戏剧性的成功,和满怀自信、从不屈服的精神,对许硕的影响简直就是刀刻斧镂。他为他忍无可忍、痛打《横贯大陆》的编辑,索取拖赖的稿费而发嚎;为他失去可爱而高贵的露西之爱而叹息;更为他以一部《太阳的毁灭》一举成名,力挽厄运之狂澜而扬眉吐气,战栗不已。

许硕一口气将书读了两遍,蓦然发现,现在的自己,就是当年的马丁·伊顿!那时的他仅是个落魄水手,一文不名而心怀忧郁。现在的自己同样是个迷茫困惑的小电工,然而却比马丁·伊顿多了个虽不算富足、却足以确保自己不致饿死的铁饭碗。那么,马丁·伊顿经常吃不上一顿饱饭,却仍靠不屈的意志和强悍的大脑,改变了自己的命运,为什么我不能发愤写出我的《太阳的毁灭》?……

天色向晚,太阳仍在执拗地燃烧。它蹲在西山头上,像一个心情愉悦的装修师,把橙红的霞彩涂抹在山川大地和发电机房的红墙壁上,为"书房"增添了几分喜色。

"书房"是许硕对自己新居的爱称。现在它因为许硕的到来而有了活气。周围则如他所愿地一片静谧。许硕双手抱臂,心满意足地环绕着发电机房四周缓缓地转了一圈。书房正面是一条通向矿区的硬土坡道,紧挨坡道的是一座三四米高的方形水泥池,里面贮满清水,发电时起冷却作用。书房背后的山坡上果木葱茏。北窗下则是一片绿油油的茶园。今年的采茶季已过,明年只要有兴趣,自己就可以随时采摘嫩叶制茶了。

回到书房,许硕又搬出一张方凳,放到门外空地上,上面放一杯新泡的绿茶;自己坐在从宿舍里带来的小帆布椅上,靠着书房的墙壁,惬意地点上一支烟,久久凝望着袅袅浮升的蓝色烟雾。烟雾也似乎有情,不断地变幻出让许硕神往的未来景象。有了些凉意的晚风,在冷却池后面的杂树间轻舞。他全身心沉浸在一种几近变态的快感里。

但他很快就品尝到了远比现在这份陶醉更为浓烈的满足。他获得书房的同时,爱情也在猝然间不由分说地俘获了他。

发电机房后窗外的茶园里,有一条小路通向远处的山谷。小路在茶园的那头,生出一个分岔,延伸到一里开外的四营矿灯房前。两股道在茶园后汇合后,又通向山谷里的一处深潭,向山上延伸。

住到书房后,许硕就成了这条小路的常客。闲来漫步时,他会沿小路上山,也会在深潭处流连、独坐或洗濯。

这口幽雅僻静的深潭,处在坡道右侧的低凹处。潭面浑圆,面积虽然只有几张乒乓桌那么大,水却很深。有回许硕拿根好几米长的细竹竿探下去,竹竿全没进水里,还是没到底。潭里涌出来的水,通过两个不同方向的涧道流向远方。潭面被周遭的树林掩映着,是个活水潭。潭底的泉眼时刻向潭面上喷吐着细密的小水泡,使得潭水看上去乌油油的,掬一捧却没有一丝杂质,澄澈得就像大上倾泻下来的一汪清泉。许硕不知它叫什么名字,管自叫它玫瑰潭。因为有一丛丛高大的野玫瑰密布在它周围。由于地势低,潭上不容易吹到风,水面就经常像一面蓝莹莹的圆镜,映看蓝大白云,映着青山绿林。春秋时节野玫瑰盛开的时候,这面明镜上便也映出密密簇簇红的、粉的、白的、黄的玫瑰,吸引着蝴蝶和野蜂贪婪地出没于花丛中。那景致,实在是美得让人心醉。

书房门外的自来水槽很小,他要洗大件东西,如工作服和换季时拆洗的被单就很不便。发现玫瑰潭后,他就先在宿舍里用洗衣粉揉泡好被单和衣服,然后端上脸盆到玫瑰潭去漂洗。潭边老树下有几级石阶通向水面。在那里漂洗衣物,感觉又爽快,又舒畅。

那个让他永难忘怀的好时辰,就这样悄无声息地降临了。

那天很晴朗,正午的阳光透过树林的间隙,在玫瑰潭上洒下让人欢愉的点点金鳞。这正是洗涤衣物的好时分,许硕哼着纷乱地涌上心头的歌曲。漂洗好被单后,遇到一点小麻烦,被单又长又阔,没法一次拧干它。于是他将被单一头拎起,拧干前面后,将它搁在脸盆里,再拧后段。可是一不小心,拧干的部分又滑落水面,只好从头再来。

正忙乎间,忽听耳畔有人嬉笑。许硕扭头一看,台阶上方的土路上,出现一个花容月貌的女子,手上提着个白铁皮桶,桶里也装着待漂洗的被单。"谢如玉!"他惊喜地叫了一声。半点没想到,会在这里遇见她。

谢如玉放下手里的铁皮桶,笑眯眯地向他招手:"拎上来,拎上来,我来帮你绞。"

"哦,太好啦。被单太长,一个人真是绞不来。"

许硕赶紧把被单装进脸盆,端到潭边台阶上面。谢如玉抓起一角被单,在鼻子下闻闻有没有洗衣粉味:"嗯,你漂得还蛮干净的。"说着握住被单一头往后退,同时叫许硕捏起被单另一头说,"我往左面绞,你也往左面绞。来吧,一、二……"

可是许硕把她的话理解成自己也往她的左面绞了,结果被单非但没被绞直,反而更松地往地上垂。"左面,左面——是你的左面,不是右面,你也往你的左面绞。"谢如玉大叫着,许硕却又昏头耷脑地随着谢如玉,向她的同方向绞。谢如玉见状干脆顺着他的反方向绞,结果许硕竟也向她的同方向绞,差点让被单垂到地面沾了泥。

"你这个大诗人,怎么也这么笨呀?"谢如玉笑得直不起腰来了。

许硕讪讪地笑道:"你说得不错,我有的地方是很笨的。"

他说的不是客套话,有些地方他的确天生少一根筋。比如对电工理论的理解力,就比一般工友差。比如到食堂打饭,人家找回他饭菜票,他常常觉得自己算得不对。至于沉迷写作以来,丢三落四、独自出神发愣,有时对着稿纸半天也落不下一个字等等,就很让他苦恼。不过他心里明白,今天这事,并不能说明自己笨。实在是因为毫无思想准备地就从"天上掉下个林妹妹",着实让他心猿意马,好一阵没从惊喜交加中清醒过来。

"我是说说的,你一副聪明面孔,笨啥笨?用点心就好了。"谢如玉认真地向他讲解了一下,两人继续绞被单,许硕果然就做对了。只是绞了几下,许硕又被一个意想不到的细节分了心,差点又松开手里的被单——谢如玉个头不太高,看上去却不瘦,因为她身材比较丰腴。而这天比较热,她穿着件粉色衬衫,里面没衬汗衫,上边第一粒纽扣没扣上,胸部仍绷得紧紧的。弯腰使劲的时候,许硕眼睁睁地看见她衬衫上第二粒小纽扣迸脱了。而谢如玉自己并没有察觉,直到帮许硕绞干被单,下到潭边去漂洗自己的被单时,她才发觉脱了一粒纽扣。她的第一个反应是迅速回头看了许硕一眼。许硕装着什么也不知道,避开了她的视线。谢如玉的脸明显红起来,悄悄把衬衫最上面的纽扣扣了起来。

许硕没有走,蹲在坡道上看着谢如玉洗她的被单。事前他根本没想到,今天能在这里碰上曾让他一见倾心的谢如玉。这种机会恐怕是失不再来的,他想好好利用这个机会,多和谢如玉套套近乎。何况他有一个留下来的充分理由:投桃报李。一会他也要帮谢如玉绞被单。

如今的谢如玉比起刚来的时候出脱得更美了,是矿上男男女女都经常会谈及的矿花之一。现在她俯身在潭水上,粉红的衬衫映衬着周边红红白白的野玫瑰,活似一幅让人心动的画。

无意间,许硕又获得个一饱眼福的机会:从后面望下去,谢如玉弯着的腰间露出一大块雪白莹洁的肌肤。为了怕水溅湿,她又把裤腿卷得高高的,直到膝盖处,露出白皙的小腿。她的皮肤真是少有的白净啊。许硕不由得心潮蠢动,暗自赞叹。

当年在初来矿上的船上,许硕乍见谢如玉,就如见天人般为她的俏丽——用后来盛行的词形容就是"性感",而深深吸引。最诱人的是她的肤色,白净得宛如山野里新积的雪,而且白里透红,显得健康而富有活力。配上那晨星般柔美闪烁着的双眼,和那像玉雕一样小巧的鼻子,小巧的嘴巴及眉宇间魅人的稚气,怎能叫许硕不心生爱慕呢?虽然那时他还没什么谈恋爱或追求异性的意识,但仍很想今后能结识她。遗憾的是,他们在后来的几年里竟连个说话的机会也没有。因为许硕分在机电连,而谢如玉分在四营的矿灯房。许硕不下井,不用领矿灯,因而上班时便无缘见到她。而谢如玉的宿舍也和许硕的集体宿舍相距很远,她住在四营矿灯房边上几间小平房里。若不是许硕有幸住到书房来,他们连在玫瑰潭碰面的机会也没有。

不过,虽然在船上唱歌的时候。俩人还都不知道彼此姓名,但谢如玉的名字,许硕是早就铭刻在心的。原因就在于,她这么一个漂亮迷人的女孩,能让许硕一见倾心,自然也会让男多女少的矿上,见过她或认识她的男人们心生异想。据说她无论到哪儿,都有一帮傻男人睁大眼睛瞄着她。以至向她吹口哨、瞎搭讪、献殷勤都成了寻常景观。许硕同宿舍的人晚上议论到她时,还言之凿凿地说,谢如玉每个月起码收到十封求爱信。而平时那些采掘工,上下班时领矿灯或者还矿灯的时候,总会装模作样在她的窗口前磨磨蹭蹭找话说。这些传言未免夸张,但大体应该是真的。不过,许硕从来没有听谁议论到谢如玉在矿上有男朋友,或者给逗留在她窗口的人好脸色看。那些写给她的信,有的连拆都没拆就被她一把火烧了。因此人们又都说她假清高得很,还说她早早就放出过话来,说她是绝不可能在矿上找对象的。她是一心想要回城去的,一辈子回不了城就一辈子不嫁人……

许硕也偶尔听人私下说有一次就近见到谢如玉穿裙子的腿,白白嫩嫩的好看极了。这些许硕都相信是真的,因为那时矿上的女工极少穿裙子,谢如玉是少数会在下班后偶尔穿一下裙子的人,看到过她的腿应该没问题。

然而,就凭今天和谢如玉这短暂的接触,许硕觉得人们传说中的谢如玉是被扭曲了的。她既不假清高,也不扭捏作态,而是清纯大方,对自己也客气得很。

"你以前也在这里洗被单吗?"许硕没话找话问谢如玉。

"对呀。在这里洗大东西爽气,水又这么好。我在宿舍门口水泥台板上打好肥皂,用板刷刷干净就拎到这里来过水。"谢如玉回答着,提起装着湿被单的铅桶走上石阶,"怎么,你也要帮我绞被单吗?"

"是啊,互相帮助嘛。"

"好是好,不过我本来都是拎回宿舍,叫小姐妹帮我绞的。"

"湿被单太重啦,还是绞干回去好。"

许硕见谢如玉汗涔涔的脸上神情犹豫,一只手也捏着胸前脱落纽扣地方的衣襟,立刻明白她的心思。便垂下头不看她,伸手拉出一角被单往后退。谢如玉笑了笑,也就捞起被单的另一头。但她的身子俯得很低,显然是避免让许硕看到胸前。许硕便眼望着地上头也不抬。好在这回他没出洋相,俩人很快把被单绞干了。

往回走的时候,谢如玉一手拎着铁皮桶,一手又捏着胸前的衣衫。许硕便把自己的脸盆别在腰间,腾出一只手,接过她的桶帮她拎。谢如玉说了声"谢谢你",又扬起脸来细看了他一眼说:"我能问问你,你是怎么有本事单独住到发电机房的呢?"

"你怎么知道我住在发电机房的?我从来没在那里碰到过你呀。"

"有时候我和小姐妹晚上散会步,路过你窗口的时候,总是看到你趴在那里写个不停。"

"哦,我能搬过来,完全要感谢老罗帮忙。就是当初到吴东接我们来的政治处副主任老罗。"

"我知道的。那么你来以前就认识他吧?"

"哪里,从来不认识。"许硕逮到个机会,趁机轻巧地炫耀了一下,"因为老罗对我写东西特别欣赏,我住在集体宿舍也太吵了,他就帮了我一把。老实说我也不清楚他怎么这么器重我。别说从来不认识,我连一支香烟也没敬过他。"

"哈哈,"谢如玉的眼神又像星光一样闪烁起来,而且,许硕还发现,她笑得欢展的时候,脸上还会现出两个浅浅的酒窝,"这就说明,你有让老罗高看一眼的真本事呀。其实,我也很佩服有文化的人的。"

"我算什么有文化的人呀？我们不是都一样,连初中都没有正经读过吗？"

"可是你会写诗呀？还能在省里的报纸上发表。换了我们这些人,想都不要想。"

许硕没想到谢如玉居然看到了自己的大作,不禁兴奋得脸上发热,嘴上却还是谦虚了一番。没想到谢如玉又说："人跟人啊,真是比不得的。其实我在来煤矿的船上的时候,就觉得你跟别人不大一样。"

不大一样？许硕又是一惊,谢如玉也是早就注意过自己,这委实出乎他的意料："就因为我……傻头傻脑地唱样板戏吗？"

"不对。样板戏谁不会唱几句？你呢……你的笑让人有种宽厚聪慧的感觉……"

"啊哈,你太高看我啦。"许硕心花怒放,却又有点错愕地想,"宽厚聪慧,我做梦也想不到,别人会对我有这种印象呢。"

"其实这也不是主要的。说你长得善相吧,这样的人也多得是。说你肚子里有学问吧,这样的人也不稀奇。我觉得我的内心就很丰富。反正,我觉得你身上有点跟别人不一样的气息。没想到的是,你没几年就变得这么有出息了。"

许硕完全是受宠若惊了。心里一热,便也脱口道："你知道吧,我也是在船上就……觉得你很与众不同。"

不料谢如玉毫不在意这点,她挥挥手打断许硕的话："你那种感觉都是些外表的印象,算不了什么的。我太清楚周围人是怎么看我的了。其实呢,包括你,没有人会知道我究竟是个什么样的人。我真实的心理,别人是看不出来的。"

"你的意思是说,你是个很有城府的人?"

"也不能这么说。"谢如玉的神色变得有些严肃,"相反,我身边的同事和小姐妹,都以为我是个乐呵呵没有心思的人。其实那基本上是装出来的,是我逼着自己形成的,我——"

她忽然站住脚步,指指右手方向的小路说:"我到了。我要从这里去矿灯房上班了。"

"你今天上中班?"

谢如玉点点头:"对了,你们不是上常白班的吗,怎么能去洗被子的?"

"是的,现在是我上班时间。不过,我上班很自由的。外线电工的生活本来就是一阵一阵的,忙起来脚都着不了地,空起来,大家都在班上喝茶吹牛。我们连长就说过,电工就应该闲得没事做,这才说明一切设备都运行正常。而我嘛,还有点小特殊,大家都知道我要写东西,有点小活也不叫我做。所以我就经常能溜回来写几句,或者看一会书。"

"这倒真让人眼热。不过写东西很辛苦的,你还是要多休息才好。"说着,谢如玉挥挥手,接过许硕手上的铁皮桶向矿灯房去了。

许硕痴痴地望着她健硕的屁股一扭一摆的样子,怅然若失地待在原地:我太没用了,应该跟她约个再见面的时间的。现在她这一走,什么时候再有今天这种机会呢?

仿佛听到了许硕的心声,谢如玉忽然又回过头来说:"哎,你会缝被子吗?要不要等被单干了,我来帮你吧?"

"不用不用,我自己——"来矿上这几年,习惯单身生活的许硕,早就学会一般的缝缝补补了,但此刻他忽然意识到,能让谢如玉来帮忙缝被子,不又是一个见面的好机会吗?于是急忙改口道,

"不过,我虽然勉强也会糊弄一下,但是如果你能帮忙,就再好不过了。"

"那好啊,明天我还是上中班,中午吃过饭,我来帮你缝好了。"

第八章

  许硕身轻如燕,快步回到书房前。屋对面冷却池边的两棵树间,他早就拉起了一根粗铁丝,把被单晾好以后,他哼着曲子进了房间,立刻拿起扫帚,把几天没扫过的地仔细打扫了一遍,然后把书稿杂乱的桌子收拾得整整齐齐,又用热毛巾把床席和枕席擦干净。拿抹布想擦窗子的时候,他定住了。他第一次意识到,房间前后两扇窗户,都像集体宿舍一样是敞亮的。既没有窗帘遮挡,也没有糊纸。虽然矿上没有偷抢之类的治安问题,但独自住在这僻静之处,一点也不设防总是不合适的呀。他想起连长和指导员,他俩住的都是小单间。窗户上也没有窗帘,但都刷了白漆。他一拍大腿,立刻出门到班里去,那儿有以前用剩的白漆。

  他和班长说明了情况,拎了半小桶白漆和小刷子,回来后立刻开始刷窗户。涂了几下他却又怔住了。谢如玉说她以前散步时看见我在窗前写作,那现在我突然把窗户刷了漆,明天她会不会怀疑我有什么想法呢?

  要是我,肯定会怀疑的。但是她不一定会注意到这点,也不一定像我一样想。再说,一个人住在这里,遮掩点窗户并不为过呀。何况我都已经刷了,又没办法擦掉,管他那么多呢……

  事实上谢如玉根本没在意这个(也许是因为窗户都开着,也许是她在意了也不露声色)。第二天中午十二点刚过,她就笑眯眯地拿着个丝质的旧钱包来了。许硕正端坐在桌前,大开着门等她。

她看见了许硕,但还是在门上敲了两下,有点调皮地问:"我可以进来吗?"

仿佛一道霞光闪亮,满屋子都大放光芒。许硕立刻跳起来,差点把屁股下的方凳带倒:"进来进来,我在等你呢。"许硕手忙脚乱地招呼她坐,谢如玉却摇摇头,径直到床前,摊铺许硕放在那里的被胎和被单,准备缝纫。许硕从抽屉里拿针线,她说不用的,她都带来了。说着从她那旧钱包样的小拉链包里,取出已经穿了线的缝被针和小剪刀、顶针,麻溜地忙活起来。几乎是三下五除二,她就把被子缝好,折叠得整整齐齐。许硕连声道谢,接过被子放到了上铺,随即拖过方凳,招呼谢如玉坐:"哎呀,天太热了,看你都出汗了。喝点我泡好的茶吧。"

谢如玉没有坐,但接过许硕递过来的茶杯喝了一大口:"这茶叶很好的哎!"

许硕开心地说:"看来在鑫山煤矿蹲时间长的人,个个都变成品茶师了。这是今年春上林家坞炒的上好碧螺春。他们队长暗地里给我抓了几把。可惜太少了,不然……"

"我也有的。杀叶季里,总有当地人会给我们送点茶叶,有的还很高档的。不过,我一般是不要的,除非是平时处得来的人。"

谢如玉说着,就往外面走,许硕失望地挽留她:"上中班还早呢,你坐一会歇歇再走嘛。"

"不了。"谢如玉在门口停下来,用白净细嫩的手掌扇着脸说,"今天没有风,房间里有点闷。我这个小胖子最怕热了。"

什么小胖子呀,许硕听了直摇头。他真心觉得谢如玉并不胖,她走起路来那么灵动多姿,就证明了这一点。在他看来,谢如玉不仅身材匀称,发育得很正常,该凸的地方凸,该凹的地方凹,而且无论她穿什么样式的衣服,也掩饰不住她那媚人的性感,加上那两只会说话的眼睛,无怪乎矿上的男人都围着她转。

于是许硕半是安慰半是恭维地说:"你的身材完全是恰到好处,充其量算得上有点丰满,比起那些弱不禁风细条条的人来,不知要理想多少呢。"

"哪里,我知道你在哄我开心。"谢如玉红着脸,咯儿一下笑道,"不过我不在乎的。一个人长得什么样就什么样,没什么好烦心的——要不,我们还到潭水边去歇一会吧,水边要凉一点。"

许硕蓦地红了脸,心里暗自后悔不该在昨天就刷窗户的,谢如玉可能是注意到这一点了。但是能够和她出去走走,他还是很开心。俩人就顺着昨天的小路,边走边聊地来到玫瑰潭边。潭水很深,又凹在平地下面,果然凉一些,也清静得多。这时候,除了树林里偶然有几声知了嘶鸣,鸟儿可能也都躲到树林深处睡觉去了。

俩人在潭边树下的石阶上坐下来,享受着树荫下陆续飘过来的小风和沁心的水汽,精神都为之一爽。似乎某种先天存在于不相熟的男女之间的东西,像是被清风吹散了。他们的心扉也仿佛被吹开,谈话逐渐变得自如而随性起来。如果俩人像他设想的那样,在闷热的房间里喝茶,可能反而会因为有什么顾忌而局促、不舒畅呢。许硕暗暗想着,不禁对谢如玉多了一层喜欢。虽然俩人是同届毕业生,年龄相同,可是在为人处事上,谢如玉分明比自己多了几分机敏和内秀。而且,从她的谈吐中,许硕越发感到,她实际上是一个相当率真而自然的人,有时说到兴奋处,她还会绘声绘色,手舞足蹈开来。

谢如玉说她在初中时还比较清瘦,平时也爱哼哼歌,学着纪录片上的镜头跳几下舞,后来便被选进了学校毛泽东思想宣传队。

当时最流行的舞蹈,也是难度最大的、只晃脑袋脖子不动的新疆舞,她也自己摸索会了。说着说着她就站起来,当场给许硕表演了一下。她那婀娜曼妙的舞姿和俏皮欢快的笑容,几乎让许硕看呆了。他的拘谨也彻底消散了。后来他便鼓起勇气,问了谢如玉一个他最为关心的问题:"我听说,你对同事说过,这辈子一定要回城里去,回不去的话,哪怕一辈子不嫁人,也不在这里谈对象?"

"就是的。"谢如玉不假思索的回答,令许硕的心沉重地抽了一下,他问:"是因为你在城里有男朋友了吧?"

"不是。矿上的吴东人,有几个不想回去呢?你就不想回城吗?"

"我也想。过去还不怎么在意这点,决心写作以后,我也希望能回到知识和机会更多的城市里去,争取取得更好的成就。可是,这种可能性太小了。所以我不会绝对化地看这个问题……"

"我不行。"谢如玉的嘴巴抿成了一条缝,语气也加重了,"我在有的方面是很顽固的。虽然我也蛮喜欢蠡山的,可是我的情况跟别人不大一样,我想回城不是因为贪恋城市生活。相反,我觉得人活一辈子能吃饱、穿好就足够了,这在哪里都一样可能做到。实际上,在这里生活可能还比嘈杂烦乱的城市要单纯、快乐得多。可是我要尽孝,我要回去主要是想好好陪陪我妈妈。你不知道她孤孤单单的,有多可怜……"

谢如玉的眼圈红了,突如其来地涌出了泪水。这让许硕手足无措,不知道该说什么好。好在谢如玉很快恢复了平静,她吸了几下鼻子,用衬衫袖子擦干眼泪,然后坦率地诉说了自己的身世。

谢如玉自幼失怙,除了照片,她的记忆中完全没有父亲的印象,家里的顶梁柱一塌,母亲靠在街道工厂当保管员的工资,要养活两个儿女,非常吃力。而且由于母亲的父亲新中国成立前开过酱园店,又参加过三青团,她在哪里都抬不起头来。但她是那种外柔内刚、打落牙齿往肚里咽的人,从来不在谢如玉和哥哥面前抱怨命运,或者把繁重的生活压力和烦恼宣泄到兄妹俩头上,她含辛茹苦地把他们拉扯成人。谢如玉一直记得,自己八岁时得了甲肝,家里没有自行车,母亲半夜里抱着她往医院奔。母亲那一路上呼哧呼哧的喘息声和在候诊时紧紧抱着她,使劲亲她,汗水和泪水糊了她一脸的情形,深深烙印在她心底。

后来,哥哥也因病去世了。极少在谢如玉面前流泪的母亲,那一回哭成了泪人,此后也久久见不到她一丝笑容。但她没有垮,将对哥哥的爱,百倍地投在谢如玉身上。经济再拮据,母亲也总是确保谢如玉经常能吃到荤菜。肉票不够,她就拿从郊区农民手上买来的高价鸡蛋和工友们换,她还经常跑好远的路,到运河上过往的渔船上去买鱼虾给女儿吃——"硬是把我喂成了小胖子,"谢如玉凄然地笑着说,眼泪却又淌下来,"你说说看,我现在又离开了她,把我当唯一精神寄托的她,一个人能怎么熬过那些暗淡的日日夜夜?她还不到五十岁呀!她现在除了上班,晚上还熬夜给丝织厂的坯绸画花、给火柴厂糊火柴盒子。我叫她不要这么苦自己。她却说我不懂事。说她做这些不光可以有点收入,更可以有点安慰,来打发那些对她来说过于富余的时间。现在,每次我回家休假完回矿的时候都是我最难受的时候。无论我怎么反对,她非要送我到船上,脸上还堆着硬挤出来的笑。船一开,她却立刻抹开了眼泪,追着船千叮咛万嘱咐,简直让我恨不得跳上岸去,不要这份工作了……"

许硕嘴上不断地安慰谢如玉,心里却暗自唏嘘,为她可悲的家境,也为自己希望的破灭。本以为谢如玉对自己似乎有好感,有可能求得她的爱情,现在看来只能是单相思。但也不一定,她说她不嫁矗山人,并不等于不谈情说爱,也并不等于她肯定回得了城,而自己一定回不了城。世事如云,人生如梦。变化是随时都会发生的……

往回走的时候,他们又在分岔口上道别。这回许硕不再扭捏,直截了当问谢如玉哪天再过来一起散步。谢如玉爽快地答应了,但又补了一句:"过些天吧,后天我要换夜班了。"

焦灼地等候了一个多星期,有天天黑后,许硕的窗户玻璃上笃笃响了两下,许硕冲出去,谢如玉妩媚而迷人的笑脸正迎着他。

他们又沿着茶园里的小路往山上去。这回他们没有在玫瑰潭逗留,而是顺着向上的土路来到山腰上。正是月半,硕大的满月就在山巅上呵护着他们。秋也渐深,夜来的轻雾和白生生的月光水乳交融,清凉且融汇着草叶和泥土的气息。远处的矿区夜色也显得迷离而多情,俩人都赞叹不已。可是望着黑黢黢的山林深处,也不免让他们疑惧。对蛇虫的担心让他们不敢多逗留,于是他们就又往回走。林间小路很窄,两人并肩行走时,身子不时会碰在一起。这每每让许硕心驰神乱,几度想伸手揽住谢如玉的腰——这类情形他从小就在外国小说上看过无数次,但几乎从来没把自己代入进去。现在都二十来岁了,而且也已体验过肉体的撕磨。他很想让书中的情景化为现实,却感觉总有一种莫名的东西按住他的手,让他迟迟不敢越过雷池。想想人也真怪,特别要面子,唯恐伤自尊,有时也怕不小心伤了人家的自尊,所以往往按捺着真实的自我,一本正经做道貌岸然状。而另一方面呢,秦小妹热情似火,自己却无法领情。谢如玉含而不露,自己反倒热情似火,却又怕这把火反过来烧着了自己……

其实让许硕犹豫畏缩的,还有他心中的某种直觉。接触多了,他觉得热情大方的谢如玉,正像她自己说的,性格中或许还有着锋利或坚硬的东西。所以,感觉含而不露的她,或许只是貌似大方——此后他们的约会持续了较长时间,频率、内容却几乎始终如一。谢如玉总是有这样那样的理由,一两个星期才和许硕出去一回。而当许硕又一次试探,请她到自己房间里喝茶时,谢如玉却报以疏离的微笑和让许硕深感无奈的摇头。

这个意外的插曲,让许硕心生疑窦,并且从另一个方面,让他下定了破釜沉舟的决心。尽管他相信谢如玉不会不明白,但他还是想把自己的心思向她挑明,并且期盼得到一个满意的结果。

那天他和谢如玉从山间下来的时候,惊讶地发现岔路口下方的老栗树下,有个高高的黑影靠在树身上注视着他们。

有人在那里。谢如玉推了许硕一下,迅即离开他,小跑着消失在通往矿灯房的小路上。

许硕壮着胆走向黑影,借着星光看清那个人是沈俊杰,悬着的心放了下来。自从搬出宿舍后,他和沈俊杰便少了联系,但间或还是会去找沈俊杰散散步或聊会天。沈俊杰也到他书房来玩过几次。今天显然也是来找他玩,刚好碰见他和谢如玉从山上下来。

许硕和谢如玉的交往,他没有告诉过沈俊杰。虽然许硕是信任沈俊杰的,不在意让他知道自己有追求谢如玉之心,但是因为和她一直没有实质性进展,谢如玉又曾经叮嘱过他,说矿上人多嘴杂,许多人闲得发慌,酷爱捕风捉影、无事生非,不希望他向任何人透露他们的交往。所以他一直没向沈俊杰透露过这个情况。今天虽然被沈俊杰撞上了,但他仍然相信沈俊杰不是那种碎嘴婆娘般的人,所以并不担心什么。不料沈俊杰的反应让他大感讶异,尤其是他射向许硕的第一道目光。那是怎样的目光啊!既有扬扬得意又像受到了侮辱,既是嘲讽又是谴责,简直是当场抓住小偷的目光。

他就那么定定地凝视了许硕一会,开门见山地说:

"你本事不小啊,居然跟谢如玉搞到一起啦!"

沈俊杰的这种言语和态度,让许硕很不舒服。他故作平淡地说:"谈不上什么搞到一起。我们住得近,偶然碰到就聊几句,或者就近走几步而已。都是一条船从吴东下来的嘛。"

可是沈俊杰分明不信他的搪塞。他铁青着脸,不停地抚弄着眉毛,目不转睛地审视着他的神情,语气也硬邦邦的:"你防我干什么?就是你们谈婚论嫁,百年好合,也是很正常的事情,我还不能理解吗?"

"可是情况并不像你想的那样呀。我和她要是真有什么了,防什么人也不会防你呀。"

"好吧。既然你不把我当外人,我也就提醒你几句吧……"

"提醒?"许硕突然紧张起来,立刻问他,"你想提醒什么?"

"其实也没什么。我只是担心你会竹篮打水一场空。"

"你这是什么意思?"

"你不一定很了解这个女人。"

"这么说你很了解她?"

"这也谈不上。不过你一个人住在外面,听到的传闻没有我多罢了。"

"这倒是的。"许硕真的关心起这个问题来,"我们是这么好的朋友,你无论知道什么,都应该说给我听听。"

"其实我也不太相信。传闻嘛,含含糊糊并无事实根据,所以不说也罢了。只不过我觉得,你要是跟她玩玩没问题,想谈恋爱嘛,还是慎重点好。"

"为什么?"

"我也是前几天才听连里人说,谢如玉和她们营长任军生相好。"

"不可能!这种胡说八道的话你也相信?我敢保证谢如玉不是那样的人。"许硕像是被人抽了一记耳光,恼羞成怒。

"嗬,我又不是说你,这么气急败坏干吗?况且,有一腿是什么意思,就不用我说了吧,否则你也太幼稚了。"

"我不幼稚。我心里明白得很!这种事你说任何人都有可能,唯独谢如玉绝不可能!"

许硕仍然义正词严地叫喊着,声气却大大消减了。他眼前已清晰地浮现出一个魁梧高大的人影,让他心烦意乱地觉得自己矮了半截。虽然没有接触,但矿上人大多认得任军生,因为他的形象很出众,又是个干部。据说他是从空军部队转业回来的,在部队当过地勤场站的副教导员。所以他经常穿着一身夹克式的蓝军服,天冷的时候,还成天戴一顶飞行员戴的那种甩搭着两个长帽耳的飞行帽。而且任军生长得很俊朗,浓眉大眼、国字脸,黑苍苍的眉宇间,总是挂着一副不威自刚、似神秘似矜持的神情。他的个头应该超过一米八,体格也很壮硕。这样的男人无疑是很讨女人欢心的。许硕越发觉得心里酸水直冒,五味杂陈。

可是虽然这么想,许硕心里还是像被沈俊杰塞了只苍蝇,一时间嗡嗡乱响,忍不住又寻找种种理由,拼命为谢如玉辩护。

沈俊杰见许硕大动肝火,反而更怀疑他和谢如玉有了什么特别的关系。他垂着头,任许硕口沫横飞地说了个够,再也不发一句话,只是偶尔抬眼扫一眼许硕,目光里充满嘲讽(许硕认为是)和幸灾乐祸的意味。直到许硕意识到自己的失态,努力镇定下来,再三追问他"传闻"是从哪儿听来的时候,他才冷冷地挥了挥手:"传闻就是传闻,谁说的也不必当真。而且又不是说的你,何必在意?"说着他拍了许硕一下,"时间不早了。我先回去,以后再来玩吧。"

许硕沮丧地看着他的背影,忽然觉得今晚沈俊杰的表现似乎也有些异样:他又在忌妒我吗?不过在许硕记忆中,沈俊杰很少谈及男男女女的事,也曾经表示事业为重,现在还没有兴趣谈恋爱,尤其不会和矿上的人谈恋爱,以免影响回城……

然而,事实却无情地证明了许硕的直觉不无道理。虽然这又一次让他大跌眼镜——在下一回和谢如玉约会的时候,她问许硕上次在路边碰见他们的人是谁。许硕说是机电连的钳工沈俊杰。并要谢如玉放心,他们是绝对的好朋友,沈俊杰不会出去嚼舌头的。谢如玉却哧哧地笑道:"那个书呆子呵,感觉他人品是还可以的。"

"书呆子?他可不呆的哦,很有思想和志气,书也看得很多,而且都是特别高深的……"

"我知道,我们那里的人都说,他竟然一天到晚在看《资本论》,还看许多其他人碰都不想碰的怪书,还说他特别擅长高谈阔论什么的。"

"这个不假。但是他看《资本论》,可不是故作高深,而是真有兴趣,也有宏伟目标在的。所以他并不是书呆子,就是有时候有点迂吧。"

"迂?"谢如玉又咯咯地笑了,"他倒是不迂的好吧,写起情书来,还有板有眼,很能感染人呢!"

"写情书?"许硕大叫,"他给你写过情书?"

谢如玉顿时意识到自己失言,一下子捂住嘴巴,支支吾吾半晌,最后不得不承认有这回事,但自己没有回信,沈俊杰也就没有再给她写过信。她还再三叮嘱许硕千万不能告诉沈俊杰自己说过这样的话,否则太伤他自尊了。许硕自然满口保证,心里却翻江倒海,再一次觉得这个好朋友沈俊杰,远比自己认识的复杂得多……

当然,许硕也没有把沈俊杰说的"传闻"透露给谢如玉。因为即使真有这事,谢如玉也不会承认,反而会让她恼怒或伤心。再者,虽然说无风不起浪,但经过这几天反复琢磨,他总觉得这传闻捕风捉影的可能性大,应该是有些吃不到葡萄便喊葡萄酸的人,抓住些鸡零狗碎的表象恶意诬陷她的。

但尽管这样,他还是产生一种抑制不住的冲动,要开诚布公地向谢如玉求爱。至少,要说服她先明确和自己的恋爱关系,将来都回不了城去,或者一方能回城,一方不能回,都好合好散。双方都能回去再谈婚论嫁,那不就水到渠成了?

实际上,他心里还不断涌动着一个近乎邪恶的念头:机不可失,时不再来。自己不能再这么黏黏糊糊、温文尔雅地和她耗下去了。要果断地尝试占有她!她这么漂亮、迷人,那么,她对我至少是有点好感的,应该也愿意和我发生点什么。如果她守身如玉,坚决不愿意发生点什么,更说明传闻不过是传闻,她是个值得我耐心执着地追求的好女人……

结果竟是他完全没有设想到的版本。他碰了个不软不硬的钉子。

这天的夜色依然迷离朦胧。残月半圆,但山顶处因为离天近一些吧,感觉还是皎洁如银,照得山林里亮莹莹的,小路也白生生的。而星光似乎比平时繁密得多,仿佛在心心念念地期待什么好事情,闪闪烁烁地缀满了天幕。半路上他俩居然还看见一颗硕大的流星,拖着一条长长的亮尾,就从他们头顶上直直陨落下来。

乖乖,我还没见过这么漂亮的流星呢,今天我们真有运气啊!

许硕望着天惊叹不已,谢如玉却有点疑惑地问了许硕一个奇怪的问题:"天上一颗星,地上一个人。你说那真的会是什么人死了吗?"

"那是不懂科学的人自作多情,或者瞎说来骗小孩的。那颗流星陨落前,可能比我们地球都大无数倍呢。和地上的什么人,风马牛不相及。"

"哦。"谢如玉信服地看了许硕一眼,还吐了下舌头,没再问什么。许硕则因为揣着某种心思,心潮又一阵阵起伏不定。而谢如玉情绪却一直很高,以至于他们走得比平时更接近山顶。许硕关心地问她累不累,她虽然气喘吁吁的,却摇头连称不累。许硕有些诧异,想试探一下她的心思,她却在一块平坦些的大石岩上坐下来,仰起头认真地问许硕,听没听说个好消息。许硕忙问她哪有什么好消息,她有些神秘又抑不住兴奋地说:"这么说你还没有打报告?好多人都在打报告、找关系,忙得不亦乐乎呢。"

许硕更加摸不着头脑。谢如玉便告诉他:"根据内部消息,因为巾里要新办一个大企业,所以不久后,就会抽调一批人,充实到新企业中去——这可是天赐良机啊,你也赶快打报告,或者活动活动吧,说不定好运也会相中你。"

打报告?毫无思想准备的许硕,平时对这个问题并不怎么上心,所以听了这消息也没有激动:"这事是不是真的还不一定,就是真的,我也没什么理由打报告。"

"哎呀,看来你也是个书呆子。理由还不好找?父母有病,家里没人照顾。或者自己身体不好,随便编就是了。关键是要先挂上号,让领导眼里留心到你嘛。"

许硕这才开始认真看待此事了,可是垂头思索了一下,又摇摇头说:"前几天还开了全团动员会,喊着要大干快上多出煤呢。恐怕就是会抽调人出去,名额也不会多的。这样的话,最后还不是要靠拼关系吗?"

"这个是肯定的。你也开动脑筋想办法呀,你家里人……"

"我家里人才是书呆子呢。我父亲在大学,跟市里没什么接触。现在他又被派在郊区筹办学院的农场。这么说,你已经打报告了?"

"当然打了。你知道的,我家的情况的确很特殊。但是,如果有人帮一把就更好了。"谢如玉若有所思地沉默了半晌,才又露出笑容说,"反正,希望我们都有好运气吧!"

但愿如此啊!许硕深深叹息了一声,心里却忐忑地暗想:这事要是真的,而且也有比较多的名额的话,以谢如玉的情况来看,她能如愿以偿的可能性比我大得多呵。而我,恐怕是没有指望的。这样的话,我不就彻底成了痴心妄想的癞蛤蟆了吗?

这时,四野一片宁谧。空气中流溢着神秘而迷人的气息。点点星光照在谢如玉仰起的脸庞上,使得她洁白如月的笑容,平添了几分摄人心魅的美,又像一朵蓓蕾初绽的鲜花,洋溢着醉人的芳香。这使得许硕突如其来地升腾起一股强烈的欲望。他一咬牙,就近坐到谢如玉身边,毫不犹豫地揽住了她的肩膀:"谢如玉,你要答应我,如果我们真的都能好梦成真,你就嫁给我好吗?"说着,他不由分说地在谢如玉脸颊上亲了一口。

不料,谢如玉却不置可否地把脸扭向了一边。许硕再要凑近她的脸,她却使劲扭摆着头,还伸手挡他的脸。虽然笑容仍然漂浮在她脸上,但那肢体动作让许硕大为失望:"你是不是一点也不爱我?"

谢如玉却又摇摇头:"我蛮喜欢你的。不然我才不会跟你来往的。不过我不会答应你的。你是文化人,我只是庸俗之辈。我们不配的……"

她竟然站起来想走了,许硕急了,完全像变了个人一样,不容自己退缩了。他硬是将谢如玉拉坐下来,故意用强横的口吻说:"我和你是一样的人。我是真心爱你的,在船上一看见你就爱上你了。只要你不讨厌我,我们就谈起来。以后怎么样发展,嫁给我还是不嫁给我,我保证都听你的!这总可以吧?"这回,谢如玉只是无奈地叹息了一下,并没有马上推开他。许硕顿时充满希望,得寸进尺地去解她的衣扣,但刚解开一粒纽扣,双手就被谢如玉推开了。她的动作相当快捷,相当坚决。许硕顿时像被刺了一针的皮球,内心依然火烧火燎,双手却再也不敢动弹,只是满脸困惑,可怜兮兮地看着谢如玉,不知如何是好。

没想到谢如玉见他这副模样,竟好像同情他了。她莞尔一笑,还伸手在他头上抚弄了一下说:"你答应我,不要再动手动脚好吗?"

许硕感到莫名其妙,但细看谢如玉的神情,好像有什么要紧的话要说似的,一本正经。他只好无奈地点了下头,却被接下来的一幕弄昏了头——谢如玉几乎是没有声息地说了一句:"其实你都看见过的,有啥好稀奇呀?"

许硕蓦地想起在玫瑰潭边绞被单时,谢如玉迸落一颗纽扣的情形。显然她也是意识到的。

说话间,谢如玉的双手按住了许硕的肩,身子紧贴着他的胸膛。一时间,天翻地覆,惊雷滚滚,满天星辰也欢快地蹦跶起来。许硕脚下的地面却消失了。同时,他能感到自己的血液在脉管中奔腾的响声,感到自己马上要昏倒在星光迷乱的晕眩之中。事实上,他身上的每一个细胞都渴望着更为神秘的地方。可是,当许硕试探着将手插进她衬衫的时候,谢如玉霍地一下站起身来:"不行不行,这个不行!"她的脸上表情严峻,声音颤抖却决绝,如一盆冰水,无情地泼湿了许硕的欲火。

她一边迅速整理着衣衫,一边快步向山下走去。许硕又一次被捉摸不透的沮丧和疑惑淹没了。呆愣了片刻,他快步追上谢如玉,一起下山去。他很想探询她为什么突然变了一个人。但还是忍住了,因为他觉得谢如玉在生他的气了。她那总是白里透红的脸色,现在显得苍白,甚至有点儿泛黄,宛如头顶上的月亮。她的步履悄无声息,可是没了往日的轻盈感,从后面看上去还有些扭捏。许硕越发纳闷,背上都被冷汗濡湿了,全身血液却仍在沸腾。眼中那先前还让人兴奋的山谷,似乎已连同矿区一起沉没。天空中星光倒还是闪亮不熄,只是背景突然暗黑,看上去犹如湿漉漉的原野。

他们走得很快,而且一路上很少说话。但是令许硕大为宽慰的是,谢如玉的神色很快就平复如初,后来还主动伸出胳膊揽住他的腰。于是许硕也受宠若惊地揽住她的腰。俩人就这么相拥着,有些踉跄地走着,直到岔路口。

第九章

晴天霹雳,天崩地裂,带给许硕的震惊也不过如此了。

这是隔了没几天后大清早的事。许硕上班经过四营矿灯房,意外发现门前围了一伙人,还有人在向那儿拥去。对这个谢如玉上班的地方,许硕现在有一种特别而亲切的关注。他便走到人后探头张望了一下。倏然一道强烈的电流从双眼击穿他全身,他僵住了。他的第一个反应是想拨开人群冲进里面,实际却反而往后缩了几步——好几个女工围着衣衫不整、头发散乱而面如土色的谢如玉大声地咒骂。

这一切太出乎许硕的意料。事态的发展也根本由不得他。直到很久以后,每当想到那一幕时,他仍觉如万箭穿心,随即便是由此带来的生理上的痛苦。他恶心、想吐,却又吐不出来。只好竭力忘掉当时那一切,却根本忘却不了。

有和许硕一样后来的人,纷纷打听这究竟是怎么回事。知情人兴高采烈地告诉他们,说是昨天夜里,四营的工会主任,就是现在站在圈子中,貌似劝解众人不要胡来,实际却一脸立了功般自得的大骨架女人——许硕认得她,这个四十来岁的女主任,生来就长着一张风风火火、疾恶如仇的脸——她根据先前掌握的蛛丝马迹,带着几个人隐藏在营长任军生的单人宿舍外,等到谢如玉溜进去一会后,突然踹门,大呼小叫地破门而入,当场抓了俩人的现行,还收走了他们的内裤。

围观者中终于有人提出了疑问：

"这不算批斗好不好？大家对歪风邪气看不惯，出出气也不可以吗？"

"大家更加气不过，这才不饶她的……"

"任军生！果然是任军生！这下我全明白了……"

许硕像自己受了污辱一样，浑身哆嗦着退出人群。但他心里除了震惊与失望，并没有因此仇视谢如玉，宣泄平时的失落和某种得不到满足的情绪而已！他想到要挺身而出，解救谢如玉，但又不敢，唯恐触犯众怒，甚至怕自己也牵连进去。这让他越发矛盾而痛苦，两条腿不停战栗着，头脑昏昏沉沉的，几乎失去意识。四周的紊乱和喧嚣却骤然加剧，好像有一群妖魔在远处发出粗犷凄厉的吼叫，成群结队地扑将过来。天色也奇怪地昏暗下来，空气里突然弥漫起野火和煤烟、机油混合的怪味。远处的山峰后面竟划过一道不怀好意的闪电，让许硕抑制不住地打了个寒战。

他再也看不下去了，决定先不管这一切，上自己的班去。刚走出几步，恰好看见政治处副主任老罗迎面走来。他穿着帆布雨衣裤，头戴安全帽。显然今天是团部干部每周一次的下井劳动日，他正要去矿灯房领灯下井。看见许硕，他指指乱哄哄的人群，问他是怎么回事。

趁着人群一阵错愕，谢如玉一扭身子，小羊一样迅速逃进矿灯房边的宿舍里……

此后的日子里，谢如玉再没来找过许硕。这原是可以预料到的事。经过痛苦的焦虑和纠结，许硕已经放弃了追求她的心思。他无法想象的是，即使谢如玉现在愿意嫁给他，或者她再来找他，许硕也不知该如何面对她。只是，毕竟感情还在，毕竟谢如玉也并不是在欺骗或背弃他的前提下与任军生相好的。许硕对她虽有失望却并无怨恨,甚至还充满同情。所以老是见不到她,许硕还是觉得心里不安。可是去她那里看她显然不合适,于是他在她上班时偷偷到矿灯房去探看了一下,刚好看见谢如玉沉着脸,目不斜视地在发灯的窗口后忙活着。只是她一碰上许硕的目光,即刻面无表情地将视线移开了。

　　许硕倒是碰见过任军生两次。一次是下班时他刚从井口出来,哈着腰扛着两把丁字镐,满面黑煤粉,看不出脸上任何表情。在那可能有两天忘了刮的腮帮子上,布满了乱蓬蓬的胡子。两道平时不无威严的目光现在依然炯炯有神。他现在被降为四营井下采煤连的排长,天天在井下三班倒。

　　这时的许硕,对任军生已无多少恨意。他也留心过那件事后舆论对任军生的评价。幸灾乐祸、嘲讽的人固然不少,但毕竟都是男人,相当多的人对任军生还是持谅解态度的。不少四营的人还为任军生说好话。这和他平素的为人和工作作风应该有关。蠡山煤矿作为新企业,各级干部的作风参差不一。为所欲为、作威作福的并不多,但不爱实干、虚荣浮夸的干部却不少见。可是任军生作为四营的营长,平时说话不多,开会时也不爱说大话,却经常在矿上规定的干部下井日之外,像矿工一样下井劳动。大家抡镐头,他也抡镐头。大家开风枪,他也开风枪。到点了,他还这里看看,那里查查,总比别人上井晚。甚至还有人说,有一回放炮后,掌子面上有块巨石半悬着没掉下来,排除它非常危险,任军生却呵退旁人,自己上前用镐头把它捅落……

　　还有一次,许硕是在浴室里碰见的任军生。他背靠池壁,泡在人头攒动的大池一角,汗水和热雾糊满他的脸庞,他闭着眼睛毫不理会,也不和身边任何人说话。

这时浴池里跳进一个四营的小伙子,看见任军生便打了个招呼:"任营长。"

任军生的双眼突然睁开,厉声道:"喊任军生!"

"哦,任排长……"

任军生并不理会,重新闭上双眼,只是眼睛被汗水辣到,闭得更紧了。

这以后,从上调消息明朗化到最终结果出来的日子里,时间突然亢奋,地球仿佛不存在了,从众心理也甚嚣尘上。许多人终日议论的、关心的,只有自己能不能挤进这班车去。最后结果一出来,人们哭的哭,笑的笑。有狂喜到冲到镇上去打长途电话遍告亲友的,也有醉酒后深夜在宿舍前骂天骂地的。

许硕最终没听谢如玉的打请调报告的劝告,因为他觉得没有可能。他更希望来年有上大学的文科名额,他要争取这深造的机会。按说既然已有了思想准备,置身事外的许硕就不会有什么失落或烦躁不安的。但实际并非如此。某种强大而神秘的气场一度像一种说不清的力量,磁铁般地扰动着他。哪怕他独自关在自己书房中,仍然能感到某种不知是什么的毛刺刺的东西,透进墙壁来。一束颤动不安的火苗不分日夜地在他心里燃烧着。有时甚至使他坐立不安地担忧着,或许有什么无法抗拒的、惊天动地的事情,即将发生。

这种怪异的感觉无疑也和谢如玉有关。此时他一想到谢如玉,便为她深深扼腕。出了那种事后,以前她满怀的回城希望,无疑化为乌有。短时间内的多重打击,她能承受得了吗? 更糟糕的是,她现在有了个莫大的污名,今后除非煤矿关门、人人回城,否则谢如玉很难再有调动回城的可能。她会想到这一点吗？

从后来的结局看，她无疑是想到了的。

那天晚上，天色阴郁如山，空气也很沉闷。西山头上不断闪掠着耀眼的光芒，就是下不来雨。许硕想坐下来写点什么，却根本没法集中心思。桌上的小台灯平时感觉很亮了，现在看上去却黯淡而有气无力。床上的被褥上乱摊着换下来的衣服，窗外阒无人迹的空旷处还显得鬼气森然。猝然之间，他莫名其妙地被拽出半昏睡状态，内心萌发出一种怪异的感触，一种明显的心神不宁。而且，他又不由自主地想到了谢如玉。不知她此刻在周围那些如愿回城者的狂欢中，正在干什么，想什么。但她那曾经让他目眩神迷的目光，此时却在他的心灵深处变得模糊。一种神秘的预感告诉他，它就在这四壁之外的什么地方。恍惚中，许硕喃喃地向谢如玉打了个招呼，还问她：你现在还好吧？

但是他得不到任何回答。

越发郁闷的许硕把眼睛闭上，内心又感到疲惫不堪。今晚是写不成什么了，可是睡觉又太早。一潮又一潮莫名其妙的情愫仍然在袭扰着他。百无聊赖中，他索性挟上把雨伞推门出来，顺着走惯的山路向半山腰晃去。

在山林间漫无目的地瞎逛一气后，看看天色早已黑透，心绪也平静了一些。许硕便慢悠悠地下山回书房去。没想到经过玫瑰潭时，他有意无意间一探头，几乎不相信自己的眼睛；因为树下的暗影中，有个人影独坐在临水的石阶上，正一动不动地注视着眼前的潭水，仿佛要透过深不可测的水面，看透它下面的奥秘。许硕轻步上前再一看，脱口叫道："谢如玉吧？你怎么一个人在这里？干吗不来找我？"

谢如玉没有回应，但是扭了一下头。她的脸庞陷在阴影之中，模糊的神情很是木然，既没有意外的喜悦，也没有悚然警觉的样子。她不出声地看了许硕一眼，目光中明显流露出一种阴郁苦涩的绝望神情。随即她又用双手捧着脸，深埋在膝头上。许硕几步跳到她身前，伸手想去搂她的肩膀，却又在半途中缩了回来，只是低头巴巴地望着她，焦灼地等待她出声。可是她仍然沉默不语。许硕不由得心悸。有一些陌生的东西第一次掺杂进来，他忍不住又问她："刚才你去找过我吗？我没想到你今天会来。"

不料谢如玉使劲摇摇头，然后低声地、并不出人意料地说了一句："我就想自己散散心。宿舍里太无聊了。矿区里也太无聊了。"

她说话时，目光并没有对着许硕。这让他感到有些古怪，可并不感到惊慌。他想安慰她，便握住她的手。她那细嫩柔软的手，现在摸上去却像是枯枝，又冷又干。但她一声不响地任由许硕抚摸。她的头发和肩膀，一直在微微哆嗦着，声音里又一次像从远方传来一般，悄声细语道："我没有什么的，现在也什么都不怕了。就是觉得无聊，什么都无聊，在哪里都无聊。我讨厌这种感觉……"

她那沉郁的叹息，越发让许硕不安。她不是在跟自己说话，也不是想听他说什么。她也没有转过身来，而是呆愣愣地坐着，宛如一座雕像，冷漠而陌生。仿佛她已不在世界之中，任由许硕独自疑惑、郁闷。他再也忍不住了，轻轻抓住她的胳臂摇晃了几下，谢如玉这才茫然地看了他一眼，并不反抗，也不再说话。但她的肩膀无力地靠在了许硕身上，紧挨着他的胸口。他嗅到她皮肤和秀发上散发出的潮湿异样的气息，越发急躁地想要洞悉她的心境。

好一会后，谢如玉清醒了些，向许硕露出一丝凄苦的笑容。天光虽然暗淡，但许硕分明看清了她脸上的泪痕。那双平时勾魂摄魄、让他疼不够爱不够的眼睛,现在已完全失去了灵气,又红又肿。更让许硕痛心的是,他发现她那以往白嫩红润的脸庞,明显瘦削了一圈,以至颧骨耸凸,眼角竟然还有了几道从来没见过的细纹。以往充满活力的神情,已变成一种让许硕感到害怕的呆滞。痛苦分明侵入了她的心灵深处。现在这大黑天的,她独自跑到这里来,究竟在想些什么?他冥思苦想,猜测各种可能性,却无法获得答案。他想劝慰她,又不知道说什么好,只得无力地对她说:"你不要太难过了,事情已经这样了,何况天无绝人之路……"

"我知道的。"谢如玉的语气里,又透出一股许硕早有印象的坚硬,甚至可说是锋利的东西,"我们就不说这个了吧。"

"好的,但是你要相信我是了解你的。"

"谢谢你……"谢如玉的声音哽咽了,"我就知道你跟别人不一样。人的善良宽厚是装不像的。只不过,你也不会了解我的。况且我现在……什么指望都没有了。"

她用手帕捂住眼睛,不停擦拭着泪水:"现在这个世界上,没人会真正了解我。除了我妈,除了……我说一句话,你不要生气——任军生也是了解我的。"

乍听这话,许硕还真就蹿出一股无名怒火。他恨恨地想:这女人也真是的,都到这个地步了,还鬼迷心窍地为任军生开脱!

作为男人,他和许多人的看法是一样的:任军生虽然不一定有多坏,但在谢如玉的事情上,他就是因为贪图她的美色和肉体,用花言巧语骗了她,而把她害到这种地步了。

又一道干闪,像冷酷的长鞭当头抽下,仿佛正打在玫瑰潭当中,水中映出强烈的白光。让许硕不由自主地打了个冷战。而谢如玉则视若无睹,既不出声,身体也毫无反应。仿佛她已融化在神秘莫测的山野里了。周围一片灰白的雾霭鬼气森森地掠过田野。有几只蟋蟀在热狂地唧唧着;有时还夹杂几声潭水中青蛙的怪叫。许硕心乱如麻,呆呆地凝望着谢如玉,就像在审视一面灵魂的镜子。身上却感到气温有了明显的凉意。他觉得不能再这么坐下去了,于是轻轻拍了她一下说:"夜快深了,你又穿得这么少,我们该回去了。"

可是谢如玉却要他先回去,她还想在这里静静心。

这怎么可以?许硕不由分说地将她拉起来。谢如玉挣脱他,但犹豫一会后,还是一声不响地跟着他往回走了。为了表示自己没有嫌弃她的心,许硕又伸手揽住她的腰。谢如玉感激地看了他一眼,嘴唇动了下,却什么也没说,也没有像上回那样揽住许硕的腰。两人就这么各怀心思地垂着头,无言地回到岔路口。

许硕试探着说:"我再送你一段吧?"

"不要不要。"谢如玉坚决回绝,"万一再碰上什么人,你也洗不清了。"

说着她摆摆手,径自走向矿灯房宿舍。但走了没几步,她又停下来,回头看了许硕一眼。他急忙靠过去,问她是不是想说什么。谢如玉点点头,却又迟疑了好一会不开口。这时,围在她身旁的阴郁的夜宛如一片氤氲。许硕却看见她的脸庞上笼罩着一小片微妙的光斑,这使她看上去宛如是童话中的人物。许硕正想发问,她突然拉过他的手,放在自己的小腹上,眸子里难得地闪烁出星光般的晶莹,轻声说:"你摸摸看,有什么特别吗?"

"本来……"谢如玉憔悴的脸色更加灰暗了,"现在想来,我是有点痴傻了。想着要是早告诉他,没想到会出这种事。"

"哎呀!你简直是糊涂到极点了。这种事,谁不知道后患无穷啊。不管怎么样,你必须马上告诉他!至少也要……"

"不了!"谢如玉的语气又坚硬起来,"出事这么多天来,我们连面都不能见了,怎么告诉?"

"你又傻了吧?你写个信到镇上寄给他不就行了?"

"不行。万一信丢了,或者被他身边的什么小人给偷拆了,他的麻烦就更大了。"

"都这时候了,你还为他考虑这么多啊?"许硕无奈地跺了一下脚,心里差点想叫她写几句话,自己来帮她递给任军生。可是一转念又忍住了。那样的话,任军生会不会怀疑我和她有什么关系呢?

谢如玉似乎看出了他的心思:"其实现在告诉他,也没什么意思了。以他现在的处境,能做什么呢?只会让他更糟心。"

"很难的。我听说要有单位证明,还要……"

"可是等到你肚子显出来,那后果……咳!我都不敢想象,唉!"

许硕踌躇着,有心想要帮她一下,却一点底都没有。这种事他毫无经验,也想不起能找到什么关系。但沉吟片刻后,他还是想先安慰谢如玉一下,便说:"要不,我回吴东的时候,帮你找找人,尽量想想办法。"

这样的话显然是软弱无力的。所以谢如玉稍稍想了想就摇头,说不麻烦他了,她自己会有办法的。

"要么,你什么时候回去休假?我陪你一起去想办法。不管怎样,一定要抓紧时间,赶紧把这个问题解决掉!"

"好的。那我先走了。"谢如玉摆摆手要走,随即又转过身来,抱住许硕的肩膀,猛地在他脸颊上亲了一下。并不等他反应过来,头也不回地走了。

许硕这才注意到,她穿的是一条不知从哪弄来的黄军裤,裤腿肥大,显然是想遮掩日渐隆起的肚腩吧?飘悠的大裤管,使她的身子看起来也在飘忽、闪动。但在许硕眼里,她却仍然像一朵会走路的昙花,在暗夜里也是那么亮丽。倏然怒放,又悄然飘逝。

　　回到书房,许硕的心情又被郁闷包围。他木然地愣在黑漆漆的屋里好一会,才伸手拉亮了电灯。他的动作完全是下意识的、机械的。接着也像多年来的习惯一样,他想坐下来写点什么,却情不自禁又长吁短叹。以前他散步回来,多少有一段轻松的时刻。现在面对着堆满书本纸笔的桌子,他却一时想不起自己坐下来要干什么,似乎根本就没有什么事要开始,没有什么事要结束。眼前却不断闪现谢如玉挺着个大肚子,在千夫所指中东躲西闪、苦苦回避的窘境。唉,人的命运,人的世界,究竟是怎么搞的啊?为什么人们就不能宽宏大量,各自好好地过自己的生活?为什么人们总是妨碍彼此的生活,甚至以这样那样的理由互相伤害?世间要是没有那么多憎恨和恶意,对人们彼此不都是有益的吗?而现在,谢如玉多可惜的一个人哪,绚烂如花的生命还简直没有绽放呢,就因为一个闪失,忽然就落英满地了!我虽然真心同情她,却一点也不能帮到她!况且,即使谢如玉今后愿意嫁给我,我还会欣然悦纳她吗?

　　迷迷糊糊中,他在一个闹不清是怎么回事的怪梦中,徜徉了一会。睁开眼睛时,天光已经大亮,而耳鼓里灌满的,却不是平素听惯的百鸟啁啾,而是窗前窗后乱哄哄的人语和杂沓的脚步声。他奇怪地跳下床,趴到后窗一看,更加惊诧了。人,好些个人,有矿上的,更多的是附近村上的人,三三两两,络绎不绝,喧哗着顺着他走惯的小路向山间跑去。这情形太怪异了。这条路平时绝少人迹,怎么突然像磁石一样吸引来这么多人呢？出什么事了吗？不会呀，山上能出什么大不了的事呢？可是那阵势，有事也不像是什么好事……

许硕抑制不住地战栗起来。因为他倏然回忆起昨夜的梦境来：四周不明原因地奔窜着群狗，大声号叫。远处还有不知什么野兽在咆哮，天上的流云前呼后拥地压将下来。大自然好像生了病，它的郁闷和大地的惊怖融成一片，昭示着一个可怕的末日正在降临……

顾不得多想什么，许硕慌忙地冲出门去，跟着那些人往山上跑，一边跑，一边问身边几个村人是怎么回事。那几个人说也搞不清，只是听人说，山半边死了一个煤山上的人，都去看热闹呢。

"煤山上的人？男的还是女的？"

"吾也不晓得。"

后来他就得知谢如玉死亡的消息。

第十章

蠡山煤矿的人员构成中，百分之六十以上是从吴东市来的，蠡山本地人约占百分之二十，还有百分之二十，是筹建时从外地煤矿中招调来的。所以除了这两部分人认为，他们调到吴东机会不大而相对平静外，大部分人的心里都经历了一个波澜起伏的动荡过程。上下钻营的，四处求人的，日夜期待的，充满幻想的，掐指算计的甚至暗地里祈祷老天保佑自己心想事成的，无所不有。其表现不一而足，愿望都如出一辙。尤其是出现传闻到名单公布这一阶段，许多人惶惶不可终日，甚至有废寝忘食、坐立不安者。许多人大呼这是决定命运的时刻，是"黎明前的黑暗"。他们见面必问，怎么样，有什么新消息吗？谈天时几乎只有这一个话题：看来某某这回有福气了。谁谁谁有门路，看来龙门跳定了。谁谁谁痴心妄想……

好在他单独住在别处，下班后挥挥手，就把干扰拂至脑后，虽然心情难以完全平静，但很快又能坐下来涂涂写写了。而他虽然也向指导员口头申请过，实际上并没有抱什么希望。尤其是看到别人一派浮躁，争相钻营，心里更明白自己没戏。但他除了时而有点若有所失之慨，总体并不绝望。毕竟到了吴东还是进企业，和在这里相比主要是地理上的差异，对自己的写作并无多少助益，所以他更多地把希望放在今后能被推荐上大学上。后来对别人的喧哗，便有了一种隔山观火乃至幸灾乐祸之感。工友们得知他并不积极争取,连报告也没打,自然感到惊诧。许硕便说自己只是知趣,明知不可能,索性不强求。结果换来别人一顿嘲讽。说他想当作家想痴了,那东西顶多是山里的野花,再好看也要谢的,哪有先抓到手里的东西来得实惠?许硕并不争辩,心里却有点暗自得意地想:这就叫燕雀安知鸿鹄之志呢!

有一个人的反应,颇出人意料。那就是沈俊杰。

沈俊杰无疑也是迫切想要回吴东的。有天上班时,许硕到机电连大车间去检修,见到沈俊杰便问他打了报告没有。沈俊杰若无其事地说打了,但和他一样,并不抱什么希望,所以做好了调不成的思想准备。许硕深感奇怪,这和他想象中沈俊杰的急切心态大不一样。于是他见到过去同宿舍的人,就问沈俊杰最近表现如何。结果他们也说沈俊杰每天照样啃他的"大部头",几乎从不参与别人对此事的议论,一副事不关己、高高挂起的模样。

没想到,调动名单正式公布的前两天,沈俊杰竟一反常态,也变得焦躁不安起来,成天阴沉个脸,或闷坐着发呆,还对人说自己已探到消息,他这回完了!

毕竟和沈俊杰是多年好友,许硕听说后并没有幸灾乐祸,反而很是同情沈俊杰。因为他深知,沈俊杰是几乎把实现人生宏愿的希望,全部寄托在能回吴东之上的。晚饭时他便在食堂找到沈俊杰,拉他去散步,想好好抚慰他一下。一看他那失魂落魄,饭也没吃下几口的模样,不由得暗中唏嘘,看来这事对他的打击真是太大了。如果我这回在上调名单中,宁肯和他对调,把自己的机会让给他。

沈俊杰看见他像没看见似的,没有言语,脸绷得紧紧的,顾自到水龙头前倒掉剩饭,草草冲洗一下饭盆后,才又习惯性地抚弄着自己的眉毛,对许硕懒懒地摇摇头,说他身体不舒服,不想去散步。

"你何必这样嘛!"许硕忍不住揭穿了他的心思,"你的心情我还不理解吗?可是就算这次调不成,我们都还年轻,来日方长,机会有的是,何至于颓丧到这种程度?何况,你从来都是我精神上的好师友,懂事明理,又有着一向令我敬佩、激励着我的雄心壮志,更应该处变不惊才对。"

沈俊杰非但没能振作,反而极不耐烦地白了他一眼说:"你说的那些话,我会不懂吗?可是,机不可失,时不再来的道理,你懂不懂?"

"懂啊。我还懂得:机会不是唯一的。机会是给有准备的人准备的,没有机会也可以通过努力创造机会。"

沈俊杰霍地转过身来,愤愤地看着许硕,似乎是在寻找他言语之外的真意:"你不是在讽刺我吧?"

"怎么可能呢?"

沈俊杰的眼神灼灼,几乎要把许硕烫伤:"有什么不可能的?我很庸俗,像那些人一样,只会盯着个回城的机会看。你站得高,看得远,所以不在乎回不回城。你有本事,能写作,所以有的是机会。你有信心、有能力,可以为自己创造大把机会,而我终究是一个言过其实的无能之辈……"

许硕愠怒地打断他的话:"你这才是在讽刺人呢。"

沈俊杰哧哧地冷笑两声,不再回应,顾自往宿舍去。许硕气咻咻地想不再理他,但转念一想,还是追上他,压低声调说:"我知道现在这种时候,你心情不会好。可是你以为我心情就好吗?我不知道能尽早回城,总比窝在这里好吗?只不过是明知不可能的事,就不强求。面对不如意的现实,就努力去适应它而已……"

可是没等他把话说完,沈俊杰就怒吼起来:"现在不是说大话唱高调的时候,你不要烦我了。再说,你口口声声说理解我,实际上从来只会自以为是,自得其乐,越来越不把我放在眼里!"

说着他狠狠地向草丛中啐了一口,扔下目瞪口呆、气不打一处来的许硕,大步流星地走了。后来,据宿舍里的人说,沈俊杰回到宿舍也不和人说话,一直在笔记本上写着什么。折腾到很晚才上床,躺了一阵却又悄悄穿衣出门,不知在哪里瞎转到后半夜时,才回到宿舍来……

翌日上午十点钟左右,团部公告牌里,终于公布出被抽调回城者的名单。不一会,公告牌前就被人挤得水泄不通。许硕和工友出去干活时,刚好经过那里,赶紧挤进去一看,机电连居然有二十五个人的名字赫然在目。他匆匆扫了一眼就知道自己"名落孙山"。却有一个名字让他感到意外而宽慰:沈俊杰。

"沈俊杰有呀!"他脱口叫起来。与此同时,身后有人一蹦老高,双手对击一拳,比他叫得更响亮:"哈哈,虚惊一场!太好啦,太好啦!"

这正是刚赶到的沈俊杰。他的表现对于熟悉他的人来说,完全是一反常态,简直就是换了一个人。只见他狂喜地叫了几声,却不知为什么,粗鲁地推开身边的人,甩开大步就往车间方向跑去。他那颀长而有些佝偻的背影,让许硕不知是喜是忧,眼前活生生地闪现出中举的范进,散发狂走,不断叫着:噫!中了!噫,中了……

这家伙!要是真的没有他,会不会去死呵?许硕自言自语地挤出人圈,心里忽然有些酸楚。不知是在羡慕他,还是为他庆幸。

当晚,许硕以为从此要和他分道扬镳的沈俊杰,咚咚地敲开了许硕的房门。神情依然处在亢奋之中的他,张口就请许硕原谅他昨晚的粗暴失礼,并且告诉他,自己这几天近乎变态的原委。原来,沈俊杰起先一直以为已稳操胜券,因为他父亲年初当了市图书馆的副馆长。而在这样的背景下,名单公布前,各种流言甚嚣尘上。沈俊杰意外听到误传,说他并不在上调名单之列,那份失落可想而知。

经过一个星期工作交接和收拾行装后,三百名上调回城者肩背、手提着大包小包,喜气洋洋地挤在煤场上,等候坐车到码头上去乘船。团部工会也不管失意者会怎么想,竟拉了个响器队,咚咚锵锵地为他们送行。这自然令那些失意者忧愤交加,一个个黯然神伤,避而远之。许硕心里也翻腾着一种说不出来的滋味,但他还是微笑着,到原宿舍去给沈俊杰和连里的回城者送行。

沈俊杰再三表示不要许硕送,许硕仍然提着沈俊杰的大网袋,和他一起来到煤场上。看着他轻松地一翻身,爬上卡车,又把他的和别的工友的杂物递送上车。

卡车开动的时候,因为不想刺激许硕和别的人吧,一直绷着脸显出平常心的沈俊杰,突然弯下身来,紧紧握住许硕的手,大喊道:"谢谢你啦许硕!祝愿你也心想事成。回城度假的时候,一定要来找我,你想看什么书,我都会尽量帮你借到……"

"好的好的!蠡山和吴东没有多少距离,我们一定会经常见面的。"

确乎,蠡山和市区从地理上看,只差了百把公里和一个大湖。从行政区划来看,蠡山本来就是吴东行政专署的辖县,实在谈不上是什么分离。可是从现实状况来看,两地分明有着城乡差别的鸿沟。从心理上来看,似乎那些如愿者真的是志得意满地远赴重洋、一去不复返了。而自己,也仿佛再也回不到故乡,从此终老这大湖深处的小孤岛上了。

那一瞬间,许硕百感交集。蓦然领悟到人们都渴望回城的深层心理:不仅在于吴东是大城市,有着更好的文化和物质环境,更在于它是每个人心中与生俱来的家园情怀的象征。乡愁突然被某个哪怕是并不优越的机遇激活。唯恐落后于人,唯恐被命运甩落的从众心理,就如在城市里挤公交、挤火车的心理效应一样,强烈左右了人的情绪。哪怕车上并不拥挤,仍然不由自主地前呼后拥、挤作一团……

落寞中,许硕又黯然想到,今天刚好是自己的生日。虽然他从不重视这种日子,也没对别人说。此时此刻想起,他又莫名地添了几分惆怅。

卡车掀起的滚滚烟尘里,一大批心情复杂的送行者,还久久地站在那里,望着卡车远去的背影。余光里,有几个女工还在低声抽泣。许硕骤然也感到鼻子发酸。但他没有容许自己的眼泪掉下来。

塞翁失马,焉知非福?他竭力安慰着自己:这只不过是我的人生里,一个小小的插曲,没什么好忧伤的。很可能哪天回头再看,今天的失落反而是个好事。否则,我的命运走向无疑就会发生改变。而这种改变的结局,谁知道是更好还是更坏?

几句普希金的诗句,也油然浮起——

> 是否当命运与我为敌,
> 我还能以青春和骄傲,
> 对它摆出坚强和耐力?

是,是,是!许硕全身的神经都像被嗞嗞的引信点燃,迸发出炽热的火星:不仅是今天,在今后的任何境况下,我都要"摆出坚强与耐力",决不允许自己软弱丧志。不允许!

遗憾的是,这种昂扬的心态并没能维持多久。或许这也和天气的骤变有关。上午还时隐时现的稀薄阳光,被不知从何而来的浓密阴云驱除得一干二净。阴沉沉的天宇间,午后又飘起绵密的细雨。周边紫黛色的山峰在浓厚的白雾中挣扎着,仿佛想拂开云雾透一口气,却只能勉强露出隐约的身姿。有一种声音,却似乎很是愉悦。静寂的茶园、鲜润的桃梅林间,和谐的细雨声,在叶片间织出轻微的赞叹。

人的心境并不总是与自然相和谐的。去食堂吃午饭的路上,许硕就惊讶地觉得,虽然只走了十分之一不到的人,但往日偌大而热闹的矿区,似乎一下子冷清了许多。也许是去晚了,或者是中午的原因吧,食堂里也只有少数人影在晃动。往日轰响不已的地方,如井口、空压机房、卷扬机和纵横交叉的小铁道,现在似乎都被寂静和慵懒占领了。这让许硕陡生一阵莫名的烦闷和惆怅。许硕觉得这都是自己心理敏感造成的错觉。但毕竟是一下子走了好些工友,尤其是平时唯一能够敞开心扉交流一下的沈俊杰的离去,令他生出强烈的孤独感吧,先前一直压抑着的被遗弃的感觉,也开始作怪,令他喉头好像哽着痰,咳不出也吞不下。

在屋里徘徊了一会,他决定出去散散心,便穿上雨衣出了门。室外凉风习习,空气倍觉清新,他的心情也振作了些。信步来到熟悉的分岔路口时,他却停住了脚步。自打谢如玉溺于玫瑰潭后,他再也不从那条道上山了。于是便折转身,向林家坞走去。下雨天,林队长可能不会上工。他好久没见到他了,想去他那里寻求点安慰。

林队长家还在吃午饭。显然是来了亲戚吧,七八个人围着方桌交杯换盏笑谈着。几个小孩则无忧无虑地喧哗着,在大人的腿间和桌子底下钻来钻去。空气中弥散着诱人的酒香和菜肴的气息。油腻腻的,咸丝丝的,深深地黏住许硕的神经,竟像是一种折磨。他一时有些恍惚,并不是馋酒,而是眼前这久违的、欢愉平和的家庭氛围,又一次让他感到羡慕和失落。瞟一眼桌上,几个菜肴十分普通,有的碗已见了底,大家依然谈笑风生。虽然知道这也是特殊情形,但许硕仍然禁不住暗想:看看这些人吧,他们祖祖辈辈生活在可谓与世隔绝的山林间,粗茶淡饭,孤陋寡闻,却活得相当单纯、快乐,一切都仿佛是理所当然的,每一天都是顺其自然地度过。

林队长见到许硕很开心,迎上来拉他入席喝一杯,说今天没外人,都是后堡来的本家亲戚。许硕坚辞,说吃过饭了。林队长便不再客气,把他让到偏屋里,泡来一杯生青碧绿的碧螺春,递上一支烟,又端来一碟盐煮毛豆荚和两块大灶上炕出来的金黄锅巴。他知道许硕喜欢吃这个。

许硕喝着香茶,嚼着锅巴,注意力却始终黏在堂屋里吃饭的人身上,留心听着他们关于农时、关于自留地和果树的长势等闲谈。有时还探出头去悄悄看上一眼。自己也有些莫名其妙,不知道自己今天为什么会对这些感兴趣,甚至羡慕。

林队长吃完午饭后,又过来陪他喝茶聊天。沁心提神的茶水和温馨的氛围,让许硕的心情慢慢松快了一些。

带着一丝从来没有过的依恋心情,许硕告别了好客的主人一家,重又走进飘零的细雨中。天色已经向晚,雨天更加重了暮色。

不光是山影,远近的树林都隐进了越来越浓密的雾气中。小径上的石块像泼了油,相当湿滑。许硕高一脚低一脚回到书房,第一次感到了它的不理想之处:空荡荡的屋子固然宁静宜人,但房子的周边都没有人住,很少见到朋友(今后连沈俊杰也不会来了,谢如玉就更别说了),不像住在宿舍里那样充满了"活气"。

他不由得站在那里呆愣了好一会:以前我多次去林队长家做过客,他家种种平常的生活情态,自己是看惯了的,为什么今天会生出这么多特殊的感觉?还是因为今天是我的生日,所以太敏感了?显然不仅仅是这种原因。沈俊杰他们的离开,貌似对我没什么影响,实际上还是很有冲击力的。毕竟他们将踏上一块现实的土地,而我还将孤单地划着小船,在波涛中苦苦追逐着也许永远也到不了的目的地!

两泡热泪,突如其来地涌出眼帘。他赶紧擦掉泪水,拿起饭盆到食堂去吃晚饭。

从食堂回来时,雨已经住了,天色也早已黑透了。他放下饭盆,漫不经心地拉亮电灯,可是一转眼又把它拉黑了。而且恍惚不安地站在屋中间,就是不想坐下去,好像一坐下去就会永远陷入黑暗无助的绝境,再也起不来了。于是他又拉亮了电灯,迫使自己坐下来写作。但他的动作完全是下意识的、机械的,就像他多年来的习惯一样。他情不自禁深深地吸了一口气,因为脑子里空空如也。桌子上也好像是空的,平时乱堆着的稿纸和笔记本仿佛都飞没了——他果断地站起来,重又走向黑暗中,而且毫不犹豫地穿过茶园后的小路,径直走向玫瑰潭。到了这一刻,他才终于明白,今天自己心绪不宁的根本原因,不完全是沈俊杰他们的离开,也不仅是自己过了一个孤独而无人理会的生日。而是今天,今后,永远,他都见不到谢如玉了。而她的离去,已给自己的心里,投下了莫大的阴影。她曾是那么热切地希望回城,那么憧憬一个美满的小家庭——而这本来不过是人之常情,绝无奢望可言!

现在,如果说孤独,她才是最孤独的。如果说失望,她才是最失望的。如果说悲惨,她才是最悲惨的。而如果她地下有灵,现在她最想对我说些什么呢?

虽然一直在回避,一直在半夜梦醒后拼命为自己开脱,竭力使自己心安,但是谢如玉的目光分明没有放开他,犹如一根黑色的长刺,深深钻进他心里。许硕越是挣扎,便感到它扎得越深。他好些天来一直沉浸在剪不断、理还乱的内疚和自责之中。今天这个特殊的日子,如果再不去陪陪她,再不去向她道一声歉,许硕怕自己的心灵永远也得不到安宁了。天色太暗了,玫瑰潭的水面也乌沉沉,不见一丝漪涟,没有一点声响。周边的野玫瑰一朵也看不清,也许它们都谢了吧?

但是谢如玉还在那里!她正从深不可测的潭水中悄然浮起,凄恻无言地看着自己。

但是,尽管想对幻觉中的谢如玉说上几句表示歉疚的话,可是他一张口,竟都变成了对她的责怨:真不明白你是怎么想的!人间的道路千条万条,你非得往玫瑰潭里跳;世上的失意者不计其数,大多数个还是走出来了?明明知道我是理解你的,是爱你的,也可能会帮到你的,可是你却无情地弃我而去,弃所有爱你的人于不顾……

然而一想到这点,许硕的心又剧烈抽搐起来,这些天一直折磨着他的心结又闹腾开来——谢如玉最后见到的是我,我却并没有察觉她的异样。谢如玉也曾委婉地向我吐露过心声,我的表现却软弱淡漠,没能及时给她应有的信心。仔细剖析,我当时的心态是自私的,言辞也是隔靴搔痒的。我并没有真正体会到她的痛。我如果还是向她宣示我的爱,诚心愿意娶她,她虽然未必会接受,心境应该会舒展一些吧?而我实际上还是想推诿,想逃避可能的麻烦,甚至还暗暗庆幸我及时发觉了真相,没和她走得更近……

许硕下意识地用目光扫视了一下高空和远方。天空现在空无一物,但是并不纯净,像一层层棉絮堆积的纱幕。偶然现身的月亮发出猫眼似的荧光。在它下面,在这摇摆不定的天体底下,夜色朦胧黑暗,发出幽幽的磷光。

他又低下头去,凝视着黑森森的潭水。水面平滑如镜,却因为缺乏光线而映不清他的脸。他下意识地摸摸双颊,感觉更凹陷了。再捏捏胳膊,似乎又细了一些——自从谢如玉出事以后,许硕几乎一直处在抑郁不宁之中,也一直在挣扎着想要摆脱颓靡,可是精神却依然消沉。夜来的失眠成了常事,噩梦时时来袭。有一天在维修车床电路时,无意中往身边的机油桶里望了一眼,不禁吓了一跳。桶里的油面像光亮的镜子一样,清晰地映出他的脸庞:那个双颊瘦削、头发蓬乱而胡子拉碴的人,真是我吗?

当然是的。但那不是正常的自己,而是病态的自己。

多年前那些早已忘记的医学知识,又在心头活跃。最软弱的时候,他一度怀疑自己将不久于人世。有时候明显感到身体异常,迈出的每一步都十分沉重。是不是经常熬夜辛苦,营养又跟不上,而使自己抵抗力下降,得了什么恶疾?这么一想,胸口顿时有些发闷,腹部隐隐作痛,呼吸也粗重起来:这可怎么是好?难道我真会"出师未捷身先死"吗?不可能,不可能!这一阵除了情绪不佳,睡眠不好,自己的食欲还是可以的。有时候身体发飘,走路怕累,应该也是和心情有关。我恐怕又像中学时一样,对号入座、疑神疑鬼,今天怀疑自己生了这个病,明天又怀疑自己生了那个病,而且大多数不是癌症,就是白血病。结果怎么样呢?啥事也没有!虽然这样安慰自己,他却就此关心起自己的健康和身体的胖瘦来。因为医书上总是说,得了癌症等大毛病,一个重要指征就是消瘦,所以他特别在意自己的体重。到食堂吃饭,总忍不住溜进后厨去,在他们的磅秤上称一下,体重略有减少就忧心忡忡,好久回不过神来。体重正常就暗自开心,体重有所增加则精神倍增,几乎要跳起来手舞足蹈一番。平时他没有照镜子的习惯,每天早晨洗漱罢,把头发捋几下就去上班了。现在他不照一会镜子就出不了门,胡子也一定要刮干净,头发蘸点水梳齐整,这样镜子里的自己就会显得精神一些。而所谓照一会镜子并不夸张,他久久关注着镜中自己的气色,如果感觉晦暗,或者觉得自己又瘦了,便怀疑光线有问题,于是转换方向,反复再看,直到觉得没什么大问题才舒一口气作罢。更有甚者,有时也会为自己的神经质而苦笑。任何时候,哪怕是在上班时,身边没有镜子或者玻璃窗之类,但只要看见一摊油污,或一汪水洼,凡是能照见人影的地方,他都会不由自主地伸头照上一下,感觉不太理想,心情就沉重;感觉似乎可以,心情又为之一松……

温暖的时候也是有的。比如沈俊杰离去没几天后,许硕就收到了他的来信,令他感到意外地宽慰。说意外,是因为沈俊杰以往给他的印象,不仅是聪明智慧、学识丰富且志向高远,而且也是自尊清高且不轻易流露感情,甚至也有些矜持的。而来信上的沈俊杰,简直像是另一个人,言语很少客套,真情跃然纸上。许多有如

烧红的铁块一样的词汇,也让许硕几乎要怀疑是否是从他心里迸发出来的:

……我一直庆幸能在下放的船上就与你相识,这一定是命运的特别安排。这么些年来,你可以说是我在蠢山唯一的挚友、兄弟。我们俩曾经经历的点点滴滴,我们在海湖的山光水色间留下的一张张合影;我们散步时走过的条条小路,我们间相互激励、真诚相待的友谊,都在我心里刻着。虽然你一直视我为学长,实际上你有许多方面都可以是我的老师。你的好学、谦虚、坚忍、实干,是我所不及的。你的文学才情也曾让我惊讶、羡慕,更暗暗佩服。想到我曾在你面前夸夸其谈,也有些看不起文学,甚至还对你恶语相向,现在真心感到脸红……

今后我说不定也会尝试写点诗歌或者小说,到时候一定要请你多多给我指教……在未来的日子里,我真诚希望我们的友情像松柏常青。我也相信,它将是我未来的幸福中一个必不可少的组成部分。我也会像盼望着自己事业有成一样,期待着你能够上大学的喜讯……

第十一章

许硕正式地、全力以赴写作的一个小说,是先前提到过的,那个带他的师傅的故事。

严格说来,这个小说已是他写过的第五篇小说了。只是前面几篇都是练笔之作,他并不认为是在创作。所以写出来后,许硕自己也感到青涩、稚嫩甚至有些做作,所以一篇也没有向外投过。写师傅的这个则完全不同,许硕下决心要把它写好,对它的成功也寄予很大希望。其中还有个重要的驱动力,他觉得这既是一次严肃真诚的创作,更是在还一笔感情上的重债——他在心理上产生许多问题之后,仔细剖析过自己的内心,深深感到,自己对师傅是有愧的。他心里的许多重荷,许多内疚与自责,既有对谢如玉的,也有对师傅的。他决心把这份特殊的情感历程写下来,期冀沉重的心理负担能够得到一些释放。

而这篇小说,虽然因为技巧和经验仍然薄弱,他写得很慢。三万字左右的小中篇,他断断续续写了改,改了写,花了两个多月,但总体感觉并不是很困难,甚至比前面几篇小说习作写起来顺畅得多——这也使得他很早就悟到一个经验:文学是人学,首要的是与自己最熟悉的生活和真实的人物,表现自己最真切的情感。所以不论这篇小说能不能发表,自己的感觉上,也比先前那几个眼睛向外或紧追形势、"为赋新诗强说愁"的东西好多了。而他对师傅的感情和师傅给他的印象都太深挚、太鲜明了。写作的时候,师傅仿佛经常会来到眼前,笑眯眯看着他,与他对话,手把手传授技术,好像从来没有离开过他。

师傅姓霍,叫霍义生。他作为许硕的师傅时,其实比他们这批人还晚来一两年,编制也不在蠡山煤矿。

那天的班前会上,班长陈老头宣布,市里为了支援煤矿建设,从各行业抽调了两百个技术骨干,成立了一个"支援连",来矿上协助工作半年。而这支援连里,有个市供电局的老师傅,分在我们班。大家听了都很兴奋——市供电局是电力行业的"正规军"啊,从那儿来的人,在电工班多数人的心目中,会享有何等威望,可想而知。

不一会,门开处,连长领进个陌生人来。不用介绍,大家已经知道他是谁了,顿时一片静寂,二十来双眼睛齐向他扫来。然而,那哪是什么老师傅呀,顶多三十岁出头的人嘛!而且,此人的相貌也很平常:大约一米七五的个儿,瘦伶伶的,眼角已有了不少皱纹。而新刮过的脸上不见一根胡茬,脑后却滑稽地翘起一小撮头发。大约经常在外作业的缘故,他的脸色黑苍苍的,缺乏光泽,却有不少生过青春痘留下的坑坑洼洼。两只眼睛倒是挺有神的,不过,那眼神使人感到的不是精明、聪慧,而是有点懦弱和过于温柔的味道,似乎他心头蕴藏着什么隐忧似的。在他身上唯一能给人留下深刻印象的,恐怕只有那件四个口袋的猎装式工作服了。那是市供电局专有的工作服,胸前两只上衣袋上,一边印着两个夺目的红字——供电,另一边印着一座输电铁塔。

当陈班长吭哧吭哧地致欢迎词时,他叉开两腿,笔挺地站在人前,像个接受首长检阅的士兵,眼皮却耷拉着,还时不时徒劳地用手去按抚脑后那撮翘发,手一松,头发又竖起来,惹得大家偷偷笑。

班长演讲完毕,再次请他入座,并请他"随便谈谈"。他那黑苍苍的脸色顿时血色大好,屁股刚挨板凳,忽又直立起来,双手关节捺得嘎嘎响,就是说不出话来。好半天才冒出一句:"你们……嘿嘿,人不少啊。"

哄堂大笑。起初树立在大家脑海中的高大形象,在笑声中倒塌了。不过,所有人都很快就后悔自己笑得太早了。

说来一般人可能不信,那时矿上的机电连电工班,排出来二十来个大人,实际上除了十一个是师傅外,其余都是像许硕这样才进矿头两年的小年轻。而那十一个老师傅,大都是内线工出身或半路出家的"杂牌军",真正当过一阵外线电工的只有一个。那两三个会爬杆子的师傅,也是抖抖索索像鸭子上树似的。所以碰上大一点的外线故障,就只好向市里或地区供电局求援。但是偌大一个矿,好几对井,好多条外线,三天两头不是路灯坏了,就是"令克"(高压线保险装置)掉了,不能事事求人。因此,一班小年轻早就想学一手过硬的外线本领了。现在霍义生来了,而且是市供电局的外线工出身,他能否带我们一把呢?遗憾的是,根据霍师傅给大家的第一印象,和私下打听到的情况,他只是个二级工!大家不禁都打消了拜师的念头,要是碰上个绣花枕头,岂不有损了蠡山矿电工们的尊严了吗?所以,后来陈班长调整几个学徒的师傅,分配许硕做霍师傅的徒弟时,他心里也不免有些失望。当然,他很快就为此沾沾自喜起来。

也巧,那时变电所场院里,三万五千伏主变压器附近的避雷针杆顶上,尖尖的避雷针让大风吹歪了。杆子高逾十五米,没点外线功底的人,爬那么高的电杆多少有些胆怯,所以,想等市里再来人帮忙检修外线时,捎带着修复它。

那天就有人暗地里怂恿陈班长,何不就让这位老师傅修修看?谁知霍师傅自己抬头看见歪扭的避雷针后,主动向班长请缨了:"班长,这里有登高板吗?"

"有、有!"立刻有人从工具室里找来一副登高板。

"再找副抱箍来,我把避雷针拨一下。"

"这个不急的。下次市局来人帮忙的时候,请他们修一下就行了。"

班长显然也不太了解霍师傅的能力,怕出事,便有点犹豫。

"这个用不着请人的。"霍师傅一反先前发言时的窘相,从容地在腰间系上安全带,大步走向杆子。

在场的人霎时都紧张起来,竟没人敢跟他过去,一个个面面相觑地在远处盯着他。

十五米高的避雷针杆,平放在地上感觉不怎么高,竖起来看就让人发眩了。毕竟一般电线杆都只有八米、十米或十二米高。十五米高的杆子,别说爬,许硕往上看着都觉得心寒。可是霍师傅——但见他拎起一块登高板的铁钩,双手高举,轻轻一挥,第一脚绳扣就环过杆身打好了。可是,这一扣打得未免太高,那踩脚板高得都悬在他头顶上了,他怎么上得去呢?真可谓说时迟、那时快,只见他踮脚抓住头上方的绳扣,腾身一纵,脚一钩,立刻稳稳地站了上去!紧接着,左手一扬,另一块登高板的绳扣也绕着电杆旋了多半圈,右手一按,这一脚就又打好了。他又是一跃,同时左脚飞快地一钩,钩住下面那块登高板的绳扣,绳扣哗地脱开,人站上去了,左脚一抬,下面的绳板也带了上去,一转眼,又在他头顶上打好了……

"嗬!这小子,真比猴子还灵活哪。"陈老头忍不住夸赞起来。

"他这是'跳三脚',爬杆子的绝活呀,上下如飞!"电工班最会爬杆的刘师傅也赞叹不已。

仅仅分把钟之后,霍师傅就爬到了杆顶,只听得十二寸大扳手当当响,再嘎吱嘎吱地几拧,加了副抱箍的避雷针便挺直了腰杆。

懂行人知道,上杆容易下杆难。因为,这时你的安全带解开了。全靠小腿别住站脚的那块登高板的绳索来支撑身体。腾出两只手,再弯下腰去,来打下一板的绳扣。胆小的人只好一尺一尺往下慢慢降。霍师傅呢,只见他麻利地用右膝盖别住立脚的登高板上的绳子,就靠这一点支住全身重量,然后一个大撒手,左脚往杆身上一抵,身子和登高板一齐脱开电杆,双手迅速插进空当,扣好绳扣,再俯身往下一送,随即双手抓着站脚那副登高板的板子,唰地一下,两脚便落到下面的脚板上——光这一步,霍师傅就下了有两米高。还没等大家转过神来,他又演出了最漂亮、最迷人的一招:当他离地还有一人多高的距离时,他已收起上一副脚板,往肩上一搭,抓住站脚那块登高板的板子,将身子尽量放下。这时,他的双脚离地仍有一米开外。只见他双手一松,同时将上面的登高板向边上使劲一推,唰地一下,登高板在空中旋了一个半圆,绳子脱出钩外,钩子自动脱落,人到地上,板子也随之落在他脚边。

哈!这上上下下一连串动作,娴熟,干净,漂亮,真是环环相扣,一气呵成,妙不可言呀!

"好哇!"一众旁观者不约而同地喊了一声,呼啦一下拥过去,将他团团围住,衷心地、急不可耐地向他讨教了。

电工班随之出现了"爬杆热"。大家像走马灯一样围着霍师傅转,他呢,一会儿像个渊博的学者,滔滔不绝人讲登高要领和外线原理;一会儿又像个杂技演员,上上下下,花样百出,反反复复做着各种示范,而且耐心好得出奇,问啥答啥,百问不厌。尽管累得他汗流浃背,语言依然温和可亲,脸上还少不了他那温厚的笑容。

霍师傅的外线功底确实了得,他不仅擅长登高,还有不少独特的绝招。比如,他能肩膀上扛一架十七阶长梯,背负登高板、工具袋、电线、吊绳等一大堆东西,然后单手扶把,违章骑车,在那弯弯曲曲、坑坑洼洼的土路上飞驰自如。就这样,他居然还能在只有一部车宽的路面上,来个一百八十度的大转弯。当他爬在十七阶高梯上操作时,想要让梯子挪位,根本不用下来,双手攀住头上的屋檐或铁架,身子腾空,两条腿夹住梯子的档阶翻挪几下,梯子就被他挪到了合适的地方。新放高压线后,需要上电杆紧线时,别人都是面向杆子,侧转身子来去套紧线器,他却真是艺高人胆大,做法恰恰相反:脚完全反过来踩在登高板上,身子背对着杆子,面朝外,把安全带也放到最大限度,使整个身子几乎呈九十度向外俯出去,一下子就把紧线器套出去老远。别人往往要反复套机好几次才能收紧的线,他却没几下就解决了问题……

当时,电工班的人对霍师傅佩服之余,常常也感到不可理喻,毕竟他才三十岁呀,况且又是个二级工,哪来的这么熟练的技能呢?莫非他掌握着某种秘诀吗?相处久了,大家觉得他好说话,就直言不讳地讨教秘诀。他淡淡一笑,把双手一摊:你们看。

哦,那是怎样的一双手哟!十个手指又粗又短,简直分不出长短,指肚上尽是条条杠杠,掌心里密布着深浅不一的皲裂,除了一般劳动者常有的厚茧外,在掌心正中还有个五分钱镍币大的圆茧——那是长期使用螺丝刀、扳手等工具的结果呀。

原来,霍师傅十六岁那年,在市供电局工作的父亲因病早退,他辍学顶职,从苏北老家到市供电局当了学徒。三年满师后,他又参了军,在北海某海军基地当了五年通信兵。这期间,他在基地技校里啃了两年理论。复员后,又回到了市供电局。由于错过了"文革"前最后一次工资调整的机会,所以一直拿着二级工的工资。算起来,他已经有整整十四年工龄,是个名副其实的老师傅了。

疑团解开,神秘感消除了,可大家对他的崇拜感却加深了。这时,已经不仅仅是为他的技术所折服了,他的平易近人、毫无架子,他的热心坦诚和毫不保留自己技术的品格,日益深入人心。尤其是徒工们,和他在一起相处,毫无拘谨和自卑感,他就像你的一个朋友、一个大哥哥、一个热情和蔼的良师……大家都知道,在技工行列里,一些有技术、有资历的老师傅,历来摆花架子或留一手,以此来制服年轻人。像他这样的老师傅,真不多见呢。

不过,话也得说回来,霍师傅并不完全是个绵羊脾气、豆腐脑袋的好好先生。倘若你和他相处较长时间,就会感到,他的性子不仅不软,有时还硬得当当响呢,只不过是外柔内刚罢了。当他偶尔发起火来时,会把人烤得哇哇叫!当然,这要看发生什么事情,碰上什么问题。作为他的徒弟的许硕,就是最早领教他厉害的一个。

那回,电工班为三号井卷扬机房新敷一条进线,要在卷扬机房外面凿墙洞,安装铁横担。许硕作为徒弟,自然和他搭档。按照电工操作规程,一个人在登高作业时,另一人则应在下面充当安全监护的角色。霍师傅上梯时,许硕就为他扶住梯脚。起先他不要许硕扶,说:"你坐一边歇会吧,上面会掉墙灰。"许硕说这是规定,他听了竟像孩子似的笑了:"说得对,服从。"

霍师傅在梯子上头砰砰地挥锤凿洞,却极少有墙灰往下掉。许硕抬头一看,原来他把自己的草帽夹在梯档里,再用膝盖抵住,接住了落灰。许硕顿时生出一种暖洋洋的感觉:这个人心眼真细呢,干啥事都有他一套独特的办法,还时时想着别人……这时,他的身姿在许硕的仰视里,显得分外高大。那挥锤猛击的动作,是那样威武,那样有力,那样坚定。霎时,他的形象、姿态,在许硕心目中化成一个威风凛凛的将军、一个执着进取的猛士……后来许硕不禁暗暗称奇:人们都知道年轻人好崇拜精神偶像。但他们所崇拜的要么是鼎鼎大名的电影演员,要么是体育明星之流。可霍师傅呢,充其量不过是个技术高些的工人吧,为什么却也会成为我们这些人所崇拜的对象呢?

自从霍师傅来到电工班后,班上那几个小青年,一个个像丢了魂似的,成天跟着他打转转。每天班长派活时,大家都眼巴巴地盯着那老头的嘴巴,要是和霍师傅分在一组干活,准会笑逐颜开。否则,不夸张地说,那一整天都会无精打采、灰不溜秋。时间一长,班长老头也有数了,凡是和霍师傅搭档的,除了这班小喽啰,再也不会有旁人了。谁要是在蠡山煤矿上待过,可能也会留意到这样的情形——清一色的一帮小电工,拥着个瘦瘦的、头发翘翘的大电工;一会儿进了煤场,一会儿出了井口,一会儿爬到了天轮上,一会儿又钻进了空压机房。如果再稍稍细心观察一下,一定会发现另一个滑稽的现象:这帮人的打扮、装束,甚至走路的姿势几乎是一模一样的!哈,那都是跟他们头儿学的。霍师傅去哪里干活时,习惯把电工钳套斜斜地挎在左肩上,大家也一个不落地照模学样。他的钳套上插几样工具,大家的钳套也准是这几样家伙。外出时,不管要不要上电杆,霍师傅的腰里,一天到晚系着根尼龙丝织的安全带以备用。那长长的绳圈悬在膝边,走起路来甩搭甩搭的。这帮小喽啰呢,自然也来它个"常备不懈"。冬天更有意思了,霍师傅那件市局发的蓝色棉大衣,很少正儿八经穿着,总是随随便便地披在肩上。要干活了,往地上一甩。大家又照学不误。所以那帮子人一起走出去,别提多热闹多扎眼了。

许硕正扶着梯子想得入神,后脑勺突然挨了什么东西一击,相当疼痛。回头一看,是同宿舍的钳工班工友,背着工具袋从这经过。手里捧着几个从附近树上摘的青梅子,向他击来。许硕立刻拾起身边的青梅,向他还击。可是对方的青梅连珠炮似的向他飞来,他躲闪不及又挨了几下,于是冲过去抱住工友,一个钩腿,将工友摔倒。俩人就在地上稀里哗啦地翻腾开来。

这时,许硕隐约听到霍师傅似乎在梯子上叫他递东西,可是一时顾不上,便忽略了梯子上的声音。突然间,耳畔爆出一个闷雷般的吼声:"许硕!"

许硕大吃一惊,狼狈地爬起来,回身想去扶梯子,却见霍师傅已怒冲冲地站在他面前:"瞎胡闹也不看看时候,像个啥样子?"

起先许硕并不怕他,反觉得他发火的样子怪滑稽的,竟又咯咯傻笑起来。这一下,可真把他惹火了,涨红着脸,手一挥:"明知故犯,还笑!回去,你们给我回家闹去!"

许硕愣住了。那工友缩了缩脖子,一溜烟跑了。许硕红着脸,不声不响地回到梯子前,刚扶住梯子,霍师傅却又冷冷地说:"这儿用不着你,到那去歇着吧。"随即大步跨上梯顶,把竹梯踩得嘎吱嘎吱直晃荡。许硕也没想到,师傅竟会对自己发这么大脾气,不禁也来了气,一扭头,钻进了屋后的树林里。

梯子上的锤声又响了,一下一下,那样响,那样狠,仿佛记记都砸在他心上。他又委屈又后悔,想想终究是自己的错,忍不住又回到梯子前扶住梯脚。

锤声戛然而止,紧接着扑通一声,是锤子落地的声音。霍师傅干完活下来了。

"你呀,"他已经恢复了平静,俯身看着许硕的脸色说,"生我气了?"

"没有!"嘴里嚷得凶,许硕的眼泪却差点掉下来。

霍师傅有点慌了,连忙安慰他,并说自己不该冲他发脾气。

后来许硕才明白,师傅之所以发这么大火,是有其背后原因的。他在市供电局时,班长是个七级老电工,却不幸触电致瘫。就因为监护人麻痹大意、忘记提醒造成的。所以,霍师博最忌讳别人在工作时瞎胡闹:"你们不要当我怕死,怕死干不了我们这一行。可死要死得值得。你们都还年轻,更要避免无谓的伤亡。不养成认认真真工作的习惯,迟早会害人又害己。"

慢慢地,大家摸透了霍师傅的特点:平时他十分宽厚,工作时却一丝不苟,有时候简直是斤斤计较。班里这些散漫惯了的人,一开始不适应他那套,结果一个个都被他"收过骨头"。比如,有人在杆子上大大咧咧,不是掉一个螺母,就是落一把螺丝刀,这种事要被他撞上,立刻会朝上头怒吼:"魂丢啦?放在运动前,不扣你奖金才有鬼!"

有人在下了杆子后,往往把登高板随手乱扔,这要叫他看见了,脸孔马上会板起来:"登高板是外线工的半条命,连这个道理都记不住吗?"

不过,霍师傅发火也有他的特点,真是叫来如疾风,去如电。一转眼又摸摸你的头,和你谈笑风生了。况且,他的火都发在点子上,叫你们非但生不了他的气,反而心悦诚服。

霍师傅这人还有许多和别人不太一样的特点,而这在他的生活上就显得格外突出了。他的生活习惯和他的工作作风竟如此不同,简直可说是风马牛不相及。

首先,他和当时有些男人一样,会缝纫,会裁剪,讲起这方面的学问来还头头是道,而且他做起来也技艺出众,手法不凡。比如他的衣服,除了发的工作服,不少竟是他自裁自缝的,当你看到他缝补旧衣服时,必定难信,那又细又密又平服的针线活,竟会出自他那双又粗又糙的手!不仅如此,他还会纳鞋底,甚至还会打毛衣。他纳的鞋底针脚缜密,又紧又齐,连一些女工看了也不得不佩服。对此,许硕他们起先不仅感到费解,还有点瞧不起他,大家都开过他玩笑。可后来,当大家了解他的身世时,都暗自唏嘘了。你想,一个十六岁就参加工作,并担负起照顾重病父亲的重担(他母亲和一个弟弟在农村生活),后来在父亲去世后,他又参军多年;至今还是个单身汉,并且只有微薄薪金的人,不学会这些,又该怎么办呢?

更难得的是,他的生活尽管如此艰难,大家却很少听到他为自己出力多、报酬少而发牢骚。别人为他抱怨,他反而说:"大家都好不到哪里去呀。我只是上有老,人家还下有小呢。"

最能说明他生活俭朴的,莫过于他的伙食了。他的伙食标准低到这样一种程度,说出来简直没法使人相信,他并非是在俭省,而是抠巴到糟蹋自己的程度了,怪不得他长得那么瘦!

在矿上,大家都吃食堂,后来因为对食堂不满意,或为了省点钱,有些人都是自己带米到食堂大灶去蒸饭,也常常自己在宿舍的小煤油炉或电炉上胡乱烧一点菜。可是别人在食堂都是蒸饭,霍师傅却是蒸粥!一个大号搪瓷缸,淘上那么三四两米,添上一大缸水,而且中晚两餐,顿顿如此。一天里除了早上啃两个馒头是干的,其余都是稀的。真不知这些稀粥是怎样化成支持他辛苦一天的热量的。

"你为啥这么省啊?"电工班的人个个问过他。

"我喜欢吃粥,胃也不好。"他十分羞于回答这个问题,脸红红的,有时候还会冒出汗珠子。

"胃不好,更应该增加营养嘛。"

"当然……你看我的身体不是很好吗?"

骗谁呢?又黄又瘦的脸,一脸病态。与其说是胃病造成的,不如说是营养不良的结果。

不仅如此,他在食堂买的菜,不是一个三分钱的炒青菜,就是一个烧萝卜,几乎从来不吃荤。总是等别人都快吃完了,他才跑去买。菜往杯子里一倒,盖起来就往宿舍里端——他不在食堂和大家一起吃饭,还不是为了怕暴露这个不成秘密的秘密。

大家很快摸清了奥妙,霍师傅正在谈恋爱。女方父母开价高,为筹备婚事也需要一大笔钱,而且他还多少要寄点钱回农村老家给母亲。凭他那三十七元七角四分的月工资,不吃青菜稀粥,莫非要去偷吗?

"霍师傅,你生活困难,可以申请补助嘛。"

"笑话,我光棍一个,哪来的困难?"

"别充胖子了,你不是就要结婚了吗?"

"为结婚要补助?你开得了口吗?"

"这算啥,你当我们的补助真都是扶贫济危吗?申请补助费回村里盖房子,买三转一响的人多着呢。你太傻,真把自己当共产党员看了。"

"你说得也不错。别人我管不着,但我好歹算个党员,还当过军人,有些事不能做得太出格。"

不管他怎么说,大家暗地里还是商量着要帮霍师傅一下。于是每人出二十块钱,凑齐了用个红纸包好,派伶牙俐齿的小李子,出面交给他,算是大家对他结婚的一点贺礼。

霍师傅很感动,也很诧异,结结巴巴地说了通感谢的话,钱却断然不收:"结婚还早呢!哪有预收人情的道理?"

小李子鼓动如簧之舌,好说歹说,他就是板着脸不收。大家私下里一嘀咕,一张化名汇款单,把钱寄到了市供电局他名下。

半个月后,他休假回来时,脸色阴沉沉,话音颤抖抖:"你们啊,这成什么啦?施舍吗?也要看看对象嘛。"

接下来,一口一个多谢了,挨着个把钱退给各人。

正面强攻失败,许硕和工友们又来了个"侧面迂回"。吃饭时,他前脚进宿舍,他们后脚跟进去。今天,这个拿出瓶家里带来的肉丁炒甜酱,连声抱怨妈妈的厨艺太差:"这种东西怎么吃呀,扔掉又辜负了慈母的心意。霍师傅,你帮我解决点吧。"明天,那一个又买来双份的炒菜,吃几口,就嚷胃口差,逼着他代为"克服困难"。

刚开始,这一招还灵,霍师傅果然不怎么推辞就帮起忙来。可是再高明的花招,又怎禁得住重复玩弄呢?何况这花招本来就没多大高明之处,不几天就被他识破了。一天中午,大家故伎重演,他先是微妙地一笑,接着也就吃了,只是不说话,神色也异样。吃着吃着,小李子忽然悄悄地捅许硕的腰,他一看,呆住了。霍师傅的头垂得那样低,差点要低到大茶缸里去,鼻子却唏嘘抽个不停……

这件事大家后来很后悔,只怪自己年轻太单纯,不知道人的感情有多微妙,多复杂。不过,虽然大家无意中刺伤了霍师傅的自尊心,这件事也起了点积极作用。第二天他就完全改变了过去的习惯,每天蒸两顿烂干饭(他的胃确有毛病),菜也吃得好多了。自然,他也不再回宿舍吃了。同时,就从那天起,他竟把抽了多年的烟戒了。

半年时间一晃而过,支援连要撤回吴东了。对此,电工班这些从吴东来的青工,艳羡不已。而对于霍师傅,大家更多的是留恋。半年时间虽然不长,可他们之间建立起来的友谊,却是那样深厚,那样亲密!从理智上讲,大家都为他能回吴东与未婚妻团聚感到高兴。但从感情上讲,大家真希望他不要走。哪怕能再留个一年半载也好,大家可以把刚学到的外线技术再巩固一下。

宣布了支援连撤走的日期后,电工班全体"劈硬柴",买来酒菜,还杀了个鸡,在电炉上煮得满屋飘香,就在矿变电所值班室,为他举办了一个丰盛的告别宴。

起先,气氛热闹非凡。大家都轮着为他敬酒,人人说了许多对他的支援和为人表示赞赏的衷心话。同时,也祝愿他回市局后诸事顺遂,婚事美满。霍师博也异常兴奋,难得地红光满面。他一遍遍答谢大家的好意,也约大家到时务必回去喝他的喜酒。还对班上今后的工作,提了不少建议。

酒过三巡,气氛突变。大家都默默寡言,黯然垂首,似乎有什么难言的哀伤。那是触景生情呀。班上多数都是吴东市的人,乡愁和离情掺杂在一起,"此情难与君说"。

和许硕同届来矿的钱小刚,端起酒杯,步履蹒跚地绕到霍师傅面前,哭腔哭调地说:"霍师傅,你是个上路子的男子汉。今后要是还看得起我们这些……天涯沦落人,就常回来看看!我们这辈子要是也有回吴东的一天,我找遍天涯海角,也要把你请到家里来,喝他三天三夜酒!霍师傅你不会翻脸不认人吧?"

"哪能呢!"霍师傅动情地拍抚着钱小刚的肩膀,让他坐下来,沉默了好久,他说,"我知道你们……这地方真心还是不错的啊。山好,水好,人更好! 和你们在一起,我从来没有这么舒畅过。说句良心话,我也舍不得离开各位呢。"

"到底是吴东好呀。"大家喃喃地说。

"市里当然也好。不过,你们各位,包括陈班长和连里领导,都这么看得起我,比什么都宝贵呵!"

他又沉默了,低着头,若有所思地不再说话。当时大家也没明白他的真意是什么。

班长老头清了清嗓子,开始发表枯燥无味的长篇"官方"告别辞。大家好不容易受完这份罪,正想举杯重新掀起气氛热潮时,霍师傅率先站起来,端起酒杯说:"各位老师傅,好兄弟,你们太客气了。我太惭愧了! 我……只要你们真心希望我再留一阵,我情愿再留几个月,尽我的力量,和大家一起,把矿上的外线底子再打打实!"

"好呀,我赞成!"许硕情不自禁地拍起了手,可再一看,大家竟没一个响应他的。

"霍师傅,你不是打算在国庆结婚吗? 没多久啦。"

"这没啥,在这里也能办事嘛。实在不行,推迟几天也没关系。"

"你喝多啦,留下来容易,将来不放你走就悔之不及啦。"

"这不可能吧?"

"难说啊。"班长老头挠了一会脑袋,不知为什么,说话前先望望门口,"你愿意留下来,矿上是求之不得呀。这班小青工跟你学了不少本事,要能趁热打铁,今后我们的工作就好办多啦。可是,让我也说句真心话吧,我年纪比你大,走南闯北,世面也见过些。

你现在和支援连在一起,说来就来,说走就走。将来剩你一个,就不好办了。头头对你越看得上眼,事情就越麻烦呵,只消往供电局发个函,支援煤矿建设,那边还能不放人吗?你可不能头脑发热哟。"

"这个嘛……"霍师傅点点头,沉默了。

"来来,大家别婆婆妈妈的啦,都把劲头鼓起来——为霍师傅干杯!"

酒杯叮当作响,可惜气氛却再也没有活跃起来。

第二天,霍师傅要整理行装,没来上班。可到了下午,大家正开班后会,指导员和连长忽然和霍师傅一起跑了来。

"哟,两位首长大驾光临,有何指示?"

"你们装啥傻?"指导员指着微笑着站在他身后的霍师傅说,"小霍上午和我们谈了想法,我们马上去请示团长。团长乐坏了,立刻叫政治处写稿表扬小霍哪!"

哦……大家顿时明白是怎么回事了。这个霍师傅,只当他昨天一时冲动,说了醉话呢,谁知他真就……大家一个个怔怔地盯着他,仿佛刚刚认识他似的。他呢,忽然又变成了大家刚见到他时的那个人,双手直搓,脸通红:"表扬?不就是多留几天吗,怎么能谈得上表扬呢?"

"当然该表扬。"指导员说,"不光在矿里表扬,我们还要给市供电局写信表扬他!不光表扬他,在座诸位也都应该受表扬。自从他来到我们矿,在各位同志配合下,电工班的工作明显有起色嘛。这几个月里,你们一次也没向外单位求援,光这一点就是了不起的成绩嘛。"

"这和小霍的支援分不开啊。"指导员鼓起掌来,"我代表连、团党组织,向他表示感谢!"

噼里啪啦的掌声里,许硕看见霍师傅眼中闪出一股从来没见过的明亮的光辉,他挥挥手,一扫局促之态,出人意外地朗声说:"多谢大家啦!可是表扬,我真心不喜欢。大家对我的信任,比啥都让我高兴。士为知己者死嘛!"

他的话有多诚恳,有多真挚,有多少分量,只有朝夕相处的电工班人能深切地感受得到。而且,这种话出自他口中,更增添了一种特殊的感染力。有好动感情的人,当时就淌出了眼泪。

霍师傅就此留下来了。虽然事后大家得知,霍师傅这个决定并非酒宴上的一时冲动。事前连指导员曾经委婉试探过他,可能的话请他再留一阵,只是他并没有明确表示同意……

然而,谁也没有料到,他这一留,竟成了他整个人生历程中的一个巨大转折,不久后,他就为这一转折付出了惨重的代价。

第十二章

据说,人与人之间有了信任,就有了激情。有了理解,有了斗志。即便是双倍重负,也能轻松担起。霍师傅果真如此。他留下来后,立即像一台不知疲倦的电机,呼呼地运转不息。他协助班长,详细制定了一整套正规的操作、安全、运行规程,还带领大家把矿上所有线路、设备、电器及操作器械、工具等全部测试检修了一遍。同时,他每周用两个晚上为班上的年轻人讲授电工原理和外线基础理论。在当时的政治空气下,在蠡山这么个僻远的角落里,居然也兴起一股学技术、钻研业务理论的热潮,这不能不归功于他。

但同时,大家又感到霍师傅较之先前几个月,逐渐有了某种变化。他原本就是个较为内向、不善言辞的人,最近更成了沉默寡言的人了,还经常若有所思地转着什么心思。而且,他也很少对谁发脾气了。他那本来就使人感到有几分忧郁的眼神,经常显得暗淡无光。空下来时,他还不停地用手抚按着脑后的翘发,这种郁郁寡欢的神经质举动,总使人感到困惑不安。

他后悔了吧?或者,发生什么不愉快的事了吗?他怎么不提结婚的事了呢?也绝少再谈及他的未婚妻。会不会……大家背后猜测着,却都不敢当面问他。但大家宁愿是前者,而不是后者。

关于霍师傅未婚妻的情况,大家知之甚少,因为他从来不大谈这个。大家只知道她是吴东市化工厂的化验员,年龄小他四岁,工龄也短他七年,却是正规技校毕业的,因此工资比他高一级。他们是在一年多前由霍师傅的师傅介绍相恋的。大家曾趁和他开玩笑的机会,抢到过她的照片。说实在的,她在许硕看来,长得虽不算太漂亮,但也眉清目秀,是个典型的江南姑娘,瓜子脸,单眼皮,眼睛也较大,嘴巴小巧,皮肤细气,神情也颇娴雅、端庄。只有一点,大家暗中议论过,那就是她的眉毛比较浓。"女小娘儿,浓眉大眼,啧啧,"一个老师傅说,"只怕将来,小霍吃不牢她哟。"

眉毛浓的姑娘是否一定厉害,许硕觉得没什么根据。可他也暗中相信大家关于霍师傅"吃"不了她的担忧。凭霍师傅那种性格,再温柔的姑娘,只要抓住他的特点,都可能把他"吃"了呀!

可是霍师傅显然很钟情于她。据睡在他上铺的钱小刚透露,他每晚睡觉前,必定拱在帐子里,对着她的相片天天看,有时一看老半天。"不这样,他就要吃安眠药呀。"钱小刚这么说,"有时候,他还眯眯笑,笑眯眯地说悄悄话哪!"

钱小刚号称"牛皮糖",但大家并不怀疑他这些话的真实性。只要看看霍师傅的表现就明白了。虽然他自己很少谈她,可别人和他开这方面玩笑,他总会流露出欲盖弥彰的得意相来。而且,他决不会因谁和他开这类玩笑而生气——怎能不高兴呢?三十一岁的人了,二级工,母亲、弟弟在苏北乡下(以前谈过多少对象,都因此告吹),能找上个各方面条件虽不比他优越多少,却也没一样比不上他的姑娘,谁不满意呢?

一天傍晚,大家刚走进食堂,有人递给霍师傅一封信,他瞟了下信封,转眼就不见了。

大家为他打好饭菜,却找不到他。吃完饭,把他的饭菜带到宿舍,他又不在,大家便到处找他,哪儿也不见他的影子。于是大家隐隐地感到不妙了,一个个面面相觑,仿佛有什么东西正渗透到大家的心灵深处。这状况尤其使许硕感到焦虑,他不安地跑到宿舍周边去找霍师傅。可是到处看不见他的身影。他跑到哪儿去了?为什么这么久还不回来?他收到的是一封什么样的信呢?当时,矿上复员军人很多,流行着一句出自部队的俏皮话:"家信一封,思想不通。"看来,霍师傅收到的,恐怕是封不太妙的家信啊。

直到晚上八点多,才有人看见他从一营后面的杨梅林里钻了出来,脸色苍白,两眼无神。已经戒了烟的他,还向许硕要了支烟抽起来。大家忍不住探询他,他却勉强笑笑:"没什么了不起的事。不过,我想回家一趟。"

有人当即找来班长,班长自然一口应允他请假,可是也没问出什么名堂来。

他原说去两天就回来,谁知一下子超了五天假。猛一见他回来时的样子,真把大家吓一跳:脑后一向乱翘翘的头发且不说,从来都刮得光光的脸上,现在却胡子拉碴,脸盘明显窄了一圈,颌下的喉结显得格外凸出了,而且眼里布满红丝,一开口,嗓音也吓人地嘶哑。

"霍师傅,你生病啦?"

"没有。"他把包往床上一扔,出去洗了把脸。回到室内时,显得精神些了,他咧嘴一笑,向大家招招手:"走,到镇上喝酒去。在座的都去,我请客。"

喝酒,请客?大家一时都目瞪口呆,这眼里看到的和耳里听到的竟如此矛盾,到底是怎么回事呢?

"啊哈,我们还当你——是喝喜酒吗?"

"非要喜酒才能喝吗?"霍师傅脸上掠过一丝冷笑,旋即消失了,"放心,你们不会喝不到我的喜酒的。"

在小镇上唯一的一家国营饭店里,他一口气点了那么多菜,大家怎么也劝不住。想一齐会钞吧,他又执意不肯,甚至快要生气了:"别争啦,我现在钱多着哪,几个菜算什么东西!"

一个无形的问号,罩在酒席上。面前那些热菜发出的蒸汽,油腻腻的、甜丝丝的,折磨着大家。杯盏汤勺碰出的每一个声响,一直钻进人的神经。但谁也不敢乱说什么,权且吃喝起来。这天他喝了多少酒哟,大家都不敢给他斟酒了,可他满不在乎地直嚷嚷:"你们当我不会喝酒吗?只不过以前瞎抠瞎省罢了。现在我无牵无挂,干吗不吃?干吗不喝?"

他那神情怪诞得很,脸色被酒精催上来的血涨得通红,但又一阵阵地苍白泛黄,宛如窗外面的月亮,带有同样黯然病态的颜色。说话时两边太阳穴上暴着粗粗的青筋,笑声又粗又哑。许硕终于憋不住喊起来:"师傅,你再让我们喝闷酒,我们就罢宴!"

"对,不喝了!"大家一齐放下了筷子。

霍师傅怔怔地看了大家一会,突然一笑,说:"你们不要急嘛。我把你们都看作兄弟,有啥话不能讲呢?"

他深深叹了口气,用手指指喉咙:"这破嗓子怎么回事,你们猜不出来吗?"

"发炎了吗?"

"吵架吵的!"

"和谁?"

"她呗!"

大家迅速交换了一下目光,这是早就预感到了的,但仍使人感到一阵不安的战栗:他们为什么吵,又吵出个什么结果了?

霍师傅冷笑着,从上衣袋里摸出一封皱兮兮的信来,往桌上一掼:"看吧,想看的只管看好了。"说完,顾自点起一支烟,埋头猛抽起来。

那就是前些天他收到的那封信。一封声色俱厉的决裂信。

大家的脑袋紧凑在一起,急切地看了信。有两段话直刺大家的眼睛:

我早就有言在先的,到时候你要不回来,我们就拉倒。可是你,还是把我的话当耳边风!什么矿上需要,什么顶多再留一年半载,那么大个矿,离了你就开不成了?别人拔腿都来不及,你还主动往坑里跳!现在你单独留下去,又说什么士为知己者死。可是你到时候走不走,还能由得了你吗?萝卜青菜,各有所爱,老鹰麻雀,不能同巢,我配不上你,你心里也没有我……

你送我的自行车、手表,我完璧归赵。送给我家里多少东西,请你开张清单来,我负责让他们归还你——原谅我。我为此付出了多少不眠之夜?我再也无法忍受了……

大家看完信,大眼瞪小眼地窃议着,一个个心情烦乱,又不知所措。席间一时沉寂,却有什么东西在屋外发出粗粝的声响。一道闪电凶险地一亮,掠过窗玻璃,似乎想要偷窥人们的心思。好一会才有人怯怯地问:"霍师傅你的意见呢?"

"该说的话,我还是说。但人各有志,不能勉强,再说,这也不仅是她的意思,关键是她家里人也——"霍师傅停住话头,解开上衣的纽扣,又回身打开背后的窗户,把它重重推出,使窗户洞开。

一阵清风吹进来,大家都感到心上轻松了些。但窗外的那一角天幕却只有一些暗淡的、冷漠的光亮,下面是一片郁闷的黑暗,疲倦而又沉重。

"那你就这样算啦?"

霍师傅凄然一笑:"不算又怎样?强摘的果子不甜。"

"东西呢?都要到了吗?"

他摇摇头。

"怎么,你不好意思?我们去要。"

"干啥?东西是花钱买的——钱,算个啥?"他端起面前的酒杯,将残酒一饮而尽,然后打了个嗝,喑哑地低声说,"你们可能不相信,但我对她……真的没有意见。"

大家唯有叹息了。

"你是不该留下来的,"钱小刚喊道,"连里也不该留你!"

"瞎说!"霍师傅脸红脖子粗地叫喊起来,"你们真要是懂我的,就应该相信我不会后悔,我的选择更与矿上和各位无关。蠡山煤矿是火坑,还是劳改场?除了比吴东少几条街,少几幢楼,哪一样比不上?我们的工作,我们的人格,我们生活的意义,我们生命的价值,哪一点比吴东人差?别人误解煤矿,看不起矿工,我们也不了解,也看不起自己吗?本地人能世世代代生活在这里,矿上人能从天南海北会聚到这里,我霍义生为什么不能在这块土地上多留几天?"

大家哑口无言,也不敢正视他那咄咄逼人的、红得怕人的眼睛。

停了会,霍师傅的语气恢复了平静:"我超了几天假,是去老家看了下家人。他们都理解我,所以我再无后顾之忧了。今后就是矿上真要我长留下来,我也可能会愿意的。"

"哎呀,你疯了吗?"

"霍师傅你千万不要意气用事啊!"

席间霎时混乱不堪,七嘴八舌,说什么的都有,但内容总之是一个意思,怪他狂热,怪他偏执,怪他感情用事,劝他三思而行、适可而止。可是这又顶什么用呢？正如他以前说过的,他不想干的事,打死他也办不到,反之,卷扬机也休想拉回头:"这是我顶顶惹人厌的地方啦,可是生来就这么个贼脾气,有啥办法呢?"

大家说够了,嚷累了,霍师傅微笑着举起了酒杯:"大家的好意,我都领了。吴东市是个好地方,我永远不会嫌弃她。蠢山也是个好地方,我特别喜欢她。东奔西走跑码头的生活,本来就是外线电工的家常便饭,我早就过惯了。现在又是赤条条一个人无牵挂。和你们在一起,我也会过得更愉快。就是今后在这里长留下来,甚至安家立业,也没什么不好。只不过,今后到底还留不留,我也不会任性的,要根据那时的情况再定。来！请大家为我这次的选择干一杯吧！"

叮叮当当一片响,大家差点把杯子都撞碎了……

夜渐深,仲秋夜的山风分外清凉。加上几分醉意、十分激情,离开小镇,大家一个个身轻如燕,飘飘欲仙。走在坎坷的横雁岭上,如履平地,如驾轻云,轻松得真想狂奔一气儿,快活得直欲引吭高歌。

踏上岭背,眼前豁然大亮。深谷里,坡地上,丛林中,蓦然跃出一片彩霞。水银灯白如泻银,白炽灯密似晶莹的红豆,探照灯闪若对阵的长剑。呜呜绞车吼,砰砰挂钩响,哗哗矿车飞,零零电铃吟。这些平日里看惯了的景致、听厌了的喧哗声,此刻却仿佛蓬莱仙境、碧池丝竹,如诗如画,如泣如诉,如此强烈地鼓荡起大家的心潮,如此亢奋地弹拨着大家的心弦。到这时,大家才彻底地醉了。

"看看,看看,"霍师傅停步挥手,在空中画出道大大的弧形,"这样的夜色不美丽吗?这样的地方不好吗?这一切繁华,首先需要的是什么?电!这都是你们的功绩,你们血汗的结晶呀!"

"这里也有你的功劳呀!"

"这就是我们做电工的荣耀呀!难道你们不觉得自豪吗?难道世界上还有比这更高的荣耀吗?"

大家无声地笑了。是啊,仅仅不多年前,这里的夜色,还只是一片黑雾、一团幽寂的空谷呀。大家的心胸都豁然开朗,仿佛有无数朵鲜花在怦然怒放!当初亲手接亮第一盏明灯时的那种狂喜之情,又宛若一段甜蜜的清泉,悄悄地滋润着心田。这更让许硕油然感到,生活具有了一种新的意义,自己的人生也富有价值了。眼前的每一盏灯都直射进他的心田,天上每一颗星都燃烧着他的血液。这漫无节制的亢奋狂热的激动,在心里形成一种不可抗拒的魔力。他觉得四周膨胀起来的一切仿佛都涌进他的体内,在那里生长和燃烧。

这时候,一切语言都变成多余的了。大家都默不出声,近乎肃穆地迎着灯火走去,俨然去献身于一个伟大的壮举,又仿佛正奋臂击浪,游向那金涛碧浪的大海深处——

> 浪花温柔地抚慰着战舰,
> 水兵静静地依偎着炮膛;
> 凝注着夜色苍茫的大海,
> 焦急地等待着出航……

前面忽然飘来霍师傅的歌声,这是他在海军当兵时爱唱的歌曲。不过,在此之前大家很少听到他唱歌,他更没有认认真真唱完一首歌的时候。今夜,大家才第一次完整地听到了这支歌。

霍师傅的嗓门也提高了,那歌声沙哑、粗犷,却使人感到了一种动人的纯真——

啊,年轻的水兵,无畏的战士,
告别了海岸,告别了梦乡;
到那水天相连的远方,
去打击敌人,保卫国防……

歌声把大家的心都引向了波澜壮阔的海防。脚下的山峰好像战舰一样摇荡,大家的心也翩翩地飞起来,飞向那水天相连的远方。

霍师傅的歌喉并不出色,此时此刻却把大家带进了一个奇异、梦幻的意境。他那时而有点走调的音色,仿佛也具有了一种独特的魅力。尤其是他的感情,那深沉、蕴蓄,却炽热、真挚的感情啊!让人甚至会感到,他不是在唱歌,而是在娓娓地倾诉着衷肠,倾诉着一个遥远的,早已飘逝了,却又永久眷念的故事。以前大家曾不止一次听他回忆过那一段当兵的生活:少有世俗的牵挂和纠葛,少有沮丧和忧愁。思想像波涛一样奔放,生活像潮汐一样规律,心胸像海洋一般宽广……那是一种磁石一样美妙的生活呀,身处其中并不觉得,离开越久,对人的吸引力却越强。

我们在海上铺路架桥,
让航行的朋友们一路顺风;
年轻的航标兵,用生命的火花,
点燃了永不熄灭的灯光……

许硕自认为感情并不是很脆弱的,但在那一个奇异的夜晚,在那样一种独特的气氛中,尤其是当他窥见有两颗小小的泪花,像珍珠一样凝结在霍师傅的眼角时,他的喉头陡然胀痛起来,一股奇异的暖流充斥着眼睛,夺眶而出。这首歌流行已久,许硕早已会唱,从来没觉得有多大震撼力。现在它却突然像一种神秘的呐喊,充满了他和其他人的心胸,并且不断弥漫、扩大,就像井下放炮时爆发出的滚滚烟雾,喷薄而出,直冲地面,并且不停地攒动着、拥挤着,裹挟着每个人的心潮,不断迸发,不断飞升,直达九霄……

然而,也许是喝多了酒的缘故,那夜许硕睡得很不好,乱梦不断,而且天不太亮就醒了。躺在床上胡思乱想,不如起来到外面去走走。走着走着,他就来到了玫瑰潭。

那时许硕还没搬出宿舍,但雅静的蔷薇潭也是他喜欢的地方。天色还早,又是秋晨,山林里上下翻腾着大片乳白的雾气。耳畔没有人声,却满是清亮悦耳的鸟唱。空气又是那样清新,令他的心胸豁然开朗。

然而,没想到竟在这里碰见了霍师傅。他肩上披着件工作服,双手抱在胸前,正对着许硕站在蔷薇潭的那一边,一动不动地俯视着自己在水里的倒影,活像一尊正在凝神沉思的雕塑。他的神情也像是凝固了,脸色很是苍白,两颊也似乎又瘦削了些。起先的一个瞬间,许硕简直以为他是要寻死呢!但他即刻否定了这种念头。

他深信霍师傅不是那种意志薄弱的人,但着实感到震惊,仿佛突然间才意识到,即使是像霍师傅这样一个昨晚那么乐观坚强的人,当遇到严酷的精神挫折时,内心深处的痛苦,也远非自己这种没有类似体验的人所能体会得到的!

"师傅,你起得这么早啊!"许硕忍不住喊了他一声。

霍师傅一惊,慌忙掩饰道:"哦,你也起得早啊。这几天天气真好,在这种地方散散步,真是一种享受啊。"

许硕很想说几句什么话来劝慰劝慰他,但又不知怎么说,便摸出香烟递给师傅。俩人一声不吭地抽了会烟后,许硕试探地问道:"你也常到这里来散步?"

"这倒不是。今天醒得早,不知不觉就走到这里来了。"

这不是真话。因为许硕事后知道,这天绝早时,他就溜出宿舍,一直在外面转悠。

"可是……刚才要是不了解你的人,准要伸手来拉你啦。"许硕想把气氛搞活跃些,便故意开了句玩笑。谁知霍师傅顿时像暴露了什么隐私似的,紧张地说:"你早就来了?"

"没有,但也足足有十分钟啦。"

霍师傅的脸红了。过了一会,他轻轻吸了口气,央求似的说:"你可别对人家乱说啊,免得别人误会我在后悔什么了。"

"我不会说的,这很正常嘛,谁碰上这种事,心里会太平呢?"不过,许硕犹豫了一下,还是问了一句,"你做出那样重大的决定,影响到你的婚姻大事,说不定还关系到你的一生呢,真的一点也不后悔吗?"

"没什么好后悔的。"师傅的神情又坚定起来,"犹豫是有的,但一旦做出了决定,我是决不后悔的。不过,说老实话,对那个问题,倒是有些……"他斟酌了一下词汇，忽然不好意思地笑了笑，"欠考虑吧。不过我现在觉得有点奇怪的是……"

"奇怪？"

"是呀，可以说是奇怪吧。"霍师傅两眼直直地凝视着潭水，像是在对自己的影子说话似的，说出了许多令许硕完全意想不到的话来，"我是想说，人的记忆。有时候你越是有心要打捞出一些记忆，比如那些美好的过去，它越是又奸又猾地缩回去，好像什么东西，在脑海最深处隐隐约约地闪烁着，就是够不着也抓不住它。可是你早就遗忘了的记忆，偏偏却鲜活灵灵地直往你眼前跳……"

"师傅的意思是说……"

"我的意思……算了，不扯这个了。"

"说嘛！师傅你这么不相信我吗？你说什么我都会理解你的。"

霍师傅不好意思地笑了笑，下了决心似的说："好吧。既然你都知道了我的情况，我就不隐瞒了。而且都说你有头脑，看的书也多，正好能帮我参谋一些想不太透的问题。平时你可能看不出来，我有时其实也会悲观软弱，还会胡思乱想许多问题。但我今天想得最多的，并不是眼前的事，而是许许多多的往事。我的童年，我的经历，还有我的未来，甚至还想到……人生的奥秘。"

他自说自话地笑起来，那笑声很响亮，却并不自然。许硕也陪着他笑了，可是笑得十分勉强。

这时，远处有一种奇怪的声响掠过。从东方开始，高空越渐明亮，先前云雾堆积的高墙迅速融解，它们伴着轻轻的隆隆声，越滚越远。而一阵杂沓的脚步声从坡上传来，打破了他们的沉默。一个牧童骑在牛背上，从潭前慢慢经过，还伸长脖颈望着他们。霍师傅有些慌张地看看天："哟,太阳都出来了,该去吃饭了。我先走一步啦。"便匆匆地,像逃避什么似的,消失在树林里。

霍师傅自愿再留矿一年后,矿上很快就为他办妥了必要的手续。同时,将电工班一分为二,让霍师傅担任外线班班长。

外线班共有十一个人,除了霍师傅和另外三位师傅工龄较长外,其余的都才进矿两三年,有的刚满师,有的还在学徒期。但大家心齐,劲足,在霍师傅的指导下,基本都能独立操作了。

外线班成立半年后,就遇到了一个很大的考验。

矿里决定在横雁岭南面,就是团部北面的山坡下,新建一对竖井,即五号井。兵马未动,电力先行。五号井何时能上马,取决于六千六百伏高压输电线路何时能架成。像这样重要的基建工程不属于机电连维修电工的职责范围,矿里照例请专业队伍来施工。这次请的是地区供电局的人。

地区供电局来了个小头头儿和两名四级工。矿里敬如上宾,请吃请喝等,不在话下。折腾了两天后,他们上山勘测了地形。几天后,交出了一个施工方案:绕过山坡,沿着环山公路环形架线。一个月后开工,包工期限一个月到一个半月。他们负责备料、施工,矿里提供辅助工人。费用预算则详细开列了所需器械、材料、人工、劳务等一系列清单。

负责该项事务的团部基建科长,原是个搞井下通风的,审核完毕,大笔一挥,协议签订,那几位就先回去了。

在此期间,霍师傅不声不响地把外线班都拉到了山间,一连钻了好几片树林,反反复复勘测了几次地形。然后他埋头翻书,查脚本,算算画画写写地一连开了好几个夜车。大家问他原因,他只淡淡地说:"心里有个底。"

"这和我们有啥关系?"

"蠡山矿是市里的重点建设项目,有的供电部门喜欢'吃大户',我要防着点。"

"吃大户?怎么个吃法?"

"虚造点预算,冒要点材料,多算人工,办法有的是。我在市局时,知道他们的胃口。"

"矿里根本不来征求我们意见,你操这份闲心干啥?"

"我早就看不惯这一套。那时我人微言轻管不着,现在我好歹也算是蠡山煤矿的人了,不能不管。"

"听说矿里已批准他们的方案了,弄不好,你两头不落好。"

"那有啥?矿里这么看得起我,我要对矿里尽责。关键是,这不是一个多了不起的工程……"

第二天,他跑到基建科去了:"听说五号井供电线路方案定了,能让我学习学习吗?"

"行啊,别客气嘛。"基建科长满意地拿出材料,"这次招待费没白花,对方够爽快哟。"

霍师傅看完材料,却冷笑一声:"哼,噱头不小呢。而且完全可以从横雁岭南坡直线输电,他们却大绕圈子,自己是方便了,工期却延长了,有点过分了。"

"嗯?"基建科长怀疑地瞪着他,"走直线要穿山越岭,怕不好办吧,谁喜欢舍近求远呢?"

"他们拿你一把呢,来个大撒手呢!"

"误了工期,我可负不起这个责。"

"我敢负责。"霍师傅冷冷地说。

大家在一旁都傻了眼。基建科长都犯愁的事,他去揽下来干啥嘛!何况,省下钱来又到不了自己的腰包,出了岔子,却要你吃不了,兜着走——呆啊?

不几天,那三个人果然来了。霍师傅被请去参加谈判。一班小年轻心神不定,一个个溜到基建科门外,扒着门缝偷看。

"有意见尽管提,好商量,好商量嘛。"对方那位为首的小头头儿姿态很高,哈欠连天。

"各位老师傅都是我的老前辈,我不该关公面前耍大刀。如果有冒犯之处,请各位老师傅多多包涵!"霍师傅说。

想不到一贯被大家认为缺乏辩才的霍师傅,在这种场合也会来上这么一手,大家禁不住暗暗发笑。只是他的态度似乎过于谦卑了些,和那几位的态度相比,简直有些低三下四了,犯得着吗?

"关于五号井输电线,我有个不成熟的想法。"霍师傅继续慢条斯理地发表着自己的见解。可还没讲上两分钟,对方立刻开始反驳。他则依然不慌不忙,以自己的勘察、计算和测量结果,逐条地予以解答。于是对方的脸拉下来了,气氛陡然紧张。基建科长慌忙对霍师傅使眼色,又忙不迭地赔笑脸、打圆场,给对方敬烟、添水。可是霍师傅的表情奇怪得很,他好像从来不会发脾气似的,连话音也几乎保持着一个频率。这一来,对方也不得不按下火气。双方一来二去地争议了个把钟头后,场面上出现了令人难堪的僵持局面。

沉默一阵后,为首的那位忽然露出一丝笑容:"这位师傅很有水平哪。能不能问一句,师傅是在哪里学的手艺呀?"

"他是从吴东市供电局借调来的。"基建科长赶紧回答。

"噢,市局的,兄弟单位呀。啊哈!"那人马上站起身来,似乎想和霍师傅握手,"看样子,还是位老师傅吧?"

"不敢当,我是二级工。"

那人的手突然转了个向,抓起桌上的水瓶,为自己倒了点水,慢慢地呷了几口后,转脸和同伴低低地议论起来。末了,那人往椅背上一靠,脸对着基建科长说:

"这样吧,上次的方案是双方议定的,我们无权改变。至于贵矿的高见,我们可以带回去请示后再定。眼前我们任务偏紧,施工能力有限,贵矿定要从山坡过线的话,我们恐怕难以保证质量。"这位老师傅——他把那个"老"字咬得特别重,而且依然不看霍师傅一眼,"情况比我们熟悉,能不能请他先拿个具体些的方案出来,我们再商量嘛。"

基建科长愣住了,两眼不满地直瞪着霍师傅。

霍师傅双手一拱:"师傅过谦了。不过,我赞成你的建议,双方都再研究一下对方的意见,然后再商定吧。"说完,他收起材料,向那三人一一颔首致意,随即退了出来。

门外观战的人一哄而上。

"霍师傅,你今天怎么啦?他们那样傲慢,简直无礼,你倒那么客气。"

"无礼?嘿嘿,只怪你们没在市局蹲过呀,一个二级工,在那里是没有发言权的。他们不把我赶出来,是给我大面子了。"

"现在是在我们矿里呀,你怕他们啥?"

"啥也不怕,可吵架就说明你能吗?他们信的是事实和真本事。"

"那我们怎么办?"

"自己干!别把这看得太神秘,这条线技术难度不大的。会爬杆子,会安瓷瓶,再加大胆、细致和科学的依据,没什么了不起的。

我们在部队都是这么干的——主要力量还不就是像你们这样的年轻人?"

霍师傅的神情完全变了,双目炯炯,话音朗朗,俨然一副成竹在胸的大将风度:"怎么样?敢不敢干?"

怎么不敢呢?年轻人的自尊和勇气,是最容易被激发的呀:"脱层皮,也要争口气!"

可是,基建科长不敢干。对于霍师傅的建议,他踌躇了半晌,一把拽住他的手就往团部拖:"你直接向分管团长去说吧,我可做不了这个主。"

分管基建和设备的副团长也是军人出身,长得胖乎乎、黑苍苍的,但为人豪爽,作风粗犷,头脑似乎有些简单,人倒还不错。听完基建科长和霍师傅的话,他一下子从靠背椅上跳起来,伸出粗壮的胳膊,抓住霍师傅的膀子,狠狠一捏,吐出口浓重的山东腔,大声问:"你真有把握干好吗?"

霍师傅不出声,腼腆地一笑。

"干不成你咋办?信不信俺会把你的脑袋揪下来?"

"信。"

"哈哈,这就好!自力更生,好嘛——怎么这么瘦?身体是革命的本钱,要喂饱哟。"

"是。"霍师傅啪地一个立正,向副团长敬了个军礼。他到底是当过兵的,很善于和首长打交道,这不,一下子又变成个调皮的战士了。

他们又谈了些具体问题,事情就此定了,副团长对霍师傅的"独立自主、自力更生"和"一不怕苦,二不怕死"的精神大大夸赞了一番。而霍师傅似乎有点飘飘然了,以至于临走时,他居然操着别扭的山东腔,和副团长开了句玩笑:"首长,俺要是干好了,你咋办?"

"噢?"副团长显然措手不及,但略一顿,他猛地拍了霍师傅一下,"俺树你为标兵,让全矿学习你。"

"哎呀,我要那个干啥?"

"嗯?"副团长的眼珠差点蹦出来,"那你想要啥?"

"给我们加一级工资还差不多。要不,给大家发点奖金也行啊。"

在那个年头,这种事别说团长没权,有权他也不会同意呀。大家心知这是霍师傅兴之所至,故意将将副团长的军,可是他却当了真。

他扭头对基建科长下了道命令:"你通知食堂,施工期间,每人每天发两个肉包子,加加油。"

霍师傅快活地大笑起来:"多谢团长的关怀和批评。我们啥也不会要的,再见!"

大家走出团部,隔窗子一看,副团长还站在那儿摇头呢。

"霍师傅,你开玩笑也不看看对象,老头子当了真啦。"

"管他呢!这老头不错。"

瞧,霍师傅就是这么个人。你说他思想不积极吧,可他在为人、作风、工作等方面,又是那样正直仗义、勤恳扎实。你说他思想积极吧,有时说些话却又上不了台面。别说平时听不到他一句豪言壮语,就是政治学习,他的话也都"清汤寡水"。而且他有时候还拗得很。

五号井输电工程如火如荼地进行到后期时,团政治处派个人来采访他,说要在广播里表扬他。他先一味推辞,后来干脆说:"我想做这个事,是因为我喜欢这里,这里的人也看得起我,能让我独当一面干点事,别的啥也没想过。"

可不管他怎样说,广播稿还是写了,播了。自然,少不了来一点"合理想象""锦上添花",什么"矿山就是我的家,我为矿山献青春"之类的豪言壮语。霍师傅起先根本没听到,都怪别人和他瞎起哄,他听了竟一头拱进政治处,冲着主任就乱嚷:"我没同意,你们怎么还吹啊!"

主任颇有涵养,耐心地给他做了一通思想工作,可他一个字也没听进去,冷冷地说:"你们爱怎样宣传先进事迹是你们的事,可是别拿我开胃。如果你们再要播那个稿子,我可是会爬杆子剪广播线的!"主任勃然大怒:"你敢破坏生产?"

霍师傅二话没说,掉头就走。幸好连指导员闻讯赶去,好说歹说,才平息了主任的肝火。

经过半个月的精心筹备,外线班全军出动,再加团里派来的二十个辅助工,浩浩荡荡地上了山。

线路按照霍师傅的设计,穿过一大片栗树林,从横雁岭南坡直线架设,为避开中间一个锅炉房,线路从变电所出来后,略向东偏,然后一个六十度的大转折,直通五号井。整条线成一个 V 形,共有三十五根电杆。第十六号电杆是耐张杆,即最承力的转折点。

沿山坡穿树林架线,难度自然比较大,尤其是运杆、立杆、上线的麻烦更多。但由于辅助工多,再加上事先准备充分,全班人都深知此线不仅对矿里生产具有重要意义,对大家也都具有一种特殊意义,因此人人憋着股劲,真是把吃奶的劲也使出来了。尽管架线工程中出现了不少预料中和预料之外的困难,施工速度和质量还是比预计的令人满意。可以肯定地说,如果不是发生了那个绝对难以预料的变故,外线班独立完成这个任务是毫无问题的!

唉,生活真是太复杂、太诡异,有时甚至是太残酷了!许硕喜欢看小说,可是每当看到书中的主人公排除万难,终于获得圆满结果的故事时,内心就会产生揪心的痛楚:为什么在我的生活中,出现的却是截然不同的结局呢?

因为,五号井输电工程,最终竟还是依靠地区供电局才得以竣工……

这结局来得那样意外、那样无情,以至于此事过去许多年后,外线班的人仍然耿耿于怀,痛惜不已。而对于许硕来说,则从此留下了一块难以愈合的心病!

那天,对许硕来说,是一个极其不平凡的日子。天气不佳,头天夜里刮了台风,第二天余波未平,阴霾密布,使人心情抑郁难安。而山风却一阵接一阵地吹个不停,给杆上工作添了不少麻烦。当时,电杆已全部竖起,杆上设备也组装完毕,只待上线、紧线、绑扎好,全部外线工程,就剩下两端进出线与变压器安装工作了。

紧线是施工的重点,技术要求和施工难度比较高。那天的主要紧线点就是十六号耐张杆。先要将两个方向过来的线段分别收紧,固定在悬式瓷瓶上,中间再用连线相接起来。这工作自然得由霍师傅亲自来干,其余人则分散在中间的杆子上,先吊上线去,等霍师傅紧好一面来线后,再开始绑扎。分配工作时,霍师傅照例让许硕和他搭档,让他在杆下传递器物,担任监护。

一个上午紧张却顺利地过去了。几条铝线都吊到了杆子上,下午再逐条收紧,绑扎好,今天的任务就大功告成。可是在食堂吃午饭时,许硕注意到霍师傅只打了二两饭,吃得也很慢。而且他情绪明显不高,脸色也很不好看。许硕以为这是他近来太忙太累的原因,悄悄地买了包苏打饼干带在身上。

下午,风小些了,但天空更阴郁了,因乌云密布而显得又黑又低,似乎正皱着阴郁的眉头,以漆黑呆滞的目光向大地窥望。而山林里的树木、花草却显得异常鲜艳、娇嫩。大片大片的雾气比平时更汹涌地在山谷里游荡,又在树叶上凝为极细密的雾珠,空气湿漉漉的,简直能拧得出水来。

下午的主要工作是紧线、绑扎,就是把初步挂上的铝线逐一收紧到规范要求。这个活听起来没什么,实际上并不简单。因为有几条线,线距又较长,紧直并使几条线平衡,相当费事。

霍师傅到了现场却没有马上上杆,蹲在地上,向许硕抱歉地笑了笑:"歇会好吗?"

这本来是不用问自己的,所以许硕有点诧异地点点头。霍师傅不再说话,而是点起一支烟来,贪婪地吸着。

"师傅你彻底开戒啦?"许硕忍不住问了一句。

"开戒了。现在又不是抽不起。"

"可是抽太多总是不好的。"

霍师傅像犯了什么错一样,不好意思地点点头,说话的声音也很弱:"昨天夜里没当心,受凉了吧,胃有点痛。"

"那你怎么还干活呢?"

"没事的,老毛病,用烟一压就好。"

"可你的脸色……我们明天再干好啦,急什么?"

"看样子,会有几天雨呢。"霍师傅抬头望望天,"要误期的。"

许硕也望了望天,云层更厚了。事实上已经有零星的雨点飘落在他头上。一滴、一滴、一滴地落下来,在树叶上留下轻微的沙沙声。好在这些雨点没有汇成滂沱大雨,它们一直迟疑地滴落着。

许硕试探着问:"师傅,让我来上吧?"

但是他刚拿起登高板就被霍师傅一把夺了过去:"这是耐张杆,要有点经验的,线距又长——"说着他把烟一扔,麻利地打好登高板绳扣说,"通知他们也上吧。"随即飞快地上了杆。

许硕只好站上高坡,挥起绿旗,吹响哨子。

前方几根杆子上很快上了人。不一会杆上的紧线机响起来,随着机轴富有节奏的"喀啦啦,喀啦啦"的脆响,悬垂的银线一点一点地绷紧、挺直。

许硕望着杆上人的身姿,既敬佩,又羡慕。外线工在电杆上操作时,其实也是很神气,很惹人注目的。而最优美、英武的,也最令他们感到自豪的姿势,莫过于紧线了。尤其是霍师傅那种独特的操作法,双脚不是踏在登高板上,而是一屈一直立于铁横档上,背向杆子,脸朝外,身子全靠大幅放宽的安全带护着,大幅度前倾。双手紧握着紧线机的摇柄,一摇一串悦耳的清音——那姿势,真如雄鹰振翅,大鹏凌空!

"好!通知他们检查线路平衡状况。"

霍师傅把来线紧得差不多后,一声令下,许硕高高扬起红旗,充满喜悦的哨音响彻山谷,飞出栗树林。

当他回首仰望杆顶时,却见杆上空荡荡的。他一惊,这才发现霍师傅下来了,倚着电杆,手按腹部蹲在那儿。许硕见他脸色更灰黄了,头上还冒着冷汗,再三劝说他上卫生队看看去,他却怎么也不愿离去:"可能还要调矫线路呢,我歇一会就行。"

"你就让我做吧。"许硕又要上杆,霍师傅却又想拦他,他突然发了火,嚷嚷起来,"师傅你还当不当我是监护啦?规程上不允许带病登高,你会不懂吗?"

霍师傅愣住了,苦笑一下,松了手。

许硕一边爬,一边偷偷往下看,师傅几乎眼都不眨地始终盯着自己,明白他这是不放心自己,更觉得不痛快。不管他在下面怎么絮叨这絮叨那的,他只当没听见,闷头干自己的,心想:今天一定要给你点颜色看看。

活儿干得很顺手。其实,几条线紧完后,杆上的活儿就不难了。把线头用铝夹头结好,然后绑在针式过桥瓷瓶上,这一段就大功告成了。可是当许硕做完一根线时,前面杆上却传来话说,左边线稍松(几根线要保持垂度平衡),要再紧一把。霍师傅听了又要上来,可是许硕正想露一手让他看看呢,便大声制止他:"我能行的!"随即迅速咬上机子,用劲一扳,这才知道这碗饭确实不是自己吃得下的,那已经很紧的线上,分量是多么沉重啊!他拼足全力,双手一齐使劲,好不容易才使机上的齿轮移进了几扣,再扳时,尽管他感到耳热心跳,那齿轮却仿佛和他较劲似的,纹丝不动了。

"不要动了,当心滑呀(齿轮脱扣有危险)!"霍师傅在下面吼了一声,许硕不睬他,喘了口气,又想使劲——"放手!"随着一声断喝,但见霍师傅一跃而起,竟不用登高板,一把抓住杆上垂下的吊绳,三下两下地就像只灵活的猫儿一样到了杆上。

"让开点!"

许硕见他脸色铁青,异常严肃,只好乖乖挪到一边。霍师傅立刻站过来,同时俯首去解别在腰间的安全带钩子,准备扣上。就在这时,发生了一件完全出乎意料的事情——

前面杆子上不知谁敲了下左边线,线一震,咬在线上的紧线机随之一翻,噗的一下,紧线机摇柄弹在霍师傅头上。那一下的分量其实并不重,然而,他本能地摸了一下头。刹那间,人就从杆子上飞了下去!

"哎呀!"许硕只来得及尖叫一声,顿时浑身瘫软,双腿剧烈地颤抖起来,再想喊,却一个字也吐不出来。他的神经像电流短路一样,无数纤细的火苗在他绷紧的皮肤底下燃烧。

当他抱住电杆滑落下地后,只见霍师傅脸朝下,一动不动地伏在地上。"出事啦,快来人呀!"许硕狂叫着,猛扑过去,一把将师傅的头搂起来,惊恐地发现他满脸是血,额头上还在不断地流出血来。刹那间,许硕的眼前一片模糊,所有的事物都消失了,只有自己孤独绝望地待在沉默无语的大自然里。他下意识地扫视了一下高空和远方,天空也空无一物,但是并不纯净,仿佛都蒙着一层恐怖的纱幕。他完全乱了方寸,惊慌地将霍师傅的身子翻转过来,不停地拍他、摇晃他,疯了似的乱喊乱叫!

忽然,师傅的眉梢抽动了一下,眼睛微微地启开一丝细缝,许硕高兴得大喊:"你醒啦？你有救了! 快告诉我,你还好吗?"

霍师傅脸上没有一丝血色,表情异常呆滞,唯有已明显放大的瞳仁里闪着一星微弱的光泽。许硕紧紧抓起他的手,抚摸着,摇晃着,大声乞求着:"师傅你说话呀! 你怎么不说话呀……?"

他不知从哪来的力气,猛地将他抱了起来。远处响起嘈杂的人声,树林里闪出几个人影,许硕踉踉跄跄地向他们跑去,可是霍师傅的手臂却松软地垂了下去。许硕又惊呼起来,他却毫无反应。定睛一看,顿觉胸口突突乱跳,仿佛心从嘴巴里飞了出去。一阵恶心,夹杂着一阵耳鸣,许硕和霍师傅一起瘫倒在地……

漫天的雨丝明显密集起来,似乎苍天也在悲泣。

许硕期盼地睁眼望天,似乎那里有着什么救星。但是什么也没有,世间万物好像都乱成模糊的一团,一切全都消融。只有一种若有若无、轻轻的抽泣声,越滚越近。雨声伴随着冲过来的人的脚步声和惊叫声,嚓嚓地、沙沙地、乌沉沉地涌过来,他无助地陷没在其中,就像跌进一道深渊。

第十三章

苍天悲悼,全矿哀恸。不少班上人和车间里的人在追悼会上泣不成声,可是许硕全程没有掉一滴眼泪。他也想哭一场,尤其是在追悼会上。可越是这样期望,他越是欲哭无泪。事后他为此深为痛诧,更加愧疚,也深深怨恨自己的铁石心肠,甚至还不断地以为,别人都在身后以不屑和鄙视的目光看着自己,指指戳戳。

虽然实际上从没有任何人当面指责过他,或认为他该负什么责任,但许硕总觉得自己有罪,若不是自己操作不力,霍师傅也许不会那么急迫——追悼仪式上的任何声响都使他惊惧、反感。仪式一结束,他就赶紧逃到场外,却又感觉整个天空都狠狠地压在他的胸口,他真想找个地洞,能暂时躲避它那铅块一样沉重的压力,免得自己会失态,会干出什么荒唐事来。

或许正是因为这种久久无法解脱的心理,才扭曲了自己的真实心情,使自己哭不出、吐不尽心头的积郁。

所幸,动情、动心的写作,果然有着疗愈的功能。当他的小说写到最后一个字,他浑身颤抖、满心燃烧之际,不期而至的一串热泪噗嗒噗嗒地滴落在纸上。起先他并没有意识到什么,直到他眼前灵光一闪,赶紧提笔翻到小说的最前面,果断画掉原先的题目《霍师傅》,重重地写下又粗又浓的新题目《蠢山雨》时,情不自禁深深地叮出一口长气,心情也霍然一松,并十分欣慰地相信,自己已完成了一次灵魂的救赎,霍师傅的在天之灵,也不会再对自己有什么怨艾……

　　从开始写作,到改定稿件、誊写《蠡山雨》的过程中,许硕都特别用心,简直是怀着如痴如狂的热情和双倍的倾诉欲望。誊写时更是一字一句都尽量写得端正、清楚。尽管他平时舍不得稿纸,但这次,只要哪一页上有了错别字,他不惜扯下整页稿纸重誊,也要让整篇文章看上去清爽整洁(扯下的留着今后做草稿纸)。

　　定稿的最后一个字誊写完后,许硕欣慰地扔下笔,腾地一下站起来,使劲伸了一个懒腰。却不料一阵天旋地转,窗户、书桌、头上的电灯、脚畔的"黑旋风",都在眼前无声地旋转开来。他本能地又坐下去,双手扶着桌面,闭目垂首。过一会他再睁开眼睛并缓缓站起来,感觉已恢复正常:没事没事,今天是太累了,而不是我生了什么病……

　　他安慰着自己,又小心地伸伸腿、抻抻胳膊、转转身子,感觉还是没什么异常,欣喜地长出了一口气,同时向墙上的老式挂钟瞥了一眼。那是许硕从吴东家里带来的,为的是提醒自己注重时间,因为你上足发条,它会每个小时响几下。让许硕深感意外的是,它的指针已指向四点,而这是凌晨四点啊!我今天未免太兴奋了,此前似乎并没有听到过钟响啊。许硕想了想,决定立刻上床睡觉。他也无心洗漱,和衣往床上一躺,希望自己马上睡着,可是大脑不听他的指挥,依然像先前那一阵天旋地转的晕眩一般,反复闪现出文稿中的字字句句。许硕竭力拂去它们的扰乱,强令自己紧闭眼睛,试图在上班前眯上一会。可是思绪又转到对《蠡山雨》命运的揣想上,仿佛看到它已从桌上浮升出来,飞过山林,飞上轮船,越过大湖,飘然落在飞驰的火车上——对了,既然一下子睡不着,一不做,二不休,我干脆现在就到镇上邮局去,把和我一样心急火燎的稿件投进邮箱,还能赶上今天的早班轮船……

他完全忘了刚才的晕眩,一跃而起,伏案写了个投稿信,把它连同稿件一起封好。为防丢失,他把这封信紧紧捏在手里,开门出去,大踏步地往镇上赶——团部也有个邮箱,但等镇上邮局的人来收这邮箱里的信件,今天的班轮就赶不上了。所以许硕还是毅然往镇上去,决心要让自己的稿件尽早飞往它该去的地方。

外面异常宁静,除了远处井口有些敲打声外,一路上都空无一人。四野散发出湿漉漉的雾气,幽幽地包裹着许硕。黑乎乎的道路、静悄悄的树林和团部的房屋,也都沉睡在夜的幽暗之中。但许硕很快就觉出了一点异样,不见一点星光的夜空上,正星星点点地飘落着雨滴。

喘息着,心也莫名其妙游荡着的许硕,将稿件投进邮箱去时,下意识地向那黑乎乎的邮筒口摸了一下,确认稿件已投进邮筒后,他仍然舍不得离去似的呆愣了一会,忍不住又凝了凝神,满心虔诚地默祷,祈求霍师傅保佑自己,使这回能心想事成。

在等待回音的日子里,他几乎每天临睡前都要猜一下,稿件是不是已经被编辑看过了?他应该会感兴趣吧?而这两天也应该有好消息传来了吧?可是,许硕天天跑团部收发室,等到的还是失望。其间只收到几封退稿信,都是以前投出去的作品。那都是些诗歌和散文,我这次可是小说呀,还很长,编辑部当然需要更多的时间来审稿。这么一想,希望的火苗又在心里燃起。可是,两个多月以后,他还是收到了他最不愿意看到的厚厚的回信,和夹在其中的对《蠡山雨》的铅印退稿单……

沮丧是无疑的,但许硕没有气馁,或者说,他本来就没敢奢望能一投就中的。他把来回投递过程中揉皱了的稿件的前一页和最后一页重新誊写一遍,使它看起来新一些,便又投了出去。

一连投了三处,一连退回三次。

第三次拿到退稿信时,许硕的手已不再哆嗦,而是握成拳头,疯狂地砸向桌面。与其说他是在对那些审稿的编辑发泄不满,不如说他是在对自己的"无能"和可悲的命运宣战。而实际上,尽管仍然声色俱厉,但在心底里,他,这个尚很年轻又满怀激情的小伙子,深深生出了心力交瘁的无奈,第一次很不情愿又不得不承认自己已被现实击败。一度汹涌澎湃的创作欲望和信心,突然中断了,干涸了:我完蛋了。我再也经不起失败了。我彻底成了一个被命运遗弃的人,一个绝望而迷茫的人。

他没有再投稿,而是将《蠢山雨》和其他一大堆以前被反复退回的诗歌、散文一起,收拢在桌肚的纸板箱里。他想等心绪平静一些后,再来看看《蠢山雨》到底存在什么问题,有没有可能再修改加工一下——幸好,这么考虑的时候,他并没有继续颓废。倔强和不甘之心又蠢动开来:哪怕从此不再写作,这一篇东西我也决不放弃!哪怕它被退回一百次,我就投第一百零一次!他在心里咆哮着,身子却软软地颓倒在床上,双手抱头,久久地望着屋顶发呆:也许我应该先好好地总结一下了。会不会是我求胜心切,始终没走上正道?可究竟什么才是正道?或者说,我天生就不是写作这块料,根本就找不着正道,根本就没有能力走上正道。只会苦读、苦写、废寝忘食、痴心妄想,结果就只能永远在原地踏步,甚至南辕北辙,永远也成不了正果!

经验、时间和精力也是一个问题。现在的许硕成天处在一个精神疲惫的状态。白天基本上要上班,晚上弄到深更半夜,结果又难得发表几次,信心像沙漠孤旅者,渴望甘霖却看不到一丝水源;

简直是在恶性循环中打转转,还这也想写,那也想写;写诗歌、散文都没有长进,又开始写小说。连队和团里又把他当个能人,一会要他写通讯报道、写总结,一会又要他辅导连队的政治学习,他还自以为得计!可是老这样猫头上抓抓,狗头上挠挠,能成什么气候?怪不得现在写首诗也常常抓头挠耳,犹犹豫豫,半天也出不了几个像样的句子。

看来只有抓住一切可能,逐渐往专业写作上靠。起码也要争取明年能上成大学,或者,能像郑远一样,半脱产专事写作。否则,趁早收摊子,另寻出路的好……

想到郑远,郑远就到。许硕的目光瞟到前窗上,意外发现有团黑影贴在玻璃上,正往里面看。玻璃上涂了白漆,从外面往里面看显然看不清楚,但许硕从里面向外看,认定那是个人头,于是跳起来把门拉开,定睛一看,欢喜地大叫起来:"郑老师!好久没见到你啦。听说你到市里写剧本去了?"

郑远点点头,笑眯眯地走进屋里来。

郑远的气色和状态和以前差不多,举止沉稳,脸上时不时浮起几分微笑,间或捋捋下巴上的小胡须。他知道许硕搬到发电机房来了。但以前都是许硕去看他,他还没有来过这里。现在他打量着许硕的小环境,不无羡慕地说:"你这里比我那里好啊,至少不用天天爬山。"

许硕却说住哪里其实不重要,像他那样能够基本脱产才叫好。

"你早晚会有这一天的。"郑远说着,把手上一纸包东西往桌上一放,又从衣袋里摸出一瓶洋河大曲,"没有饺子,我们就花生就酒,照样越喝越有!"

"太好了!我正心烦意乱,太需要喝上几口了!"

许硕喜出望外,赶紧趴到床后,伸手往一个旧铁皮饼干桶里去摸索:"哈哈,还有三个鸡蛋。炒一下也是一道菜呀。"

饼干桶里的鸡蛋,是许硕从附近农民家里买的,集市上八分钱一个,农民家七分一个。这个钱他还负担得起,每天夜里用电炉煮一个吃,多少为自己增加点营养。现在他插上电炉插头,往小铝锅里倒上点油,用把长柄勺,麻利地把鸡蛋炒了出来。屋子里顿时香气弥漫。两人乐呵呵地剥着郑远带来的花生米,就着鸡蛋对饮起来。

几口酒下肚后,平时难得喝顿酒的许硕,脸马上涨红了。俩人也谈兴渐浓,许硕趁机把纸箱里的《蠡山雨》拿出来,说要请郑老师帮自己判断一下有没有价值。郑远神情专注地翻了几页小说,连连点头说:"感觉文字不错呀,你什么时候开始写小说啦?"

许硕不好意思地说:"其实我写过几个短的了,只是都不像话,只能算练笔。但是这个是我费了牛劲写的,满以为会有好结果,结果还是被退了稿。"

"退稿怕什么?再投呀。"

"投了三次啦,刚才还在为这个事伤心哪。"

郑远目光灼灼地盯着他说:"想当作家,伤心可以说是应有之义。哪怕你成了大名,也自有那时候的烦恼和伤心。但是无论如何不能泄气。他退你,你再投,说不定东方不亮西方就亮了。而且,你也应该有些经验了。省报上我就看到你发过三四次诗歌了吧?上个月那一小组《海湖新渔歌》就写得蛮有味。这在业余作者中实属少见呢,你应该永远充满信心。往后呢,就多往省报投这一类适合他们口味的作品。有针对性地投稿,是很重要的一点。还有,你刚起步,也不能太老实了,投稿时要多抄几份,同时投出。"

"那不是一稿多投了吗?"

"没错,杂志社那样要求,是为了避免一稿两用。现实情况是,僧多粥少。业余作者十投、百投都不中一次是普遍命运。所以,你一稿多投,不等于就能一稿多用。只是给自己增加机会,万一发生两三处同时要用的情况,首先说明你的作品好,值得骄傲一把。其次,你马上通知别的杂志不再发它,不就避免了一稿两用的情况了吗?这又何错之有?"

"哎!"许硕兴奋得一个劲地搓手,端起盛酒的茶缸敬郑远说,"郑老师,真有你的,又给我一个实在的帮助!"

"谈不上帮助,也是无奈之举而已。谁让我们不是成天被杂志或者出版社盯着要稿件的大作家呢。"郑远捋着胡须苦笑一下,拍拍许硕的稿件说,"你的大作我带回去仔细拜读。这对我也是一种学习。"

说着他又指着许硕一本正经地说:"以后不许郑老师郑老师地叫我了,这太生分。我们俩都是业余作者,是文友。你还有许多值得我学习的地方。比如你的文学感觉就很灵敏,还有一股子奋勇拼杀的锐气,让我自愧弗如。"

"这怎么可能呢?你年龄、经验、成绩都远在我之上,又是我的领路人。我理应叫你老师的。"

"没这个话。年龄痴长几岁,往往只能是一种包袱。"说着,郑远抬手和许硕击了一掌,"今后我就叫你许老弟,你就叫我郑老兄。还有,你这个稿子我看了感觉好,你不仅可以同时投几处,还要敢于向大刊物投。三中全会以来,全国都在讲思想解放,可是有的杂志还是畏畏缩缩,故步自封。北京、上海、中央的大刊物,背景、人才结构不一样,眼界和气度要开阔得多,投给他们,一旦碰上个认真而有眼光的编辑,成功的希望反而要大!"

许硕越发兴奋得不知说什么好了。虽然郑远不许许硕再叫他老师,但许硕心里仍然暗暗庆幸自己碰上个好老师。和郑远交往,不仅能学到许多东西,还总能给到自己鼓舞和帮助。想到这里,他又想给郑远敬酒,可是郑远已经先举起了酒杯说:"想知道我为什么突然来登你的三宝殿吗?"

"当然想啊,是不是你的大著要出版啦?"

"哪里?!"郑远脖子上青筋忽然暴突起来,"恰恰相反。出版社给我毙了!说是时势发生了重大变化,他们暂时放弃了这个选题——这就是我们无可回避的伤心啊!前后花费了三四年时间,修改了四次,反复抄写了近两百万字,他们却说毙就毙了!"

许硕张口结舌,很想说几句宽慰他的话,却一个字也吐不出来,心里像塞了一团冒烟的茅草,无比郁闷:想想郑远都如此艰难,我就更别说了。写作这条路,到底是不是我这号人能走的啊?

好在郑远的神色很快恢复了正常。他又端起酒杯对许硕说:"今日有酒今日醉,再来一口——人活在世上,再不如意,终究还是会有些值得对酒当歌的时候的!"

说着他一仰脖子,咕嘟一声,喝下一大口酒:"喝呀,放开来喝!今天把这瓶酒都喝完。"

许硕点头赞同,却只浅浅地抿了一小口。他忽然觉得那酒变得又苦又涩,却见郑远慢条斯理地剥了几颗花生果,扔进嘴里若有所思地嚼了一会,突然嘿嘿一声乐了起来:"幸亏我没有在一棵树上吊死,现在好歹也有点安慰。所谓失之东隅,收之桑榆吧。"

"哦,是不是别的出版社要出你的书?"

"哪里。长篇,多抄一遍不是好玩的,我只投过一家。不过我去年把它改成了一部四幕大戏,市话剧团看了很感兴趣。这回去算是改定了,他们马上要开始排练,准备参加省里的戏剧会演。要是能够得个什么奖的话,也算是对得起我前几年那些心血了。不过,今后我可能要改行了。现在全社会都是百废待兴,市里的戏剧人才也青黄不接,文化局要调我到新成立的剧目工作室去了。"

"嗬!这不是太理想了吗?今后你不就是专业剧作家了吗?"

"谈不上,远远谈不上。老实说,这也不是我的兴趣所在。搞戏剧创作,某种程度上比写长篇小说还要难。婆婆多,审查严,成功率也很低,以至圈子里都笑说'戏戏戏,屁屁屁'。所以有空我还是要写小说的。"

"可是,至少你就此跳出了煤矿,算得上专业作家啦。"

"这倒是没想到的结果。所以我今天来,就是和你告别的。实际上也谈不上告别,今后我们交往还是很方便的。你现在不也经常有机会到市里参加些文艺活动了吗?到时候我们多碰头。这里呢,我也是很有感情的,今后肯定会经常回来看看的。"

"那是一定的。只是我……"许硕的心里翻腾不已,又是羡慕,又是怅伤。想想沈俊杰走了,现在郑远又走了,自己今后就彻底成了孤家寡人了。这倒罢了,可是自己的出路在哪里呢?

"我知道你在想什么。"郑远拍拍眼圈发红的许硕,安慰他说,"我敢肯定,你也不会永远待在这里的。只要你坚持下去,多出作品,时来运转的机会就会悄然来临。而且,人生里起伏跌宕是常态,但各种各样的机会也是层出不穷的,后来者居上的情况也是屡见不鲜的。相信我的感觉,我比你更看好你的前景。"

"谢谢你,总是能给我信心。希望我能够托你的吉言,熬到柳暗花明的那一天!"

"那只是早晚的事。只不过,眼下因为你还在这里,所以我要拜托你帮个忙。"

"什么拜托不拜托的,有什么事你尽管吩咐嘛!"

"'黑旋风'。你把我的'黑旋风'收了吧。这家伙非常可爱,还会察言观色,一点不讨厌的。我不方便带回吴东去,家里地方小,老婆又怕猫,所以……"

"太好了。我从小就喜欢猫的。"

"我就是知道这点才……这小子非常好养的。吃的也不用愁,它自己会在外面抓鸟抓老鼠,你有时从食堂里搜罗点剩饭菜给它就足够了。"

"这个你放心。'黑旋风'早就跟我熟了。我住在这里本来就有些孤独,它正好给我做个伴。明天我就上山去抓它来。"

"我已经把它带来啦。"

郑远开门出去,从门角搬进一个四四方方的小木箱来:"这是我请木工师傅为它做的窝。"说着他拉开木箱前面的小门,"黑旋风"呼地一下蹿出来,喵呜喵呜叫了两声,就拿头去蹭郑远的腿。

"你看你看,这小子聪明吧,它知道我要抛弃它了。"

郑远把它抱在怀里,不停地爱抚着它,眼里竟闪起了泪光:"人哪,满口仁义道德,关键时刻,还是比动物狠心多了……"

"哪里,你对它的好,它会记得的。况且你今后还会来看它的。"许硕伸手把"黑旋风"接过来抱在怀里,也不停地爱抚它。"黑旋风"似乎明白他将是自己的新主人了,并不像以前在山上那样,不太愿意让许硕和别人抱它,还歪着脑袋定定地端详着许硕。

"你暂时还要关它几天在房间里,等它熟悉了你这的环境后,再放它出去自由活动。否则我怕它会跑到山上去找我。"

郑远把小木箱搬到桌子上,让许硕看里面铺着的一件绒球裤:"这上面有我的气味,它也睡惯了,你暂时不要换掉。还有这个——"他又伸手从里面摸出一支旧钢笔给许硕看,"这支笔不值钱,但是跟了我好多年了。'黑旋风'不知抽什么风,平时我经常发现笔不在桌子上了,原来是它把笔叼到窝里去了。所以我也把笔留给它。'黑旋风'见了它,就像见了我一样。"

交代得很仔细了,郑远还是不太放心,屋里屋外又看了一圈,回过头来指着许硕的门下角说:"你还要给'黑旋风'留好一个进出的通道。你们不是有电钻吗?拿它在门下钻一些小洞,把中间的木板凿掉。你睡觉的时候,'黑旋风'就可以从这里自由进出了。"

"好的,我明天一早就把洞给它凿出来。"

"过几天再凿。开头几天你要费点心,进出都把它关在家里。还要准备一个小碗给它吃饭用,再用一个盛点水给它。等以后就不必喂水了,蠡山到处都有清甜的山涧,它自然会去喝的。对了,这几天你还要找个旧盆子,装点沙子让它大小便用。以后也就不需要了,它自会在外面解决。总之,平时你不用多管它,这家伙独来独往惯了。在山上的时候,它就经常到处跑,有时一两天不回家。发情的时候,甚至个把星期都不回来。但是你不必担心,它总会回来的。和人一样,它再怎么野,也总会恋着自己的家的……"

送走郑远后,许硕开门回到书房里,发现"黑旋风"蹲踞在它的小木箱上面,警惕地注视着他。他去抱它,它机灵地跳开了,随后就钻到床底下不出来。许硕扒着床俯身去看它,漆黑的床底下几乎看不见一身黑毛的"黑旋风"的身影,只有两只闪烁着异样光泽的琥珀黄的眼珠,定定地逼视着他。许硕蓦地又伤感起来。唉,都说做人难,其实做个什么不难呀?"黑旋风"和主人过得好好的,莫名其妙就经历了一场"生离死别"。它要是会说话,这时候肯定会对我诉说它的悲哀吧?

也难说。猫的"猫生观",猫的适应能力和情感世界,或许根本就不是我们人的眼光看到的那样。不说"黑旋风"和其他有人喂养的幸运儿,就是那些总在矿区和村落周边流浪的无主猫,也能活得相对自在和平安。原因无他——它们和人比起来完全没有奢求。食色固然也是其性也,但一旦饱腹,它们即不会为明天的饮食而劳神,舔舔爪子,洗洗脸,慵懒地东倒西卧打起了瞌睡。而人呢,也知道要随遇而安,也喊着要放下,却哪时哪刻不盯着七红八绿的世界煎熬呢?

当然,真要人活得像只猫儿也太卑微了。但它们所需少、贪欲少,从早到晚,从生到死,只有一个单纯的欲望,就是"吃喝"二字。满足了这个——对了,还有个发情期繁衍的欲望——它就万事大吉了。这一点也不像人类,一年三百六十五天都有性的欲求。猫儿们也从不寻求同类或神明帮助,那独立谋生、坚忍豁达的耐力,是许多人所不及的。

这样的人生无疑要艰辛得多。然而其人生体验也必然就复杂得多,丰富得多,"成功"得多。

所以我们才自认为要比一切动物高明,自称是"宇宙的精华,万物之灵长"吗?

未必吧?但是,我要尽一切努力,向这个标准迈进!哪怕遭受再多的挫折,也决不再灰心丧气。哪怕真像爱伦·坡说的,要"付出一生",也在所不惜。

"黑旋风"的到来,给许硕平淡孤独的生活平添了不少趣味。

而且看起来它也不像想象的那样有多少不愉快,而是很快就适应了自己的新主子和新环境。三天之后,它就从容自在地从许硕给它凿出的小洞里出出进进,视这里为它的新领地了。说到领地,"黑旋风"似乎要比一般动物更在乎这个。许硕的书房就那么点地方,它也每天要在里面转悠好几回,上上下下地嗅个不停。发现一只蚊子或者苍蝇、壁虎什么的,它上蹿下跳,必欲除之而后快。

"黑旋风"真有点像李逵,大脑袋、圆脸蛋,身子也肥壮,抱起来感觉超过十斤重。郑远说,它现在有五岁了,那么,这个年纪,差不多相当于人的三十五岁,显然还在青壮年时期。或许因为是公猫吧,它和许硕生活了好长时间,彼此感情日益深厚后,却仍然表现得相当傲娇。任何时候,许硕想要抱它时,它会接受一小会,时间一长就挣扎起来,或者扬起爪子轻拍他几下,表示厌倦,直到让它溜开了事。而当它自己来兴致的时候,比如许硕埋头写作的时候,它却会理所当然地跳上他的膝盖,悠然地舔理毛皮。这时候你去抚摸它时,它便一脸享受地仰起头,咕噜咕噜着,还会袒开肚腹、闭上眼睛。

"黑旋风"不太爱叫。叫起来的声音则很是与众不同,很少喵呜喵呜的,而是啊呵啊呵的,嗓音粗而沙哑。许硕起先觉得怪异,听惯了倒觉得透着憨厚,蛮可爱的。它还有个特点,简直像个间谍或者观察家一样,只要在家,经常会长时间地"监视"许硕。有时他一回头,会发现这家伙躲在门外,自以为隐秘地从门洞里偏着头,只露出半张脸和一只亮晶晶的眼睛盯着他,一动不动。那模样鬼鬼祟祟,又好像高度警戒,令许硕哭笑不得。而平时只要他在家,它就几乎无时无刻不追随在许硕身边,但总是保持一定距离,趴着或者蹲踞着打它的瞌睡。不想睡的时候,则两眼圆睁,像人一样呆呆地望着某个角落出神,或者久久盯着许硕的一举一动。它真是在观察我吗?它能明白我在干什么吗?它在想什么?恐怕它是不会思想的。因为思想任何问题,须要语言和文字来体现。它们不可能有语言或文字,如何构筑"思想"?它们顶多有一些本能的反应,或靠简单的音色各异的声音或气息来交流,不可能有理性。但它们依然一代一代千年万年地活下来,而且还活得很不错,这真是一个捉摸不透的谜!

"黑旋风"的一些脾性也越来越像狗。夜里它明明睡得好好的,许硕到屋外去小便,一起床它就会醒来,随即便跟着他出去、回来,还不停咕噜咕噜着使劲蹭他的腿。后来则几乎时刻尾随着主人了。更精怪的是,白天许硕去车间上班,它只默默地看着他,似在告别。而晚上他到哪去散步,只要是一个人,那他无论走多远,它都要不远不近地跟在他身边,东嗅嗅、西闻闻,似乎有忙不完的事情,有时还会短暂地消失在哪个草丛里。可是只要许硕回到书房,它也准会一起回来。尽管许硕不禁止,但夜晚它一般不会上他的床睡觉。天冷以后,它才会大摇大摆地跳上床,但不钻被窝,而是睡在许硕两腿之间的凹陷处,沉甸甸、暖乎乎的。它的大部分身体也感受着许硕的体温,自我感觉无疑良好。

"黑旋风"也并不总是无所事事。许硕伏案写作的时候,它也常常在书房周围忙得不亦乐乎。那就是高视阔步,四处去滋尿标注领地,以确保对周边可能出现的公猫的警示,同时也宣示自己对附近母猫的统治权。这时候,尤其是春季那不短的发情期间,"黑旋风"会变得霸蛮无理。许硕多次见它凶猛扑咬偶然路过附近的公猫。当然,它并不总是得胜者。有天半夜许硕正要上床,却见它狼狈地钻进猫洞来,耷拉着脑袋,拱在它的小箱子里,一声不吭地舔着身上的鲜血。仔细一看,才发现它的耳朵被不知哪里的敌人撕了小半只,许硕心疼不已,赶紧为它涂上紫药水。但最让他心疼也相当困惑的是,作为公猫,在长长的发情期里,"黑旋风"那焦灼迫切的求偶冲动和苦不堪言的奔波劳累,实在就是在玩命!

这时候"黑旋风"就经常不回家了。它几乎就像个背负着不可遏制的神圣使命的苦修者,白天黑夜地四处寻觅着另一半,以期尽可能多地播撒自己的生命种子。为此目的,它甚至可以忽略另一个天性:食欲。因为许硕偶然看到它回来,会赶紧把备好的从湖边渔民那里买来的小鱼干给它补充营养。但它往往不屑一顾,嗅一嗅就掉转头,两只疲惫的眼睛注视许硕一阵,似乎在说:对不起,我只能看你一眼就走。因为我正在为爱而燃烧,而为了爱情是顾不上吃饭的。随后,它便钻出门洞消失在黑暗中。只有它那凄厉、瘆人的却坚定而执着的嗷嗷叫声,远远地传回来,令许硕由衷地惊叹:爱的诱惑竟能如此强悍而顽韧!而此时的"黑旋风",其实已虚弱消瘦得不成形了,目光呆滞,形容枯槁,平时光滑浓黑的体毛稀疏了许多,还又脏又乱、蓬头垢面,有时眼睛也被污秽的眼屎糊住,活脱脱就是个被皮鞭催督的半死不活的苦役犯!

如果它们无欲无求,会省却多少痛苦与烦恼啊!但是,可怜的"黑旋风"啊,如果你能从中得到一些满足,或者说爱的抚慰,那也就值得了。不过联想到人类,许硕又觉得"黑旋风"其实也有其幸运之处。尤其是涉及"性"和"欲"这两个字,你若公开提起就简直是大逆不道,更别说坦荡地表露出来了。

有一天,许硕奇怪地发现"黑旋风"虽然回来了,却像是犯了什么错误一样,不进屋来,萎靡地缩在冷却水池边的草丛里,向着他低低哀唤。许硕靠近一看,不禁头皮发麻。这家伙右前爪上竟夹了个鼠夹大的铁夹子!显然它是被什么人放来套獐子、野兔的夹子给夹住了。幸亏"黑旋风"力气大,生生把拴铁夹的铁丝挣断了,却挣不脱牢牢夹紧爪子的铁夹子,带着它一颠一颠地跑了回来。若不及时解救,"黑旋风"肯定很快会死于伤口感染。它那凄哀的叫声,就是向许硕求救吧。可它的智商毕竟有限,当许硕好心去帮它时,它却又将他视为放夹子者一样的人了吧,突然不认识他似的,本能地拖着夹子乱躲。许硕飞也似的跑到电工班拿来工具,还找来一个工友帮忙。两人费了九牛二虎之力,最终将一件粗布工作服罩到"黑旋风"身上,这才逮到它,用老虎钳帮它把铁夹子除掉。却不料不解人意的"黑旋风"得到解放后猛地蹿向树丛中,很快就没了身影。

接下来的两天里,受惊的"黑旋风"竟不再出现。许硕遍寻无果,只好放弃寻找,并努力不再想它,可脑中偏反复浮现它的哀鸣和跛着前肢笨拙挪动的惨象,生怕它会因伤口感染而送命。万幸的是第三天晚上,"黑旋风"一跛一跛地钻进了家里的小洞。许硕赶紧给它上药并包上纱布,随即喂它一把毛鱼干,它立刻歪着脑袋啃开了。

遗憾的是,它从此就成了个瘸旋风,走起路来三条腿着力,一只屈曲的右前爪点着地。好在这并不影响它继续追求自己的爱,还照样和别的公猫大打出手。

可是许硕却看不下去了。他觉得今非昔比,现在的"黑旋风"都已经这样了,而季节却年复一年,再听凭它这么拼死拼活地四处寻找传宗接代的机会,只怕它不但会尝到更多失败的痛苦,小命也保不住了。有什么办法能让它消停下来,太太平平享受余生呢?

去林家坞让林队长帮忙,找那个劁猪者给"黑旋风"来上一刀,不就一了百了了吗?

说做就做。许硕用小鱼干把"黑旋风"引到身边,一把抱住,塞进它那小木箱里,兴冲冲地抱着小木箱来到林队长家。谁知林队长听清他的来意,先是一怔,接着便指着他哈哈大笑。许硕很是不解,问他干吗这副表情。林队长抹着迸出眼眶的泪花,直斥许硕糊涂。

第十四章

机会来了!

这是个艳阳天。中午时分,许硕满头大汗地刚下班,在书房外水槽上洗脸时,忽见政治处副主任老罗骑着自行车往坡上来。许硕迎上去,老罗一反常态地满面神秘,低低地问他:"听说了吧?"

"听说什么?"许硕不禁紧张起来。

老罗回头张望一下说:"推荐上大学的名额下来了,我们矿还是两名。其中有一个文科,还是吴东师院中文系的,正好对你的路。"

"哦,太好了! 谢谢你告诉我,我还没听说呢。"

"你太书生气了吧,许多人已经四处活动了,所以我特地告诉你一声。不过不要紧,这两天先要在各连队公开评选。你快和领导说说去,你们连队应该能推选你的。"

许硕又高兴又有些不安。连队领导对自己印象很好,推选应该没问题。问题是总共只有两个名额,团里那一关恐怕不好过。但再想想,自己的条件还是过硬的,在省报发表过好几首诗歌,经常参加市里文化单位的文学活动,还在连队担任了两年多政治理论辅导员。矿上人包括领导,大多数都应该对自己有印象,推荐应该没问题吧。可是,"四处活动"是什么意思? 自己又要怎么活动? 在团部最了解我也最支持我的,只有罗副主任一个人。可是在这种事情上,他可能也做不了主吧……

说完,老罗抬手向许硕挥了挥:"不要说我来过啊。"随即就跨上车埋头骑车走了。许硕茫然地呆站了好久,心犹扑通扑通跳个不停,这才想起刚才应该请老罗进房间坐坐,喝杯茶什么的。然而再一想,这种时候,他才不愿意多待呢。想到这个,许硕心里又泛起层层涟漪:自己何德何能,竟蒙素昧平生也没有特殊交情的罗主任的诸多关照?我真要记住他的恩德,今后有什么合适的机会,一定要好好报答他!

下午许硕就借故请了假,在书房翻检出一堆旧书,打算突击复习一下以对应试。郑远走的时候,把他的小书架连带上面的许多书都送给了许硕。他以前也已看过几本大学语文教材,当连队辅导员要参加不少政治学习,他也很关注时政、党中央政策等,所以他并不畏惧测试。但这不等于可以马虎。所以他晚饭都没心思去食堂吃,在电炉上草草下了点挂面落肚后,一直在看书,记要点,忙得不亦乐乎。

好在这几天天气不错,不冷不热,还没有什么蚊子。他早用长线给自己接了盏活动电灯,现在又把它拉到窗外。在外面看书空气清新,感觉效率也高。看书看累了,许硕便停下歇一会,身子靠着墙闭一会眼睛。

住在这个书房,最令他满意的一点就是,他获得了内心深处一直渴望的那份真正的宁静。当然,不是那种一息不闻而反足以瘆人的静。那不是静,那应该叫作死气沉沉。这里有的,是那种绝无市嚣,亦远离人喧车哗的静,更是那种"蝉噪林逾静,鸟鸣山更幽"之辩证的"静"。这份可遇不可求、可谓形而上的"静",实在难得。而今夜是六月初期,正是草木繁荣、虫声合奏的好时节。

以往许硕并不在意虫唱,住书房后渐渐喜欢上了这份独特的

"喧嚣",觉得它仿佛是一曲无主题变奏,原是最宜人遐想的。现在他就自然而然地想起《诗经》上的"五月斯螽动股,六月莎鸡振羽"。这斯螽不知是何物,莎鸡他倒知道,就是指纺织娘,是那种较蝈蝈为大,头又相对较短的昆虫。其从头到翅端可达五十到七十毫米,后足也很长。它每次开叫前,先有短促的前奏曲,声音听上去好像轧织、轧织……长可达数十声,之后才是织织织织的主旋律,音高韵长,时轻时重,犹如纺车在转动,因此才得名纺织娘。

当然,加入秋虫之合唱的,决不仅仅是斯螽、莎鸡等几种。遗憾的是,许硕用尽心力细细听去,那吱吱吱、叽叽叽、喳喳喳、沙沙沙甚至咕咕咕至少上百种虫鸣的大合唱中,也只能大致分辨出附近草丛和旱苇丛中,那细细的吱吱声,是金铃子发出的;那浑厚点的喔喔声是蟋蟀发出的,而那连续、高亢的织织声则是纺织娘发出的。此外,除了还闹得清那叽咕之声是附近树上凑热闹的宿鸟发出的梦呓外,就概不知所以然了。好在这并不影响他的情趣,乃至心潮悸动。《诗经》中描写的"七月在野,八月在宇,九月在户,十月蟋蟀入我床下"的美妙意境,今夜又直观而生动地体验到了。

许硕闭目聆赏着虫唱,一度浮躁的心情微妙地平静下来。这使他又悟得一个道理:欣赏大自然与虫唱,关键也在一个"静"字。心静了,你才能捕捉到自然界的天籁神韵。而读书也罢,应试也罢,首先不也在一个心静?所以我到时候一定要从容镇定,争取在这一点上突显出自己的实力,只是这"推荐"上大学,推荐恐怕才是决定因素。我能做的就是练硬自己的腰板,努力打好测试这块"铁"!

仿佛是倏忽之间,半个月过去了。许硕如愿接到了团里要他去接受测试的通知。

许硕又欣喜又激动,那让他难耐的不确定性,终于要见分晓了。虽不免有些紧张,但他首先感到的是解脱般的轻松。毕竟平时积累了许多知识,半个月的复习又给他增添了信心。他相信只要自己保持镇静,从容应对,一定会有良好的表现,至少不会比别人差太多!

测试分两个部分。首先,三十个候选人齐集在团部大会议室里,先发给每人两张白纸笔试。规定时间四十分钟,答完的人再依次进入小会议室里去面试。

虽然早有思想准备,心态也很平稳,但当许硕走进大会议室,乍见周围那些交头接耳、大都很是严肃的"考生"时,他的心里突然像是一块巨石投进水面,哗地腾起高高的水花。时间好像凝固不动了,突如其来的焦躁不安烧得他浑身火热,一时间竟连呼吸也无法保持平稳了。有一两分钟之久,周遭也变得一片死寂。许硕只觉得那些应试的人都长着一张远比自己聪明而胸有成竹的脸,只有自己脑海里突然出现一大片疑云:全矿三千来人呢,里面一定藏龙卧虎。而我的基础太差了,不仅是差,实际上我从小学后就没有考试的经验了。而这回又只有两个名额(实际上对他而言,只有一个上学名额)。只要这场上的人中有两个人考得比我好,我就完蛋了!哎呀,我之前还是太轻敌了……

他越发觉得胸口憋闷,血往上涌,简直快要晕过去了。虽然他表面上仍然强作镇定,暗地里却狠劲地偷掐自己的大腿。幸好,出题的老师进来了,他简单说了几句注意事项后,就用粉笔在小黑板上写下两道题目,请大家抄在试纸上开始答卷。而那两道题目及时拯救了许硕,使他即刻获得了安定。同时,他却听见耳畔有人在不安地嘀咕:"怎么出这么难的题目?这叫人怎么答啊?"

许硕顿时暗喜:这种题目他们都认为难,不是更能彰显出我的成绩吗?

因为那两道题目在许硕眼里,恰恰是太简单了,而且他在复习时都关注到了——

一、"领导我们事业的核心力量是中国共产党。指导我们思想的理论基础是马克思列宁主义。"这是谁在什么会议上提出来的?

许硕笔走龙蛇,很有把握地答道:"这是毛泽东主席在1954年举行的中华人民共和国第一届全国人民代表大会第一次会议开幕词中提出来的。"

二、马克思主义哲学观和历史观,与资产阶级哲学观和历史观,有什么本质不同?

这道题是有些难度的,因为它可繁可简,怎么答题合适,全凭应试者的审题和表述能力。但是,对于受沈俊杰影响而看过一些哲学著作,后来又当过政治理论辅导员的许硕来说,也可谓容易:

"……是英雄创造历史,还是人民群众创造历史?人的知识才能是先天就有的,还是后天才有的?是唯心论的先验论,还是唯物论的反映论?是精神先于物质,还是物质先于精神?这是马克思主义哲学观和历史观区别于资产阶级哲学观和历史观的主要方面。抓住了这些根本问题,就抓住了纲领,就能使我们在错综复杂的阶级斗争和路线斗争中,掌握正确的思想武器,坚持正确的政治方向……"

交了卷来到室外时,许硕发现外面只有自己一个人,不禁又有些自得,同时却也有些后悔:我又轻浮了!不该得意忘形这么快交卷的,应该再好好看看答得是不是对,是不是准确。

正踌躇间,有人来领他去面试了。

面试室里坐着三个人,一个是他认识的团部宣传科长,另两个他不认识,应该是学院方面的老师吧。

他深吸了一口气,准备迎接可能是真正艰巨的挑战。却不料劈头一个问题就让他心花怒放。一位老师问的是:你为什么想上大学?

这题目简直是为许硕量身定制的。他几乎未加思索便侃侃而谈了。他先简洁地照实回答了自己的目的和心愿,以及他理解的上大学对于提升一个人的政治意识、思想和文化水平的意义,接着便结合自己的创作经历、志向和苦于学识不足形成的制约,谈了自己的体会,趁机还小小炫耀了一下自己的写作成绩。说到这个,平素积累的种种酸甜苦辣一股脑儿涌上喉头,使他的语调都有些颤抖,内心最深层的一些东西被激发,许多已经忽略的感受,像无数细小的毛孔大张开来,每个毛孔都像要喷发出火焰来。但他竭力遏制着情感的波动,提高嗓音,用认真而诚恳的语气强调:自己想上大学真的没有投机或功利的目的,主要是为了受到系统的教育,以利于今后取得长足的创作成果……

许硕一边回答,一边暗暗观察主考者的反应,感到他们都听得很专注,有一位老师还面露嘉许的神情,频频点头。他的信心更为饱满,以至在回答第二个提问"请你试背一首自己喜欢的诗歌,古体诗、现代诗都可以,并做出简单评析"时,他稍稍想了一下,张口就背了一首他喜欢并记熟的冰心的小诗：

> 成功的花，
> 人们只惊羡她现实的明艳！
> 然而当初她的芽儿，
> 浸透了奋斗的泪泉，
> 洒遍了牺牲的血雨。

许硕的评析是：这首诗虽然短小，却言简意赅地提醒我们，任何令人艳羡的成功背后，都有着往往会被人忽视的付出甚至血泪。所以，结果（成功）固然重要，然而其奋斗过程才是最值得人们赞叹和学习的。这首诗的意境形象而鲜明，生动地揭示了人们奋发进取过程中蕴含的深刻哲理……

许硕答完，正准备回答下一个问题的时候，却见三位主考者相互交换了一个眼色，随即笑着向他说了一声："可以了。"

这就行啦？他一时竟有些失望。自己的兴头刚上来，还想好好地露一手呢，怎么就结束了？

"是的。你答得不错。"坐在中间的主考者还向他重重点了一下头。他慌忙站起来，谢了他们后便走了出来。这时候他才意识到自己实际上还是紧张的，或者说，是相当兴奋的。他摸了把额头，不知什么时候沁出了一层冷汗，走路时步子也有些飘忽。

路过政治处老罗的办公室时，他很想进去把应试的情况说一下，但一转念，立即意识到现在不是时候。万一给什么人看到了，还以为我也在"活动"呢。而我才不需要什么"活动"呢，我凭的是真本事，要想进大学去学的，也是真本事。这样，如果被录取了，我也能理直气壮地把头昂得高高的……

他掉过头,几乎是小跑着一路跑回书房。他和衣往床上一躺后,好久都在喘着粗气,脑海里还在亢奋地回放着测试中的点点滴滴,越想越觉得,自己这回应该是能够如愿以偿了。他激动得一跃而起,一时却又不知道该做什么。当他下意识地环顾室内时,他才注意到,"黑旋风"一直趴在小书架上层,目不转睛地盯着他。它好像有点不安呢,这家伙灵敏得很,会不会是察觉到了我的心理,或者意识到有什么重大事情要发生了吧?说不定它真是个精灵化身,能预感到自己的命运,同时也关系着我的命运,那可就太好啦……

一瞬间,他的思绪又飞出去老远,竟想到一个此前没顾上考虑的问题:如果我真的能上大学,该把"黑旋风"托付给谁呢?

他想到了林队长,随即又否定了:不行,郑远把它托付给我,我就要对它负责到底,不能再让它有被遗弃的感觉。何况,我和它早已是好朋友,也不舍得离开它。我得把它带回吴东去。我家住在大院里,完全可以养它。父母应该也不会反对……

接下来的日子里,许硕陷入了一种复杂而忐忑的状态中。兴奋起来,他会情不自禁地憧憬自己走进从小熟悉的大学校园的幸福情景。奇怪的是,他越想要捉住久已淡忘的一些往事,它们越像个情愿似的藏在看不见的地方,消失得无影无踪。难道这是不祥之兆吗?那可亲可爱的校园并不欢迎我去?不不,不会的。这只不过是我心情混乱、缺乏自信的表现而已……

而当工友们询问他测试的情况时,他总会按捺不住地把自己答题的过程和内容,一遍遍地详述给他们听。看着那些听者惊羡的表情,听着他们"天才、天才,你真是天才啊"的赞叹,他表面上不以为然,实际上心里花雨缤纷,信心腾跃。但这份满足和自豪常常又会被不期而至的担忧甚至悲哀所包裹:人的命运是无法捉摸的,影响它的因素太多太多了。我凭什么就以为自己是考得最好的那一个?就算考得好,又凭什么以为一定会推荐我呢?万一满心期望投出去稿件,返回来的却是又一个沉重打击呢?

不幸的是,他的担忧很快就被证实了!

那天他刚走进食堂,就看见一伙人围着一个他不认识的人,拍拍打打地表示祝贺,要那人发糖。他的心骤然抽搐开来,预感到有什么和自己有关的坏事向自己压将下来。果然,他刚想上前去听听那些人在说些什么,本连队的几个人已围向了他:

"许硕你怎么回事?你的条件过硬,怎么会没有你啊?"

"你不是考得很好吗?会不会有什么地方出错了?"

"不会出错的,要怪就怪许硕的脑袋不够尖。"

"团里为什么不公布你们的测试成绩呢?没有人和你谈过话吗?"

眼前金花乱舞,许硕头晕目眩。他竭力装出不在乎的神情,还努力挤出一丝笑容,可是苍白的脸色完全暴露了他的心情。而他此刻的心情,与其说是失望,不如说是困惑;与其说是惊愕,不如说是愤懑;与其说是悲凉,不如说是委屈。他不想吃饭,一言不发地走出食堂。他想回宿舍,却又不甘心,并且还抱着一丝侥幸,想要弄清楚自己是不是确实没有希望了。虽然别人的议论显然说明他们都知道上大学的人已定了,自己不在其中,而且也没有任何人通知他相关的信息。

想到这点他浑身乱颤,怒气终于狂乱地喷发出来。是啊,既然进行了测试,团里为什么不公布测试者的成绩?也许被录取者确实比我考得好,但至少我可以知道自己的实际成绩呀。成绩不理想,我心服口服。成绩好的话,凭什么不让我上大学?

他想到团部去问个究竟,又不知这样好不好,于是便想到了老罗。但想到老罗,他的心又凉了半截:如果我被录取了,老罗肯定会在第一时间告知我的。他一直没有任何动静,显然就是我没戏了。

但是,我去向他探听下成绩总可以吧?他虽然没有决定权,但对这事的内情肯定是知道一些的!于是他愤而掉转头来,向老罗的办公室跑去。刚跑了没几步,却猛地刹住了脚——他恰好看见老罗从办公室里出来,远远地似乎看见了他,却抬手摸了摸脑壳,好像想起件什么事一样,转身又回了办公室。看来,老罗可能不方便在这个时候见我,那我何必再去让他为难呢?

他垂着头犹豫了好一会,心里明知到了这个时候,任何努力都已无力回天,干脆认命算了,却又隐隐地抱着一丝希望,想着哪怕改变不了局面,能发泄一下情绪也是好的。他终于一咬牙,毅然走向团政委的办公室。

平时他从来没进过团政委办公室,这不是他这种小人物来的地方。现在,他也是仗着一股子怨气,才豁出胆来冲了进去——实际上他还是没敢进去,而是站在开着的房门口,向里面探进头去,刚好撞见了政委的目光。他坐在对着门的沙发上,端着饭盒在吃饭。看见许硕,他神情和蔼地问许硕找谁。许硕知道他不认识自己,便自报家门说:"我叫许硕,是机电连的电工,我找您是因为……"

"哦,我知道你了。"政委仔细打量了许硕一眼,站起来走到他身边,笑眯眯地拍了下他的肩膀,"可是很不巧,我吃过饭就要去赶船上吴东开会。这样,你有什么事,去和王主任谈也是一样的。"说着,他便把许硕领到走道里面一间办公室,对屋里也在吃饭的政治处王主任说,"王主任,我们的小秀才来了。我没空,麻烦你接待他一下吧。"说着,向许硕点了下头便回办公室去了。

王主任认得许硕。他马上放下饭盆,热情地把许硕让到办公桌旁的靠背椅上,让许硕坐下来谈。可是许硕还是站着,说:"其实,我也没什么要紧的事情,就是想……"

"想了解推荐上大学的事情吧?我也正想有空的时候找你谈谈呢。你的测试成绩很不错啊,给团领导都留下了深刻的印象。只不过嘛——"他停住口,观察了一会许硕的反应。许硕避开他的目光,心里已经明白他会说什么了。证实自己彻底没希望了,支撑着他的那股子火气却也奇怪地消散了许多。可能因为知道自己考得很好,也算得到了几分安慰吧,他忽然不想听王主任说别的了,但是他刚想走,王主任又开口了。

许硕全身的神经又毕毕剥剥地爆燃开来,索性不顾一切地打断了王主任的话:"可是,我觉得我的机会更少。我想有机会深造以利创作,所以只有读中文这一个选择。前两年都因为我们是煤矿工而没有中文专业,谁能保证明后年还会有中文专业呢?"

"这个嘛,你的心情我完全理解。但是,你也不要这么悲观。既然今年有中文,以后也应该会有中文名额。而且,明年我们也可以争取这种机会的。"

"大局是没错,可是难道我就不是大局中的一分子?"

"你这么说也不是不可以。但是……现在的情况就是这样了,所以还是希望你能理解组织的决定。"

不知为什么,走了几步后,他却又放慢了脚步,暗暗回头看了一眼。是还希冀着王主任会追出来,再给自己一个可能改变什么的希望吗?他自己也闹不清自己的心理。可是实际上,王主任办公室门口空荡荡的,一个人影也没有。

许硕躲在一个没人的角落里,呆呆地望着眼前的树、头上的天和那曾经刊登过许多自己诗作的团部宣传栏。实际上却什么也没进入心里。心里所有的,只是一片悲凉。此时的他,只觉得自己和世界之间所有感官的联系都已被无情地撕破,剩下的只有失望。

由于激愤和沮丧,他全身仍在颤抖:不公平,这也太不公平了……猝然之间,内心还萌生了一种异样的感触,模模糊糊的,像是有什么疾病正在悄悄地对他展开包围。但又弄不清身体哪里有什么症状,似乎有点头疼,又似乎有点恶心。能明确感觉到的只是一种暗暗的紧张,一种排遣不了的心神困扰。这种心情比接到几次退稿糟糕得多,毕竟他对上大学抱有太大的期望。

这到底是怎么回事?到底是命运总是为难我,还是我总是在不切实际地想入非非,奢望太多?不,这不是奢望!别人能比我强到哪去?他们能上大学,我为什么就不能上,不能想?而我的命运虽然与众不同,却终究不会为难我的。无论它如何表现,终究是爱我的!

既然这样,那我也不能颓废,而要坚忍地爱它,相信它,服从它的一切安排——许硕脑中随之闪出海涅的诗句,不禁喃喃地背出声来:

> 心,我的心,不要悲哀,
> 你要忍受命运的安排;
> 严冬劫掠去的一切,

新春会给你还来!

　　可是他的语气里并没有多少激情,当他想再背诵一遍的时候,却烦躁地挥挥手,无心再背了。他还是感到愤怒,一种无可奈何以及因为失望和遭到戏弄而产生的无能为力的愤慨。他恨不得能有个什么人来,听他大声喊叫一通,或者发疯发狂。甚至砸烂什么东西,干些什么邪恶或者危险的事情,体验一种荒唐的宣泄的需要。

　　但他突然觉得嘴里有些怪味,随手抹了一把,发现手上有血,而鼻腔里还在往外滴血。他赶紧仰起头来,捏紧鼻翼,幸好鼻血慢慢止住了。

　　也许因为出了血吧,回去的路上,许硕越发感到身体异常。有一瞬间他竟不知道自己身在何处,眼前一片模糊,几乎什么也看不见,什么也听不见,只感到全身筋疲力尽,两腿绵软。他扶着墙几乎跌跌撞撞回到书房里,正想着喝点水歇一歇,忽又感到一阵强烈的恶心,刚要到屋外水槽上去吐,一阵晕眩突如其来,他向后便倒。幸好后背被写字桌撑住,头没伤着。但他明白,这应该不是情绪崩溃那么简单了,应该到团卫生队去检查一下,是不是得什么大毛病了。但一迈步,脑子里又像涨潮一般一浪一浪地翻腾开来,于是他倒在床上,想等感觉好一些再去看病。可是这一躺下,就不想再动了。摸摸头,感觉也是滚烫的,估计烧得还不轻。

　　实际上,昨天他就头脑晕乎乎的,浑身不舒服,胃还隐隐作痛,看来那时就已经发烧了。现在精神又遭受重创,身体自然也会做出反应。不如好好睡一觉,说不定就好了。于是他呻吟着蹬开被子,往身上一拉便闭紧了眼睛,随即就像个死人一样沉沉睡去。

　　这一睡,真不知何夕何年,只觉得自己一会儿在腾云驾雾,一会儿又在拼命爬山,眼前也一会儿万道霞光,一会儿又千里冰封。直到耳畔传来砰砰砰的敲门敲窗声,他才仿佛从另一个世界回到了人间。看看挂钟,指向的是一点来钟,还以为是当天下午,却不知实际上已经是第二天中午了。

他扶着床和桌子站起来开了门。工友钱小刚等三个人拥进来,好一阵嘘寒问暖。原来他们都知道许硕落选的事,又见许硕从昨天下午到今天上午一直没来上班,生怕他不是病了,会不会是自寻短见——有人半开玩笑这么一说,几个人立刻跑来书房看个究竟。现在见许硕果然病了,便要陪他去卫生队看病。许硕先还不想去,说喝点水就好了。可是钱小刚给他倒来水后,他刚喝了两口,突然一阵心悸,就喷发似的全吐了出来,同时,胃腹部也一阵阵翻江倒海地绞痛开来。

三个工友二话不说,轮流背着他向团部跑。巧的是刚好是葛医生在当班,许硕一看他迎上来,忐忑不安的心马上就踏实了。

这葛医生是市立医院外科主任,市里闻名的"三把刀"之一。煤矿事故多,外科最吃紧,于是他隔段时间就被派来助诊个把月。

葛医生五十来岁,尽管头发大都花白了,却总是梳理得整整齐齐,有时可能还上了头油,显得光亮亮的。他脸上也始终给人以自信甚至有点威严的神情,这和他平时不苟言笑有关。有些人以为他是名医,架子大,到卫生队去,只要有别的医生就不敢请他看病。许硕也是这样。但今天许硕庆幸碰上他,浑身的疼痛不适也顿时消减了许多。而葛医生也真不是吃素的,他并不在意许硕诉说高烧的情况,却反复询问许硕的肚子是怎么个疼痛法,并让他躺上诊疗床,在他腹部做触诊。当按到右下腹一个点时,他问许硕痛不痛,许硕说还好。于是葛医生将手猛地抽回,许硕痛苦地叫起来。

葛医生又试了一下,便用不容置疑的口吻说:"反跳痛。阑尾炎。"

他又摸摸许硕额头:"烧得不轻啊,马上开刀,不然会穿孔。"

所幸卫生队不久前建了一个小手术室,不必转到别处去开刀。而到了这地步,许硕还能说什么呢？自然是听天由命。当他被抬进手术室,手脚都被护士扣系在手术床上,开始消毒麻醉时,他听见护士问葛医生半麻还是局麻(局部麻醉)。葛医生随口回答:"割个阑尾,半什么麻？局麻。"

于是,许硕眼睁睁看着葛医生举起亮铮铮的手术刀,然后又觉得肚皮上凉丝丝地一下子,便闭紧眼睛再也不敢看了。局麻还是有一点感觉的,尤其是葛医生在肚子里翻揪肠子时,他又感到胃腹里好一阵闹腾。他不敢出声,咬着牙坚持着。可是不多一会后,只听得手术器械叮当响了一阵,葛医生就用钳子夹着拇指长一段又红又肿的阑尾,伸到他眼前说:"看看吧,再晚两小时,跑不了要穿孔。"

缝针也很快,前后不过半小时,许硕就被抬上担架床送了出来。屋外的钱小刚他们一拥而上,齐齐赞叹:"许硕你真是好福气,碰上葛医生,这么快就开好了。"

许硕虚弱地说:"这算什么福气？不用开刀才是福气呢。"

"你知足吧,我家老兄去年在吴东市里割的阑尾。两三个钟头,刀口还缝了七针。你知道你缝了几针？三针！"

接下来的一切也都很顺利。当天他就退了烧,几天后又拆了线,然后连里派钱小刚把他送回吴东家里去休养。

这时候的许硕,不仅身体上去掉一个隐患,恢复得很快,也去掉了心理上的块垒。一个意外的大喜讯也像手术刀一样,一刀切除了大半——就在他动过手术第二天,钱小刚又来病房看他,还按

236

照他的要求,把送到连队的信件给他带了过来。

钱小刚叨叨着说他:"不是我又要说你,开了刀还牵挂着你的文章。你这个病说不定就是长期吃苦弄出来的。以后还是像我们一样,安安逸逸地做好生活,轻松自在地当个好技工多好!一个堂堂的电工师傅,走出去哪点比什么作家、什么工农兵学员差呀!"

可是许硕根本没听清钱小刚在说什么。他一眼就注意到钱小刚带给他的几封邮件中,有一个一本杂志长、半本杂志宽的牛皮纸长信封。这是他从来没收到过的,会不会是哪个杂志社寄来的?而如果是退稿,为什么会用这种信封?他的心莫名地蹦跶了,某种预感,或者说又是奢望支配着他,首先撕开了这封信。果不其然,里面装着的是两本对折的杂志:不会是发表我作品的样刊吧?

他的手抖得几乎翻不开杂志了。可是一点没错,这就是省里唯一的文学杂志《江华》寄来的样刊——好几个月前,他给这杂志投过一首相当长的诗歌,但又是没有回音。他也像以往一样,没敢抱多少期望而几乎忘了这个事。

钱小刚从许硕的神情中意识到了什么,于是也拿过另一本杂志翻开来,看了下目录便大声念起了许硕诗歌的题目:"《我愿是一头毛驴》——毛驴?哈哈,你这小子真有点痴啦,怎么会想要做一头毛驴啊?"

许硕没有接他的腔。他正在逐字逐句、全神贯注地看着自己破天荒第一次在省级杂志上发表的大作,而且还是一首相当长的诗:

> 总得叫人车装个够,
> 它横竖不说一句话。

背上的压力往肉里扣,
它把头沉重地低下!
——臧克家《老马》

我也是这样的呀,但我
没有马儿那样的健躯,
没有马儿那样的力气,
也没有得到过诗人的赞誉。
我不怨,因为我是一头毛驴。

凭什么要人赞美我呢?
我很丑,丑得自己也不好意思。
又瘦又矮,像一段砍倒的树桩子。
没有油光水滑的漂亮鬃毛,
没有嗒嗒脆响的钢铁蹄掌。
我鼓足勇气的一声长嘶,
远不及骏马的鼻息讨人欢喜。
我拼足余力跑上一天,
追不上它们悠然的影子。
我羞愧,因为我是一头毛驴。

但是我并不自卑。
尽管我不能驮上勇士去冲锋杀敌,
但我会拉车、碾米;
会在骡马过不去的羊肠小道上,

运输分量重于我的物资。
不论偏僻乡村、崎岖山区,
只要主人把鞭梢一指,
我都愿意去啊,我都愿意去。
我应该,因为我是一头毛驴。

天生不懂得偷懒,不懂得自私。
我决不奸猾!
我任人驱使!
我只有一个愿望,
给我切碎的干草和一点麸皮,
好让我在小憩时慢慢咀嚼,
接济耗尽了的精力。
我知足,因为我是一头毛驴。

当我拉着过于沉重的大车,
喘着气淌着汗,仍然不能加快步子,
我不敢奢望你们的爱,
却多想得到平等而友善的一瞥!
向我笑一笑吧,我感谢你,
决不会因此怠慢我的步履。
我祈求,因为我是一头毛驴。

唉,我多糊涂呀,在纷纭世界上,
谁能够不受一点委屈?

我该庆幸,我还很少有过孤寂。
我该满足,我的主人给了我多大的慰藉。
他们爱我胜似爱他们自己!
当他们和我一起栉风沐雨,
当他们和我一起爬山涉溪,
当他们为帮我减轻背上的重负,
也将皮套勒上自己身体,
当他们用树皮一样粗糙的巴掌,
抚摸爱子一样抚摩我的毛皮,
当他们啃着干硬的馍馍,
蹲在槽边剔去我饲料中的沙砾
当他们温暖的鼻息和毛茸茸的胡须,
亲热地贴紧我面颊时,
我流泪了,我沉醉了。
我的心和他们的心融在了一起!
啊,这个世界理解我,人类理解我!

为什么我不会说话呢?
我愿随你们上天入地啊,
我愿为你们出生入死!
虽然我不过是一头既丑又笨的毛驴,
自己也感到难为情的毛驴,
但只要世界需要我,人类信任我,
我愿意啊——
我愿意永远是一头毛驴!

——泪花悄悄在地在许硕眼眶中闪烁,他没有理会它。此刻他能够感觉到的,唯有欣喜和无与伦比的幸福!仿佛窗外透进来的阳光,全部射进了他的心房。大片灿烂的阳光,将他的整个身心、每个细胞都点燃成了耀眼的火把。他深深地吸了口气,吸进去的全是自豪和激奋:我愿意啊,我愿意!哪怕我上不成大学,哪怕我当不成作家。我愿意永远是一头与世无争、无愧于心、不懈驱驰的小毛驴!

第十五章

  时光快速流转,很快到了第二年夏天。矿上又有了推荐上大学的名额,还是两名,却是矿山机械和地质勘探专业。许硕没有报名,也并不为没有中文专业而太过遗憾。他现在已经不抱这方面的希望。这时候的他想到的是,全国大学那么多,每年有大批中文专业生毕业,如果自己不爱好,又没有足够的勇气和灵性,其中又有多少人能成为作家?不如自己发奋勤勉,多看书,多写作,坚定不移地做着自己的文学梦。
  这个梦还是那么难圆,好在终究又陆续绽放出几朵零星的"小花"。他又在省报和省刊《江华》上发表了几首诗歌,外省的刊物也发表了他的一个短篇小说。这些作品的发表对他而言,不仅是一个重要的里程碑,大大提高了他的信心,还使得他在吴东市文学圈里小有了名气,得到了更多的参加市文化局、群艺馆、工人文化宫等举办的文学活动的机会。甚至已经有一些业余作者开始尊称他老师,让他不免有些沾沾自喜。虽然这离自己的理想还差得太远……
  他的兴趣和精力,也逐渐倾注到小说创作上。时局也随着改革开放而日渐宽松。书店里和吴东师院的图书馆里,一些以往看不到的中外名著不断现身。这一切,有如一扇大门在许硕眼前嘎嘎轰响着缓缓打开。门后阳光明媚,花团锦簇,让许硕又振奋又有一点焦灼。真是学而后知不足,越是如饥似渴地汲取营养,越是觉得需要补上的课太多了。特别是思想上的解放,努力突破过去的一些文学教条和禁区,尤为重要。为此许硕放慢了写作的节奏,把更多的时间和精力用到阅读和思考上。他还养成一个新习惯,几乎每天都要抽些时间到山间、溪边,找一个特别清静的地方看书。他觉得这样读书头脑能保持清醒,效率也高些。

  这天许硕见班上没什么事,便又溜回书房,拿了本小说出来,信步踱到常去的一条小溪边上,坐在树下的青石上看书。他倦了就闭目咀嚼看书的感受,或者看看头上的流云、溪里的游鱼,有时便会悟出平时没有想到的哲理。比如那游云,貌似平淡无奇,毫无意义,其实它们内里的所有物质,每时每刻都在运动变化,一秒钟也不会停滞。一旦阳光投射在它们身上,顷刻就变幻出缤纷璀璨的万千图案。而我们世间每一个人,又何曾是孤立的、静止的?我们也每时每刻都在变化,在成长或者倒退,在收获或者播种。一旦水到渠成,我们才会欣喜地察觉自己的成熟,笑对自己并不逊色或脆弱的生命……

  面前这条溪流里的游鱼,总是那么几种。大一点的鳘鲦,小一点的毛鱼,各戏各的,还喜欢顶着清冽冽的流水逆流而上。这是它们的本能吧,没有思想,没有情感,没有目的,却活得与世无争,优哉游哉。不过,"子非鱼,焉知鱼之乐?"也许它们也在羡慕我的生存方式呢……

  耳边忽有说话的声音。许硕抬头看去,眼前蓦地绽开了一朵云霞——小溪对面的林间小道上,走过两个他从没见过的女子。撑开他视野的,是个背上斜挎一个四方形帆布画板、身材窈窕而步态轻盈的年轻女子,看上去二十岁出头。她的个子也比另一个年纪大些的女子高出一小截,估计不下一米六五。当她更靠近些时,

243

许硕不由得轻叹了一声。她风姿绰约,长相很是清丽,气质明显不同于矿上的女工们。白衬衫、蓝裙子,一束长及肩膀的马尾辫在脑后挑逗地晃悠,让许硕情不自禁地站起来,目光久久尾随着她的背影。满心的渴慕变成一只无形的手,从远处轻轻抚摩她的头发,紧紧拥抱她的身躯,直到她们消失在茂密的树丛后。

这俩人肯定不是矿上的,更不可能是蠡山人。不是来自吴东,就是来自别的城市。她们是谁?住在哪里?还会不会再到这里来呢?许硕万分遗憾地想:刚才要是她们从我这边走就好了,说不定可以攀上几句话。现在眼睁睁看着她们如从天降,却又飘然而去,这真叫作失之交臂呢!

傍晚时分,许硕拿着饭盆要到团部食堂去吃饭,林家坞的林队长一身簇新地闯进书房来,夺下他的饭盆,往桌上一放说:"走走走,到吾家去吃饭。"

"为什么?今天是什么日子,你要请我吃饭?"

"什么日子都可以吃饭呀。不过,今天对你说不定真是个好日子。"

林队长一脸神秘地说着,又上下打量了许硕一下:"你个老兄哎,天都热了,怎么还穿个工作服啊?换件好看点的衬衫吧,走出去也登样点。"

许硕满心狐疑,估计他家来了什么贵客,便听从了他。他从床底柳条箱里取出回家休假时才穿的蓝黑色的确良衬衫,又换上他最好的一条涤卡布长裤。出门时,林队长还伸手把他的头发使劲捋了一番,更让他感到奇怪。可是许硕探询林队长怎么回事,他却仍然笑而不答,环顾左右地东拉西扯着,领着他快步回到家中。

一进门,许硕就顿住脚步,呆愣着不敢动弹了。客堂的八仙桌前,正对着门口坐着的,正是上午他大叹失之交臂的那两个女子!年龄较大的矮个女子站起来招呼许硕,年轻的那位没有起立,但也冲着他微笑了一下。这个微笑是收敛的,甚至有些矜持,却又像一朵明亮的云霞,倏然照彻许硕的身心。

林队长推着许硕,硬把他让到年轻女子右侧的长凳上,正好挨着她坐下来后,才兴奋地给双方做了介绍。原来那两个女子都是吴东市群众艺术馆的。年龄大点的是馆长,也是林队长家一个亲戚。她陪着年轻的李艺来蠡山写生,就借住在林队长家里。

"这位叫李艺,是市群众艺术馆的美术辅导员。"林队长说着,又凑近许硕耳朵补了一句,"她的爷是吴东的部属企业一把手,级别跟市里一把手是平起平坐的。她的娘也不简单,是吴东教育局的革委会副主任!"

许硕又吃了一惊:怪不得李艺的气质和举止不一般呢,原来是大官家的女儿呀。他下意识地坐正身子,再也不敢向她多看一眼。可是林队长偏要他看。他骄傲地指着许硕,特地向李艺介绍:"喏,这就是你要见的许硕,蠡山煤矿顶呱呱的许大诗人。跟吾也是好弟兄啦,阿对啊,许诗人?"

"哪里哪里,林队长太夸张了。"许硕慌忙站起来,红着脸向她们点头致意,心里却直嘀咕:刚才林队长对李艺说"你要见的",是怎么回事? 李艺不认识我,怎么会要见我呢?

原来是自己的作品充当了良媒:林队长的儿子正上初中,林队长知道许硕发表了长诗《毛驴》,便把杂志借回来给儿子"学习"。李艺她们住到林队长家后见到那本杂志,也翻了一下。林队长就特意介绍说,这上面的诗歌《我愿是一头毛驴》,是他矿上的好弟兄许硕写的。李艺看了后颇为惊讶,说没想到煤矿上还有个诗人,能写出这样诗歌的人,他的才华和人品也应该是不错的,如果有机会,想见见这个人。林队长便安排了这顿晚饭。

话题一点开,许硕又欣喜又不安,赶忙谦虚一番,顺口又问李艺是不是也写诗。李艺摇头说不会写,但是喜欢看点诗文和小说。因为她哥哥从小爱好文学,小学时还在《中国少年报》和《少年文艺》杂志上发表过两首诗歌。她受哥哥影响,也喜欢上了文学。

许硕顿时有了知音感,忙问她哥哥现在还写作不,说也很想有机会向他讨教。李艺说他早就不写了,现在在外地部队当教导员。

话题投契,再加几口酒下肚,席间气氛很快活跃起来。

从近处看李艺,更让许硕心动。她不但气质脱俗,长得文雅,不多的言谈中也时而透着内涵。而且她那一口音质清朗、发音标准的普通话,让说不惯普通话的许硕相形见绌。她留着披肩直发,乌亮如瀑,有时用块手绢束在脑后,看着尤让许硕倾心。而且她不施脂粉。因为许硕坐在她身边,却没有嗅到雅霜或雪花膏的气息。留心再看,她也没戴任何饰物,脸上更没有颐指气使或自高自大的神情。她的虽然看着素净简朴,衣着却质地良好,生动勾勒出她那玲珑的身材。谈笑中,她也显得温文平易而有些内敛。只有特别兴奋的时候,她才眼波流转,双颊桃红妖娆,满面春风,又略带一丝回味。

看来,命运并不总是折磨我呢!虽然在李艺面前,许硕不免有些自惭形秽,并不敢抱别的奢望,但他被酒精点燃的激情,仍然像焰火腾空飞扬、暗自庆幸:能够和李艺这样的女子相识一场,也是一大福分呢。

酒兴高涨,又有美女在侧,许硕的话便有些刹不住,一反常态地夸她们有眼光,搞绘画的来蠡山,完全是得其所哉。他满怀感情地把山前山后,春夏秋冬四季风情炫了个遍:"其实你们随处走走,哪里不是画画的绝妙素材呢?就说林队长家后山那面峭岩,就特立独行,别具风采。林家坞里头那些木门木窗的老房子,和深长曲折的青石板小路,许多人说它们破旧,其实应该说是不可多得的沧桑、古朴。村子最南头的小码头边,有两棵旁逸斜出的千年老樟。还有,离这里不远的横雁岭最高处的山岬弯,距离海湖不远,又占着独特的视角,天好的时候去画海湖风情,或者是看日出,虽然比不上黄山、泰山,但那个水光天色,黄山、泰山也没法跟它比拟……"

"哦,"李艺饶有兴趣地插话道,"林家坞的好地方我都去过了,看日出的地方倒真想去写写生。你什么时候有空可以带我去认认地方吗?"

"有啊,你愿意的话,明天就可以去。"许硕没想到李艺如此大方、率直,高兴得咯噔都没打一个,一个劲地点头应承,"最近天气晴朗,一定能看到日出。我明早五点钟到这里来领你去吧……"

尽管回去后记挂着明天要早起,一字未写,一页书也看不进去的许硕,抓紧时间上了床,实际却是在床上辗转反侧,几乎一夜没睡稳。让他稍稍心安的是,月亮虽只半圆,因为没有云层遮挡,光亮却也荧白如水,洗刷着窗外黑雾黝黝的山影和摇曳的树林。这说明,明早也不会变天。

让许硕意外的是,尽管他五点不到就到了林队长家门口,李艺却已背着画夹和一只军用挎包,早早地在等他了。而且,女副馆长还在睡觉,只有她和许硕去。这让他暗自欢喜,嘴上却假意问一下女馆长怎么不去看日出。李艺说她是管政工的,不画画,又怕早起,所以不去了。

许硕见李艺的军用黄挎包鼓鼓的,便要帮她背。李艺也不客气,把挎包交给许硕时,先拿出一只她从吴东带来的长方形奶油面包,打开油纸,掰了一半递给许硕,两人边走边吃。她还从包里取出一只军用水壶,喝了一口又递给许硕,让他不介意的话,也喝壶里的水。许硕婉拒,李艺却笑他是不是把她当作娇公主了,还说,自己十六岁就当兵去了,在部队摸爬滚打,什么情况都能适应,也从不讲究繁文缛节。许硕便也喝了口水,心里大有受宠若惊之感,对李艺平易自如,毫无官女儿架子更觉亲切。不多会,他们便仿佛已是相识好久的老朋友一样,谈得相当投机了。途中小憩时,李艺还从黄挎包里取出钱包,让许硕看她夹在里面的一张全身照。虽然是黑白的,但李艺一身军装,领章帽徽,配上一对神采飞扬的眼睛,看得许硕眼睛都直了。

　　那个时代的男男女女,有哪个不想当兵呢？尤其是前些年,大学都停办了,青年男女唯一的出路,就是当兵。所以下放蠢山前,许硕也曾做过当兵梦,却因父亲还没"解放"而梦碎。所以他对李艺当过兵的事很是羡慕:"你十六岁就去当兵了,那么是在部队里学的画画吗？"

　　"不是。我在部队是跳舞的。"

　　"哦,你这身材的确适合跳舞。怪不得你走起路来别有风韵呀。"

　　李艺却淡淡一笑,说:"不相干的。我只在团部文工队待了一年多,碰上推荐工农兵学员了,就到大学艺术系去学了美术。三年后没回部队,直接复员回了吴东。唉,"说到这里李艺叹了口气,"其实我更喜欢学舞蹈,可是我妈不同意,说那是吃青春饭,一定要我学别的。"

"我觉得你妈说得是有道理的。美术多高雅呀,而且专业性很强,一辈子都不用转行了。当个画家再好不过啦。"

许硕嘴上这么说,心里却悄悄蒙上一层阴影。没想到李艺不仅当过兵,还上过大学呢,相比起来,越发觉得自己矮了一头。某种蠢蠢萌起的"痴心",也像风中残烛一样,悄悄熄灭了。

不过,李艺似乎并不觉得自己有什么了不起。她噘着嘴直摇头:"可是我对美术兴趣不大,也很清楚自己并没有多少天分,只好努力凑合吧。至于我妈,你是不了解她的,可以说是操控欲极强的一个人。对我好不好?好得不能再好了。可就是太好了!好得无微不至,好得霸道无比。有时候我简直觉得,她就像一件我永远也脱不掉的紧身衣,要箍紧我一辈子!从小到现在,我简直就像没有自己的意志,无论是吃的穿的用的,没有一样不是她给我定好的,喏,衣服……"李艺撩开衬衫上面,让许硕看里面军绿色的圆领汗衫,"哪有我这么大的女孩子,穿我哥这种当兵穿的汗衫的?她非要我穿不可,说这样能体现时代风采,显示革命化!"

"不过,我倒觉得你穿这种衣服很别致哎。"

"找讨厌!"

"还好,有一个安排是我很情愿的,就是上大学。只不过正经专业我没怎么上心,三年里倒看了不少文学书,所以对文人墨客更崇拜了。"

听她这么说,许硕的心又暖了一些。只是想到自己还远不算什么文人墨客,又泄了气。但他仍然心怀侥幸,想试探一下李艺是不是有男朋友了。从她外貌和经历来看,年龄和自己应该是差不多的。如果也是二十四岁的话,可能就在有和没有这两者之间吧。但是几经踌躇,他还是没敢问这个问题。以后她自己可能会谈到这个,而有机会的话,或许也能从林队长那里探听到些什么的。

从林家坞到横雁岭一路上坡,但是坡不陡,路也不太远,大约半小时后,俩人已来到横雁岭的最高处。拐过一处高耸的山岬后,眼前豁然开朗。浩渺广阔的海湖,赫然涌现在东方的天际下。从高处下望,湖水温顺而平服,暗红色的水面宛如一面巨大的镜子,映着黎明时分斑斓的天幕。此时天色也畅亮多了。而他们到得也刚刚好,一轮浑圆而猩红的太阳,恰好在地平线上露出半个脸膛。冉冉上行间,鲜红的太阳周边,水和天都燃烧起来,并且迅速变幻着瑰丽的色彩。

虽然和沈俊杰来这里看过两次日出,但许硕仍然被眼前这奇幻壮美的宁静所慑服。望着它,心中的一切烦恼忧愁都能被一扫而光。

"真的很美哎!"李艺也连声赞叹,伸开双手指在眼前搭成个小方框,审视一番后,迅速打开画夹,想把那壮美绮丽的景象速写下来。

可是涂抹了没一会,太阳已经轻盈地跃起,像一只巨大的蛋黄,灵动地挣脱水平线,缓缓地向着中天爬升。

"你看你看,美就是这样,总在一瞬间啊。想要捕捉它,谈何容易。"

李艺的叹息更让许硕对她刮目相看。觉得她虽然没法捕捉到美,却已经捕捉到了耐人寻味的哲理。于是便安慰她说:"你的眼睛和想象,会让它定格在你的画布上的。这就是当画家的好啊。"

"其实那已是两回事了。再高明的画家,也没办法还原美的原貌。作家或者诗人,恐怕也是这样吧?"

"是的。不过我觉得,经过高明的画家或者诗人的再创作,那份美可以不失其本质,还胜于其原生态的。"

李艺点头表示认可,并停下炭笔,出神地望着东天。良久,她欣然指着前方问许硕:"你看见湖面上有一片帆影了吗?"

许硕不解其意,回答说没有看见。

"要是你读过莱蒙托夫的诗歌《帆》的话,就能够看见啦!"

李艺到底是曾经登过舞台的,随即便毫不拘谨地吟诵起来:

蔚蓝的海面雾霭茫茫,
孤独的帆儿闪着白光。
它到遥远的异地寻找着什么,
它把什么抛在故乡?
呼啸的海风翻卷着波浪,
桅杆弓着腰在嘎吱作响。
唉,它不是要寻找幸福,
也不是逃避幸福的乐疆。
下面涌着清澈的碧波,
上面洒着金色的阳光。
不安分的帆儿却祈求风暴,
仿佛风暴里有宁静之邦!

李艺的普通话和声情并茂的音色,又一次攫住了许硕的心,将他带入一派纯美的意境。神往中,眼前果真出现了滔天海浪。一叶白帆在汹涌波涛中不屈地颠簸。它闪着银色而夺目的白光,似乎在承受着极大的折磨。它在遥远的异地漂泊,波涛也挟着呼啸的海风,似要打翻这白色的精灵,让这孤独的奋斗者葬身海底。而帆,依然在狂风骤雨中顽强前行,向着它心中的理想和光明,不屈不挠地前行……

许硕凝神冥想着,视野被泪光模糊了。他也很是遗憾,自己读过那么多中外好诗,却没有读过这首特别贴近自己心境的好诗。于是便请李艺把这首诗写下来,回去转录到专门摘抄名言佳句的笔记本上。

李艺当即扯下一页纸,把诗默写给他。

许硕把纸片折好,放进胸前衣袋里,心深处多少有些不甘示弱、想要弥补自己缺失的心情,便说:"外国诗歌当中,我最喜爱、看得最多的是普希金的作品。包括他的诗体长篇小说《欧根·奥涅金》。"

不料李艺竟说,普希金也是她崇拜的诗人。而且,她也看过《欧根·奥涅金》,同样非常喜欢。说着,她又随口背出其中几句诗来:

我们不禁沉郁地想:
青春来得真是突然。
我们对她不断变心,
她也时时将我们欺骗。
而我们最美好的愿望
和新鲜的梦想,都像秋天
衰败的落叶,就这么快地
——凋零了,腐蚀,不见。
生活竟成了一长串的饮宴
横在面前,谁能够忍受?

"啊哈,今天我真是遇到知音啦!"许硕兴奋地赞叹着,也壮起胆子,背诵了《欧根·奥涅金》中自己最熟悉的诗句:

> 我喜爱的是平和的日子,
> 乡间的幽静对我最适合;
> 我的琴弦在这里才最响亮,
> 幻想才飞扬,梦才蓬勃。
> 我愿意尽情享受安闲,
> 无忧无虑地在湖边游荡……

"——大师的诗就是有非凡的魅力。平凡的字句里包含着迷人的韵味。如果你像我一样,独身下放在这大湖深处,吟起这样的诗句,真是对孤寂心灵最好的抚慰啊。"

"真是的。人生里有了诗歌,不知要亮丽多少啊!《欧根·奥涅金》里有很多细节也特别精彩,简直让人过目不忘。"

"是的。普希金就是天才,他用一两个微妙的细节,就把奥涅金对达吉亚娜的懊悔和爱情,表现得惟妙惟肖、淋漓尽致。比如大雪天,从傲慢中醒悟后的他,看见窗外的达吉亚娜,情不自禁用手指在蒙满雾气的窗玻璃上,一遍又一遍地写出'达吉亚娜'的名字……"

"就是!高明的作家就有这样的本事,把美的情感形象生动地传达给读者,却又几乎'不著一字,尽得风流'!"说着,李艺伸出一只玉指纤细的手掌,向着许硕的手掌轻轻一击,"我们也可以说是英雄所见略同呢!"

刹那间,许硕的心里又像眼前那飞升的太阳一样,迸发出热力无穷的希望之光……

他们回来时,天已将近正午,许硕感到肚子饿了。可是当他们走到书房后面茶园的分岔路口时,许硕却又心有所动,油然想起了玫瑰潭。便问李艺知不知道这附近有个幽静而美丽的好去处——风采特异的玫瑰潭。他觉得非常适宜作画。

"是吗?"李艺立刻来了兴致,一定要许硕马上带她去看。许硕便把她带到了潭边。正是野玫瑰盛放的时候,蜂飞蝶舞间,潭水像明澈的大眼睛好奇地打量着他们。

"你说得没错,假如我这次没画到这个地方,简直就是白来啦!"李艺兴奋地环着潭周,歪着头,从不同角度欣赏和选取着中意的视角。

随后坐到潭边台阶下,打开画夹就要写生。许硕说:"你肚子不饿吗?要不我们吃过饭再来画吧。"

"不行。这地方我肯定还要来的。可是现在我一点也不觉得饿了,因为这里秀色可餐呢!"

许硕见她如此喜欢这里,心中也很高兴,便坐在她旁边看她写生。周围野玫瑰释放的异香,一阵阵飘进他们胸臆。平滑如镜的潭面上,映出他俩的身影。水面上有几只写字虫迈着细长的四肢,在几片掉落的花瓣间轻盈快速地滑行:它们在写什么呢?要是它们真能写字,表达意念就好了,我可以问问谢如玉的情况了……

这么一想,眼前的一切竟影影绰绰地活动起来。一幕幕仿佛就在当下的往事,缤纷万状,纷至沓来。而李艺却不见了,身边坐着的,是忧戚垂泪的谢如玉……

他蓦地站起来,环着潭边慢慢踱步,仔细欣赏每一个细节,想要驱走心中的哀痛。走到李艺对面的斜坡下,他在潭水边蹲下。以前他没有从这个视角看过李艺那边的情景,现在看去,觉得对面其实也别具风采。清潭、老树、红黄繁密的玫瑰,不规则的台阶,女画家李艺秀美的身姿,和她倒映在潭水上的影像,相映成趣。他赞赏着,不禁又联想到了人生。许多时候,如果不是受制于情感,受制于绝对的、偏狭、世俗的环境,而能够换一个角度看生活,太多太多的问题或许就迎刃而解了……

他叹息着,望向平静如镜的水面上映出的自己的面容,觉得自己的面颊似乎比以前饱满了些。可是不知怎的,思路一滑,却又想起了谢如玉:谁都叹惜人生苦短,你却连这点宝贵的生命都抛弃了!实际上,如果你能像观赏自然景观一样,变换一下角度,就会发现生活的美还是无穷无尽的。当时过境迁,未来的人生也是大有可为的呵!

他无奈地叹了口气,站起来想要回到李艺那边去,可是李艺却在对面大声叫他别动:"你就像刚才那样坐着,该想什么还想什么,也不要看我。让我画一幅速写。你刚才的姿态和神情太好了,真有诗人气质!"

许硕苦笑一下,又蹲坐下去,凝视着水面陷入沉思。人生哪,虽然美,虽然可贵,虽然美不胜收,说到底也充满了太多的遗憾和悲情啊!眼前不就已经物是人非了吗?真是"去年今日此门中,人面桃花相映红。人面不知何处去,桃花依旧笑春风"……

以后的两天里,因为班上活儿多,许硕没能和李艺出去。可是第三天一有空,他立刻赶早跑到林队长家去。李艺笑眯眯地递给他一张素描画,就是他在玫瑰潭边蹲坐沉吟的画面。她经过一定剪裁,突出了许硕的形象和身边一株老树粗糙的根部。许硕高兴地欣赏着,赞不绝口。李艺谦虚地说画得不行,没能把人的神韵表现出来。许硕却真心觉得,她的技艺已相当可以了。回去后,他用图钉把要来的画钉在块小木板上,以后就一直放在写字桌正中。任何时候注意到它,眼前就会浮想联翩,甚至想到,有朝一日如果自己能够出书,就把这帧画作为照片附在书上。

不过,眼下他却有一种日益逼近的紧迫感。李艺说她们再住不久就要回去,他恨不得能天天和她在一起。所以每隔一两天,只要有可能,他就会溜过来见她。他们的足迹也扩张得很远,有一回还到以前和沈俊杰一起祭笔神的湖滨处,流连了一整天。到这时他们已经完全像一对亲密无间的老朋友,几乎无话不谈了。当然,许硕也清楚(李艺应该也清楚),说"亲密无间"其实还是夸张了。毕竟,一对正当龄的青年男女,友好相处中,却始终存在着一条谁也不去触碰的底线,就是一种明显的"间"。

更可悲的是,后来的谈吐中许硕和李艺都已知道,对方还没有正式对象。区别就在于,许硕是完全没有,而李艺则坦率地承认,几乎三天两头就会有人来给她"做媒",结果不是她看不上,就是她父母看不上。而许硕并不认为这对自己是一种机会,相反,他深藏于心的自卑感越发强烈,也越发没有勇气去触碰那条底线了——李艺父母都是不小的官员,还不是他自卑的主要原因。主要原因就是自己现在的身份太卑微了,李艺无论是出身、身份还是才情都高出自己一截。而和她相处虽然融洽,但李艺似乎并没有他那样的心思。可能她就是把自己视作一个朋友,根本没有谈情说爱的意愿吧?也可能,她即便对我有好感,也因顾忌家人会反对而作罢吧?唉,老话说相见恨晚,他现在则是"相见恨早"。如果再晚三两年碰见李艺,而她还没有嫁人的话,自己的成就甚至身份都可能有大改观。那样,李艺和她家人或许有可能接纳自己吧?

唉,可望而不可及,对人真是一种特别的折磨呵。唯一有所安慰的是,许硕觉得李艺还是比较欣赏自己的。如果假以时日,如果能更多地培养感情,那么,某种机缘的概率,或者说是奇迹、奢望的实现,未必就是不可能的吧?

有什么办法能更多地博得她对自己的好感呢?

这个问题,或者说是痴情,许硕清醒时也会觉得可笑。可是每当夜来,他又会自觉不自觉地呆望着窗外的残月,脑子里一刻不停地幻想出无数种次日他和李艺在一起时的场景、对话。

想象中的他对答如流,潇洒自如。而想象中的李艺比现实更娇媚率真,柔情万种。她总是小鸟依人般痴痴地倾听着许硕神采飞扬的连珠妙语。而她怎么问,自己怎么答,一段段精彩的对白,可以像电影画面一样在他心中长时间地演绎下去。

许硕平时很不善于言谈,遇到没有多少共同语言的陌生人,或者是领导之类,他更会因觉得不自在而笨口拙舌。但是他对自己的讲故事才能却很自信。因为在宿舍住时,工友们都喜欢听他讲些有趣的故事。但那都是许硕从书上得来的,现在他真希望自己能有机会,每天给李艺讲一个自编的小故事,直到永远。沉醉时,他甚至还幻想出一些悲壮的场景,如他们外出时突然遇险,他勇敢机智地把她救出险境。或者竟劈头遇上作恶的人,而他大喝一声击退恶人,将瑟瑟发抖的李艺揽在怀中的动人场面。

遗憾的是,无论他想象得如何周全,一旦直面李艺,总是缺乏信心的他,便讷讷地说不出几句令自己满意的话了。

天气也越发地热起来,若继续到处跑,就有些不合时宜了。李艺便在林队长家阴凉的客堂里支起画架,将采风得来的素材创作成油画。许硕有空时还是会去看她,但李艺忙于作画,陪她来的女副馆长也在家里,许硕去了也不便多说话,这让他颇觉尴尬,却也无可奈何。

是林队长的一个妙招,让许硕得到一个绝好的机会。

那天傍晚,从山上忙乎回来的林队长,手拿草帽扇着风回家来。看见李艺又在作画,许硕则捧本书坐在边上看着。他立即退后一步,从门外向许硕招手、使眼色。许硕出来后,林队长跷起大拇指向屋里甩甩:"哪能(怎么样)?"

明明已习惯了林队长这一套的许硕,却照例会像头一次问他那样,脸唰地涨红了——他完全明白林队长的意思。自李艺来了以后,他一有机会便会有意无意地明示暗示着,鼓动许硕去追求她。但这种事情,哪有那么简单呢?

"什么哪能?"许硕只好以装糊涂来应付他。

"哎呀,"林队长恨铁不成钢地啧啧着说,"你不要跟我装了!这样登样的小娘囡,屋里又没有别人,哪能一个坐东,一个朝西的?多跟她讲讲话呀!讲话讲话,讲讲就'话'(花)上了嘛!"

"你又瞎开玩笑了。"许硕低下头哧哧一笑,"我们之间……是不可能有什么的。"

林队长却虎起了脸:"哪能这样说?她再怎么样,这一世人生里,也碰不上几个作家吧,有什么不可能的?相信我,我看她是蛮喜欢你的。"

许硕心里一暖,头却垂得更低了。心里五味杂陈,脚一踢一踢地把门槛外一株倒霉的败酱草深深辗进泥坑里。

要不要……林队长抚摸着腮帮子,眼珠子滴溜溜地转了几圈,忽然跑进屋里去。许硕悄悄窥探,只见他从后门角落里取出一柄划船的单桨,凑到李艺身边和她说了几句什么,李艺随即站起身来,笑着说:"好呀,好呀,她还没有划过船呢!"说着便到她房间里去换衣服了。

林队长眉飞色舞地跑出来,把单桨往许硕手里一塞:"我跟她说好了。现在正好太阳快落山了,天气风凉,你带上小细娘四面荡荡去。看你的本事了。照我看,比城里荡马路要有趣。"

许硕喜出望外,再也没有想到林队长还有这一手——林家坞南头有条曲曲弯弯的小河,一头通向黄芦荡和海湖,另一头连接着别的村子和公社。因此林家坞的小码头上,常年停着几条队里的水泥船和一只橄榄形的小划子。小划子的桨掌握在林队长手里。以前他出去办事,曾经带许硕划到公社和海湖边去过,还教会了许硕划船。

现在许硕能带上李艺去划船玩,何止比荡马路有趣?那完全是他的一席精神盛筵!

让我们荡起双桨,
小船儿推开波浪。
水面倒映着美丽的白塔,
四面环绕着绿树红墙……

歌曲毕竟是歌曲,现实中没有白塔,没有红墙,有的是白塔红墙无可比拟的诗情画意。夕阳在前,河水尽染,小风在后,舟轻似箭。李艺的欢声笑语则成了许硕的引擎,他左右开弓,娴熟而轻捷地操动双桨。不仅小船,一切简直都按照许硕的设想在运行。他设计的航程终点是离村里七八里、靠近海湖的黄芦荡——"荡"这个概念,是当地人对规模不一的小湖泊的称谓。这段水路单程到达时,天也该黑了。那么,月夜丽人,泛舟湖上,该是怎样的一种情趣呢?

此时许硕也由衷地感谢林队长,是他教会了他划船,还给他创造了这么好的一个机会。许硕因此又凭着娴熟的划船技艺,赢得李艺钦佩的夸赞。不仅如此,月下泛舟这种新鲜的游戏,令李艺如此开心,以至一定要学会划船。结果是东一桨,西一桨地,弄得小船滴溜溜打转,两人都溅了一身水。

说起教划船的事,倒又显示林队长这人虽然是一介农夫,其实还是很有些能耐的。比如他以前教许硕划船时,并没有任何特别的规矩,而是把桨往他手中一塞:

"划。"

"怎么划呢?"

"像我一样划呀。只管划,划了再说。"

可是许硕划左边,船往右边转;划右边,船往左边转,就是不肯走直线。他问林队长怎么办,林队长笃悠悠地蹲坐在窄窄的舱里,还是一个劲地说:

"划!只管划!你现在是在练划船,不是在驾船赶路,管他往前还是往后,只管划!想划到哪里就往哪里划。"

"可是我划不到那里呀?"

"划不到也只管往你想去的地方划。直到你对手里的桨有了一种感觉,再来练习怎样划得好一点。"

这办法还真灵,许硕没了负担,没了目的地。只有一个目的,就是划动船,让它走得直一点,让它听从自己的意愿。这样他反而很快就摸到了船与桨的关系与特性,渐渐上了路。

林队长这理论到底有多大道理,许硕没有细究,但他结合自己实践,是很信服的。所以当李艺也想练划船时,他也是把桨交给她,什么理论也不多说,先让她任着性子划,果然不多久后,小划子乱转乱荡了一气,李艺也多少懂得了些桨与船的关系,那小船渐渐就走出了点样子来。

　　到这时候,许硕再告诉她如何来用单桨操控、左右方向,如何使劲,如何巧借腕力省劲等技术因素。当小船开始能按照李艺的意志歪歪扭扭向前行时,她因之而兴奋得又笑又嚷,大有成就感,连呼:"太好玩啦,许硕你以后一定要天天带我来划船噢!"

　　这种过程,局外人也许会感觉乏味。但对这一对若即若离的妙龄男女,实在妙不可言。过程是简单的,但那桨板的传递造成的手与手的轻微接触,那小舟的晃荡造成身体的微妙蹭摩,那小舟滴溜溜打转而引发的前仰后合、嘻嘻哈哈,却一次又一次触发着两颗年轻心灵的火花,乃至放电!

　　除此之外,他们的交谈也因此而越趋透彻、融洽。话题当然也不外是生活、文学、现状,几乎不涉及任何两性有关的敏感点,更谈不上半个爱字,甚至也绝不涉及对对方的半点评价。他们却是那样津津有味!

　　在这种时候,心灵已盛不下肉欲,情感丝毫不需要更多的满足。那一阵许硕纯洁如李艺,任何非分的欲念都会被自己视为亵渎。他没有问过李艺,因而不能断定她也有与自己类似的感受。但他可以肯定,李艺也将永久记得那段短暂的航程。不仅因为那段航程的尾段,竟会突发一场凶险的悲剧。

　　那实在是一个悲惨而残酷的打击。一切都发生得那么突然而意外。任何时候回想起来,许硕仍不禁为之扼腕。

黄芦荡并不大,只是一片远看有点儿像鸡形的大水泽。不过对于很少见到这么开阔水面的李艺来说,也已够她惊喜的了。

　　"这么大的湖啊!"李艺赞叹着,"它能通海湖吗?"

　　"能。看见前面那个鱼簖了吗？鱼簖那边的小河就直通海湖。"

　　"这里的水深吗?"

　　"中间还是很深的。"许硕的逞能欲蹦了出来,"不过边上并不太深。以前天热的时候,我和工友们来这里游泳、摸蚌玩;一个猛子扎下去,一路向前,摸到泥底中露出一条硬背的河蚌时,一捞就出来了。遇到太大的呢,就用脚踩松周围的淤泥,然后浮上来,换口气再潜下去,手插进泥里,使劲一抠就出来了……"

　　"真好玩。"李艺像个小姑娘似的天真地说,"你说的河蚌就是那种可以烧汤吃的河蚌吗?"

　　"当然,如果有点咸肉,或者是竹笋一起煨汤的话,那滋味还要好几倍呀。"

　　"那么,听说河蚌里是会长珍珠的,你摸到的河蚌里真的有珍珠吗?"

　　"这个……"许硕仔细想了想,"我倒从来没在意过。这里的河蚌,可能是不会长珍珠的吧?"

　　"不管怎么说,这回我是开了眼了。不瞒你说,我还是第一次听说,河蚌就是在这种地方摸上来的呢"。

　　"哦,那你觉得河蚌应该在哪里有呢?"

　　"我嘛,小时候我一直以为,河蚌就是小菜场里养出来的。"

　　"哈哈!"许硕放声大笑,"典型的四体不勤,五谷不分哪!"

　　李艺愣了一下,也和他一起笑起来。笑够了,她擦擦泪花,又有点怀疑地说:"你说的河蚌真是我们吃过的大大扁扁、有硬壳的那种东西吗?"

"这还有假!"

"那么,"李艺双手合掌握在胸前,一脸浪漫地说,"晚上呢?天黑的时候也能摸到河蚌吧?比方现在,也能摸到吗?"

"那当然。"

"那你能不能摸几只河蚌让我看看,也让林队长他们尝尝我们带去的礼物?"

"林队长是不会稀奇这种东西的,你们馆长倒可能会感到新奇的。"

"对的对的,我们一定要带几个回去让她开开眼。"

"这还不好办?"

许硕说着,人已站了起来:"我这就摸给你看。我也正想留心看看,河蚌里到底能不能长珍珠呢。"

他穿着的是短裤汗衫,现在把汗衫一脱就能下水了。可是,当他脱汗衫的时候,李艺又似乎出于某种神秘的直觉,变得有点犹豫了。她伸了下手,想阻止他。但许硕扔过来的汗衫挡住了她。

扑通一声,悲剧就这么莫名其妙地发生了。

许硕太兴奋了,以至把小小的划子当成了跳板,莽莽撞撞就跳下了水。他不像真正懂船的人有经验,小划子太小,应该扶着船帮轻轻滑下水去,这样对这么小的船就不会有什么不利影响。而许硕万万没料到,他那一跳所产生的反冲力,再加上李艺随之一歪的体重,竟能把小舟掀翻。就在他入水的瞬间,李艺也同时被翻进水中,小舟又被李艺的体重压成底朝天。

幸亏许硕隐约听见李艺落水前的号叫。他迅即浮出水面,看见了一沉一浮中拼命挣扎的李艺。他立即意识到她不会游泳,浑身霎时软了。

更糟糕的是,许硕水性虽可以,却不会救人。当他拼命游过去并抓住李艺的圆领衫时,李艺却本能抱紧了他的肩,两个人又一起沉入水中。

"放开我!"

当他们挣出水面时许硕拼命大叫,却又呛了一口水,猛咳中再次沉入水中。

当他们又一次冒出水面时,许硕已放弃了挣脱李艺拖累的努力,而是竭力踩着水,随后向着倒扣在附近的小船拼尽全力一纵——万幸的是他抱住了船底。

"李艺,抓紧我!"

现在他反而希望李艺不要松开他了。可是在背负着她的情况下,他无论如何也没办法把小舟翻转,长满青苔的尖尖船底,表面又滑又被水紧吸着,许硕扑腾了半天只好放弃努力,勉强靠双手指甲抠住船底喘息了一小会。

然而这是至关紧要的一小会。由于他们落水处距岸不太远,两个人求生存的本能使他们都在没命地扑腾。这股不小的推力使小船向岸边靠近了几米;当许硕终于体力不支而滑入水中时,他反而狂喜地大叫一声:"抓紧我!我踩着底啦!"

跟跄了好一会,许硕终于站稳了身子,同时反手将李艺紧紧抱住。

热泪夺眶而出!

李艺一爬上岸,就跪在地上连咳带呕。许硕浑身虚脱地趴在一边喘息不止,心中却充满无以形容的欢乐:

"没有死,我们都没有死!"他翻过身来,仰面躺着,迷乱地狂喊,"李艺你看哪,今天天气多好啊。这么亮的月亮,这么多美丽的星星啊!"

李艺没听见似的,仍然趴在那儿,虽然已停止呕吐,却还是不理他。许硕不安地凑过去,月色下她的脸色像泥土一样枯黄。但许硕看清她的肩膀仍在一抽一抽呼吸着,他放心了,轻轻拍了下她的肩:"放心吧,我们已经在岸上了!不信你摸摸地吧,多么坚硬牢靠的大地啊!老天爷!真的有老天爷保佑了我们吧?我们真的都活着,活着多好啊!"

李艺深深叹了口气,却仍然不开口,浑身战栗不已。

许硕深深感动了,他明白她还惊魂未定。毕竟,她还是个连河蚌是不是长在菜场里都没搞清的女孩。她的一生大部分时间都在母亲的羽翼下生活,非但没有经历过这个,还不会游泳。在水里独自挣扎的时候,一定已饱尝了惊恐和绝望……

"怪我怪我!都怪我把船弄翻了。"许硕由衷地忏悔起来。

"我怕,我真的好怕……"李艺终于颤抖地出了声,"我一点气也透不出来,只好喝水,大口大口喝水。鼻子和胸口也痛得要命……妈呀,怎么会有这种事啊!"

"对不起,都怪我害了你。我要是不那么莽撞的话……"

然而,李艺非但不责怪他,反而伸手捂住他的嘴,不让他说下去:"是你救了我!"

她怔怔地凝视着他,那泪眼在星光下闪闪烁烁,百倍地令许硕爱怜。他正想再说什么,又一个意想不到的事情发生了。李艺竟小羊般撞进他怀中,双手搂住他的腰,同时又呜咽着说:"我真的害怕!我以为我死定了。"

好一阵,许硕浑身僵硬,不知如何是好。尽管彼此都一身透湿,他仍然清楚地感觉到她抖作一团的柔弱体形,和胸前那软软的微温。他也无可抑制地哆嗦开来。同时,一股狂欢从心底升腾,全身的感官炽烈地燃烧起来。他顺势收拢双臂,反手搂住了李艺。但他没有吻她,也没有任何抚摸的欲望。只是脸贴脸、胸对胸、心对心地默默搂紧她,怕她飞了似的搂紧她。她没有反抗,也没有进一步的举动。

四野一片蛙鼓,间杂着草丛中小虫的低吟,再无一点人迹,反令人感觉静极。

李艺的情绪逐渐平和。她默默地抬头望天,凝视着圆圆的皓月,良久才说:"今天是什么日子呀,怎么月亮会这么圆的?"

"大概是……对了,没几天要过中秋了。月到中秋分外圆嘛。"

"真是的,"李艺长长地叹息了一声,"星星也这么多,这么亮。我总觉得乡下的一切都比城里美,你说是吗?"

"完全正确,我们的感觉太像了。我一来蠡山就觉得乡下的月亮格外明亮、格外美。对了,我来那天的月亮好像也是这么大,这么圆呀。"

李艺又偏过脸来,借着月光仔细看了许硕一会,泪光闪闪地说:"差一点我就……再也看不到这么美好的世界了!"

"别说这个了。"

"是你救了我!是你给了我第二次生命。"

"瞎说吧,要不是我害了你……"

"不,就是你救了我嘛!"

许硕轻轻捂住李艺的嘴:"我们别说这个了,好不好?而且,回去后也千万别告诉他们真相。不然你那位副馆长回去后告诉你妈的话,今后她不知会把你管成什么样呢,你说是不是?"

李艺点点头,忍不住又抽泣起来。

黄芦荡在星光里无声无息。一鳞一鳞细碎的涟漪,早已把那叶底儿朝天的小舟推向湖心,远远看去,如一片若隐若现的瓜皮。

船桨则早已不知去向……

后来,当许硕梳理这段往事时,隐隐地有一丝自豪被牵扯出来。

那天他的确表现出了大无畏的英雄气概。不是他的舍身相救,李艺必死无疑。

如果换一个人的话,我还会如此反应吗?

许硕扪心自问的结论也是肯定的。一个基本的根据是:那时的他还远没有多少世故。雷锋、欧阳海、保尔·柯察金之类光辉形象,在一个相对单纯的年轻人心目中,还是铮铮熠熠的。这便又令许硕生出一个颇有哲学意味的感慨:如果换了某个以极端自我为中心的人,进入这个故事,李艺的命运或许将终止!那么,"他"的命运又将会如何? 人的命运究竟是以什么方式循何轨迹运行的?

许硕不禁一笑,意识到自己的迂腐。

当时,许硕要是有一些这类观念,心灵上的挫折感和绝望感或许也不会那么严重了……

但当时他哪有一丝半点心思来为自己的大无畏精神自豪?尤其是在两人意识到时间已晚,必须尽快回去以免别人着急的时候,他们的心情都从庆幸重生的云端,重重地摔回了地面——就在两人相挽相扶、跌跌撞撞摸回家的路上,他们碰上了搜寻过来的林队长和几个村人,以及不安地大呼小叫的女副馆长。

一见这么些人,李艺深深埋下头,一声也不吭。最令许硕沮丧的是女副馆长那尖锐质疑的目光。同时,她还一把揽住李艺,上上下下摸个不停,似乎她会少了块肉似的。

她不客气地质问许硕:"老实告诉我,你们到底干什么去了?"

许硕觉得心里扎进了根刺,很不高兴地迎着她的目光道:"我们能干什么? 就是划船呀!"

"那船呢? 你们把村里的船丢哪去了?"

"没丢。"

"没丢,那船呢?"

"因为后来……"

"后来什么?"

"后来就……你看我们不是好好的吗?"

"还好好的呢,瞧你们俩这一身泥、一身水的,还有这么多草屑子——天哪,你们是落水了吧? 队长,队长,我说的吧,他们果然是翻船了!"

"不是翻船!"许硕仍然试图解释,"而是……"

"还而是呢!"女副馆长也激动地喊起来,"要是没翻船,你们怎么不把船划回来? 太可怕了,简直是胆大妄为! 要是真有个三长两短的,叫我怎么向李艺的爸妈交代? 哎呀我的妈哎,李艺你倒是帮我想想看,我都不敢想象你妈会怎样看待我!"

许硕张口结舌,再也说不出一个字来。而李艺则依然咬着嘴唇不吭气。

唯有林队长——这也是许硕一直很感念他的一个重要原因:林队长找到他们就长长吁了口气,一个人蹲在旁边默默地点了支烟不发声。见副馆长盘诘个没完没了,终于忍不住拨开村人挤进圈中。因为他们是亲戚吧,他毫不客气地指着许硕和李艺身上的泥水,冲副馆长吼道:"你怎么回事,啰唆得没有边啦?夜里风冷,还不赶快回家让他们换换衣裳?"

顿时,副馆长如梦方醒闭住了嘴巴。

林队长随即指指李艺,对一个年轻女村民说了声:"驼伊走。"

自己也往许硕身前一蹲,要背上他。许硕坚决拒绝,他才拉着许硕的手,一边甩开大步往回走,一边继续说——那也是许硕第一次看见林队长用十足的队长腔调对人训话:

"女人家家的,就是不懂事体。人全好好地,吵啥吵?船在茭芦荡里又飞不脱,吵啥吵?明朝摇只船去不就寻回来了?小囡家家的两个人,吓也吓煞了,还要吵!"

吵闹、挨骂,对许硕原是意料中事,他并不在意。万分沮丧的是第二天他就得知,李艺从下半夜开始发高烧,而且一烧好几天。女副馆长天天唉声叹气守着她。许硕内心万分焦灼,却又不敢面对副馆长,更不敢去房间里看看李艺,只能天天去向林队长问问情况。心里也觉得自己是罪魁祸首,终日里胸中如同结了冰,情绪糟透了。

更糟的是,河边那晚,实际上是他和李艺最后一个单独相处的机会。她的烧刚退些,副馆长就收拾东西,准备第二天一早把李艺领回城去。

这对许硕又是一个严酷的打击。当夜他怎么也睡不着,索性爬起来,轻手轻脚来到林队长家,徒劳地试图通过后窗的缝隙,再看上李艺一眼或听到点她的动静,但屋里黑洞洞的听不到一点声息。

他无奈地回家去,路上又酸楚地仰望着阴沉沉的夜空,脑海里一片混沌。夜空也如他的脑海般迷茫无神,大片云雾遮住了星辰,只有月亮勉强露出一线光亮。缕缕残云被疾风推动着,飞快地弃他而去。

好一会,许硕回过点神来。心血来潮地沿着暗灰色的村路,穿过一片沉寂的村子,向村南边的小码头走去。河边多少有些生气,零星的蛙鼓在咕咕低吟,断续还有游鱼跃出水面的哗啦声。他顺着窄而零乱的石阶下到河边,意外发现被林队长找回来的小划子,静静地拴在老柳树下。这棵老柳树,他见过好多次了,却从来没有注意过它。现在才发现,它的树冠宽阔,树干斑驳,高处有个大洞,树梢上竟还有个鸟窝。夜色也使得老柳树看起来衰老而忧郁。曾有的一切沦为稍纵即逝的记忆。回到书房后,许硕翻来覆去,有好几次从庄上爬起来抽烟,而李艺灰白如土的面容,却总是在眼前浮面。

是一个清晨。雾蒙蒙,风也是呆滞的。通向河埠的小道两旁,草叶上缀满亮晶晶的露珠。李艺的脸蒙在一条大围巾里,只露出一对眼睛。那是条很大的红黑相间的方格子拉毛围巾。后来,无论什么时候,只要一想到这条围巾或看到类似它的围巾,许硕的眼前总会浮现那个凄清的早晨,和伤感地裹在这条围巾里的李艺。反之,只要想起李艺,眼前首先飘摇的,也是那条鲜艳的围巾。

女副馆长挽着李艺在前走,早早来送行的许硕和林队长拎着她们的行李在后面跟着。大家很少说话,路也很短。林队长将用队里的水泥船送她们到客轮码头去,坐班船回吴东。

林队长把船摇离岸边的刹那,一直沉默无言垂着头的李艺,忽然转过身来,扯下头上的围巾,向站在岸边的许硕挥手一笑。

她的脸色苍白,虚弱无力。而那眼神里的凄迷和伤感,许硕相信自己是读懂了的。

但是他一声没吭,也没有挥手。

无须吭也不能吭,一开口他怕会哭出声来。"执手相看泪眼,竟无语凝噎",简直就是对许硕彼时心境最真切的写照。现在唯一的安慰是,他在最后一刻确认了李艺至此仍无怪罪他的意思。

李艺走后好些天里,许硕一直郁郁不乐,心境灰暗且极易伤感。他甚至一个人悄悄跑到黄芦荡去,整个下午坐在苍凉灰暗的水边,望着那冷酷无情的涟漪。不敢回味那些快乐而短促的片断,却又不停地努力回忆着,心境黯然。

那时的许硕,还无法也无心对自己的命运进行形而上的解析。

他只是有一种深不可遏的,无法理清的,从情感和理智两方面同时迸发出的强烈困惑和沮丧。还有几分自怨自艾。

为什么?为什么自己喜欢的人或事,总是不喜欢自己,总是电光火石般稍纵即逝?

大约就是从那时起,许硕的心理上刻下了一个长久难以磨灭的印痕:他认定自己的命运特别与众不同,自己恐怕注定了要自卑、倒霉一辈子。

林队长又一次表现了他对许硕的偏爱。橘子开采的时候,有天傍晚他背了一大堆东西来到许硕的书房里,是两桑篮上好的红橘、两纸包茶叶,和一小袋不下十来斤的新米。

许硕惊问他是什么意思。林队长说:"你回吴东休个假吧。顺便给李艺送一篮橘子、一斤茶叶去。剩下的给你家里尝尝鲜。"

"我不去。她家人肯定会知道那件事的。"

"你应该去看看她的。"林队长不容抗拒地说,"不想去她家里,就送到她单位去好了。"

"那也应该我来……我把钱给你。"

"开什么玩笑!"林队长瞪了他一眼,一挥手转身就走。

许硕迟疑了一会,屈指算算日子,便到班上去请了假。

船到吴中码头后,许硕坐上公共汽车,首先去了李艺的家。今天是星期天,她应该在家。起先他也想在上班时间把东西送到她单位去,但又想到带东西到单位不妥,何况他也怕碰见那位对自己没好感的女副馆长,于是就挑了个星期天回吴东。她家再怎么,总不是老虎窝。她妈再怎么,总不会打我吧?再说我是有责任的,无论她妈态度如何,我都当面向她道个歉……

实际上许硕一上岸就后悔这个决定了。这是他第一次单独到一个女孩子的家里去,所以一路上他都在忐忑不安又激动不已地猜想着见到李艺的情景。一阵胆怯又一阵气壮,心里泛潮似的一阵阵起伏着。

他气壮的是,是林队长让他给李艺带东西的:我又不是专为看李艺去的,有什么不好意思的?

但就是不行,心里老在打鼓。越临近目的地越发虚,许多未曾有过的顾虑接二连三地冒出来。最担心的实际上是:现在的李艺可能并不欢迎自己了。甚至,她会不会已经把自己给忘了呢?否则她怎么一去就杳无音讯呢?可能她家人知道她遇险的事责怪她了,而她也后悔和我交往了吧?

心里一烦,肩上的负荷便格外沉重起来。东西本来就不轻,茶叶不算,米和橘子加起来要超过三十斤。尽管林队长后来给他削了条短而宽的竹扁担,挑着东西走轻松得多,但百步无轻担,许硕不得不歇歇走走,并且不停地问路。找到李艺家时,身上早已汗透,两个肩头上又酸又痛,还火灼灼的,简直就不是自己的了。

若不是太想再看一眼李艺,许硕是不会有勇气去按她家门铃的。

尽管有思想准备,他还是感到吃惊:李艺的家竟是一所虽然不大却带个小院墙的、高贵而森严逼人的老式洋房。有一个刹那,他恍恍惚惚以为自己走错了地方。再看门牌,却一点也没错。

两扇黑门冷峻地挡在他面前。一种莫名绝望的预感浓雾般包围了他——这是他身处偏僻的蠡山并沉浸在纯粹的情感世界中时,压根儿没法考虑透的一个现实。

他后悔自己不该那么冒失地按了门铃,否则就可以一走了之了。因为突然清醒过来的他,分明已看到脚下轰然裂开一条万丈鸿沟。心田深处怯怯地长着的一株玫瑰,此时也已被一只粗暴的皮靴踏成了狼藉一片……

"唔?"

开门的是个戴着副金丝边眼镜、身穿蓝上装的中年妇女。她的神情有些诧异,也有些冷漠。

许硕一眼就认定她是李艺的母亲。因为她们娘俩的脸架子和眉眼有太多的相仿之处。但他怎么也无法将这个女人和心目中臆想的那个女人对上号。心目中那个女人是个胖乎乎笑眯眯的,对女儿无微不至关怀着的和善大妈;而眼前这个女人没有女儿高,身材却像李艺一样瘦瘦的,脸色苍白而没有一丝笑意。镜片后射来的,是一道阴郁、轻蔑和满是猜疑与警戒的寒光。

许硕的背上霎时掠过一片寒意:"我……请问这是李艺的家吧?"

"是的。你是谁?"

"我是蠡山煤矿的。是给她——不,是帮林队长给她带东西来的。"

"哦……"

半开半掩的门略微开大了一点,李艺母亲神情和缓了些,她以一种特别的关注打量了一下许硕后,说:"我听说过你。"

许硕的心跳陡然加速了。他以为她会提起出险的事,会痛骂他,或者把门狠狠关上。但是,这一切都没有发生。李艺母亲甚至还露出了一丝笑意:"你是回城来休假的吧?"

"是的。"许硕鼓起勇气说,"但是我也想向您道个歉,都怪我鲁莽闯了个祸,让李艺……"

他的话被李艺母亲打断了:"那事情已经过去,你别在意了。回去代我们谢谢那位林队长。"

"好的,我也谢谢你的谅解。"

"那就……把东西留下吧。"

"我帮你拿进去吧?"

"不用了,保姆会拿的。李艺不在家,等她回来时,我会告诉她的。谢谢你!"

许硕终于看到了对方的笑容。可是他已经完全明白了她的心思。于是把东西往门里一放,说声再见,掉头就走。

身后,几乎是与他转身同时,也响起了吱呀的关门声。

许硕注意到了,但没回头。他心乱如麻,只想尽快离开。

然而,就在他穿过小街,刚要跨上对面路沿时,身后飘来一个遥远而急切的声音:

"喂……"

许硕一回头,蓦然僵住,李艺就在家里!

李艺?

李艺从她家三楼上一扇小圆窗里探出上身来,向着许硕一个劲地挥着块花手帕。

许硕喜出望外,刚要奔回去,不料李艺却急忙摇手阻止他,表情激烈地翕动着嘴唇,随即竟又变成急切的哄赶手势。

许硕迷惑地愣在路中间,而李艺仅来得及再向他喊声再见,便从窗口消失了。

片刻后,小窗后闪过一点阴郁的镜光,啪一下,关窗声如一枚炸弹,将许硕的最后一线希望炸得粉碎。

关窗的正是李艺的母亲。

许硕彻底醒悟。轰一下,浑身的血液都涌上双颊。他一眼看见路牙边一块破砖,差点想抓起来,砸向那狰狞的窗口,但还是忍住了。他狠狠啐了一口,扭头狂奔。一口气跑到四路汽车站,倚着站牌大口大口地喘气。

直到这时,许硕才意识到自己又做了件大蠢事:怎么就把背回来的东西全给了李艺家呢?

他拔腿往回跑,可才跑几步又定住了。一颗此时分外敏感而倔强的心,绝不容许自己的尊严再受半点践踏。

他茫然地木在路边,两条冰冷的蚯蚓缓缓地爬进颈项。

多年以后,社会上流行起一句名言:世界真小。

是的,世界真小。然而许硕每听到这句话,常会想起自己当年那一刻心中的感慨:世界真大。

世界真大。太大太大了。大而无当,大而无序。大而缺乏理性且又充满艰险的两难。大得一颗迷茫无措的心惶惑而渺小、飘零而孤独。

大得周遭常常充斥喧嚣拥挤;大得渴求歇息的心,几乎得不到安宁和清静。

许硕多么希望这个他已厌倦的世界突然隐去啊！只给自己和李艺留一小块容身的土地和一小间茅屋足矣。没有任何人来教导他们该干什么不该干什么；什么是好什么是坏，许硕相信自己和李艺会分得很清：我们只想自由自在地相亲或者可能的话相爱而已呵！而现在，我们不敢想象能吐露爱字，也不好意思彼此说一声喜欢。甚至，连最后再近近地看一眼也不再可能……

　　泪眼蒙眬中，许硕忽然发现马路边站着个瘦伶伶的年轻人。

　　那人黑而憔悴，头发蓬乱，脸上残存着汗污和泪痕，身上穿着件白的确良衬衫。衣服还是全新的，但被重物压得皱巴巴的，两个袖管一高一低地挽着。脚上的电工绝缘胶鞋也很新，只是和街上来往的人脚上的皮鞋很不协调。

　　——天哪！那就是商店橱窗映出的自己呀！

　　霎时，前所未有的羞愧、自卑与黑洞般深不可测的绝望，又一次将许硕那幼稚却已疤痕斑斑的心灵彻底击穿……

第十六章

从吴东回到矿上后,许硕好些天一直处在恍惚中,睡不安,吃不香,眼前老是闪现李艺在小窗前向他招手的情景,那啪的一声冷酷的关窗声,重锤一样反复砸着他滴血的心!直到有一天,他又起了个大早,一口气走到横雁岭看日出的地方,望着那一如从前一样,他和李艺赞叹憧憬的嫣红绚烂的出水红日,扯足了嗓子,像野狼一样长号了好几声,心情才渐渐地好受了一点。

但无论如何,许硕不允许自己颓废。相反,他更加坚定了写下去的意志。他深信,自古华山一条路,自己只有把千疮百孔的心倾注于笔端,才是唯一的正路。什么爱情,什么回城,什么上大学,什么这个那个的痴心妄想,写中自有黄金屋,写中自有颜如玉,"不是不报,时候不到",不信命运不爱我!

实际上,自从谢如玉走了以后,一直有一个日渐强烈的意愿,像小雪团一样,在许硕心中越滚越大,时常搅得他心神不宁——他要写出心目中的谢如玉,写出自己对她的爱与悔,写出人类面临的种种磨难,种种挣扎与希冀。

当他铺开稿纸,分明有千言万语涌上笔端,却一连好几天不知从何写起。直到有一天夜里,他又注意到桌上放着的李艺给他画的素描画,心中忽有黄钟大吕咣当一响——她和谢如玉性格各异,却一样地有血有肉、有情有义、有爱有恨,有着作为人最基本最真挚最合情合理的美好愿望。却因命运的捉弄,尽管与我近在咫尺,又有过千丝万缕的关联,却仿佛注定了似的飘然而去!这里面有什么不一般的意蕴或启迪在吗?这真是命运的安排吗?是的话,那么是她们的命运决定的,还是我的命运所决定的?抑或,压根儿就不关命运什么事,是我们的性格、观念和时势、文化和机缘在导演着所有的一切?而放眼举世的婚姻,表面看都是随机的,或者"命定"的,实际上真是如此吗?有多少有情人能终成眷属,又有多少无情人被捆绑一生?而从整体的人生和社会来看,个人的遭际和成败看似都卑微渺小而无足轻重,实际上却铁定是牵一发而动全身的,甚至是决定性的、神圣的——唯其如此,每个人,每个生命体,甚至每一只小虫子,都在这个世界上有着各自的价值;都在潜意识里怀着顽强不屈的生的意愿、追求和进取的天性⋯⋯

许硕的呼吸深重起来,身子也抑制不住地微微哆嗦。他知道今夜已不可能安心入眠,索性一跃而起,坐到小写字桌前,抓过纸笔,不管不顾地唰唰地记下刚才的种种感慨与构想的片断——他要以谢如玉和李艺两个人为素材,把她们的性格、命运和自己的种种想象与期望糅合在一起,写一部小说。而且要写得从容、真实,也不给自己篇幅的限制,最终写成中篇也好,写成长篇也好,一切听凭自己感情的引领。至于写出来能不能发表或出版,全然不考虑。毕竟这回的写作并不是为了稻粱谋,也不是单纯为了成名成家。哪怕这部作品写出来后,只能束之高阁,但能对自己的精神有所交代,能梳理和寄托自己的情感经历,展现几许特殊时代下的心灵之律动和人生体悟,花这番心血,也在所不惜。

第一阵群鸟聒噪的时候,许硕推开纸笔,转身跌倒在床上。尽管已困累得脑袋嗡嗡乱响,几乎连气都喘不动了,却仍然无法入睡。身上这里痒那里痒,越挠越痒。先前在蚊帐外时,猖狂的蚊子在他头上背上、胳膊上腿上叮咬出大大小小几十个包块。烦躁地抓挠中,他还在迷迷糊糊地反复斟酌着新小说的题目。后来他终于遁入了梦乡,可是没多久就一个激灵醒了过来。窗外天光大亮,他的脑海中也电光一闪,赶紧扑到桌前,提笔写下《玫瑰潭》三个字……

这以后的漫长时日中,许硕几乎成了一个失去半个灵魂的人,走路时经常会莫名其妙地停下来,半晌才想起自己该干什么。上班时也不得不反复提醒自己集中注意力,好好操作,否则真怕自己会"出师未捷"就被无情的电流打进天堂!实际上,他更像是一盏带罩的油灯,风吹不熄,雨打不灭,几乎每天每夜都在顽强地燃烧着。有时候思绪如潮,只恨笔头太钝记不下来,结果许多心里感到精妙绝伦的内容,根本来不及写到纸上就消逝了。落到纸上的字句,也总不如构想的鲜丽生动。这倒罢了,遇到思绪短路或者不满意、不合理的地方,迟迟下不了笔,有时候两三天都在原地苦苦纠缠,或者下了笔又不得不推倒重来。那份懊恼与烦躁,真不知能与谁说。

清醒时他也知道,这应该是正常现象。至少,他的性格、经验和能力决定了他只能是这样一个写作者。既不可能做到倚马可待、一挥而就,也不可能像成熟的作家一样收放自如、胸有成竹地驾驭一个大题材。那么,我就继续做我的"毛驴",耐心坚忍地以我的方式,走我的路吧。关键是要保持信心和耐心!不是说条条大路通罗马吗?无论如何,我要走到罗马去!是衣履光鲜、优哉游哉地到达,还是鼻青面肿、焦头烂额地到达,又有多大区别呢?

不过,他有时候实在感到疲软。头晕目眩,胸口憋闷几乎成了常态。有时还感到突如其来的恶心,坐在那里也仿佛就要倒下来。

于是又深深担心自己会不会真是生什么大病了。这时候,许硕也会暂时停下疯狂的节奏,告诫自己并没有人拿鞭子在抽,干吗不悠着点,慢慢写?

他现在已经和霍师傅级别相同,拿着二级工的工资。但这三十六块九仍然是入不敷出。毕竟他除了吃喝,还要买烟,而全心写作的时候,烟量也在大涨。除了抽差一点的香烟以节省开支外,他还在身体不适时,把每天早上两个一分钱一个的白馒头,改为两个三分钱一个的肉包子,中午一毛钱一片的红烧肉,加到两片,给自己加点油。然后再到卫生队去开几片安定来,用脑太多睡不着的时候,晚上十点就吃上一片药,以保证这夜能睡上七八个小时。这方法相当管用,往往第二天他又觉得自己像打足了气的轮胎,可以轻快地驱驰上一阵了。这个秘而不宣的健身法,从此便长久地伴随着他了。

辛劳还是颇有一些益处的。尤其是长时间的集中精力、心无旁骛的时候,至少它会让许硕忘却了恋情上的磋磨。过去一度对自己的健康和胖瘦的病态关注,现在也淡化了。再看到反光的玻璃或水面,他基本上失去了照一下自己容颜的习惯。偶尔下意识地照上一眼,也不再会惴惴不安,很快就走开了:只要我还活着,脑子还能思考,管什么胖或瘦的劳什子呢!

辛劳也并不总是意味着付出。许多时候它也带来令人振奋甚至狂喜的回报。比如写得特别顺手而自鸣得意的时候,或者回头审视已完成的部分,感到出乎意料的好,以至不由得惊叹"这是我写的吗"的时候,许硕欣然如饮甘霖,甚而信心爆棚,坐立不安;不由得像喝多了酒一样在书房里手之舞之、足之蹈之地傻乐一气。甚至还有几次竟推开纸笔,冲进黑暗中,一口气爬到半山腰。看天,天上星光同乐;看地,层林如痴如醉。有一次他竟跑到人声鼎沸的井口,看一切都是那么亲切友好。遇到每一个熟人,都忍不住和人拍肩打背,或者递上一支烟,没话找话地与他攀谈一气……

气候却是个无法彻底克服的掣肘因素。春秋天问题不大,虽然黑花蚊子和许多不知名的小虫也很扰人,毕竟不是大问题。冬天也还好些,许硕把门窗紧闭,打开小电炉,放一锅水让它长沸着。但房间的墙体不厚,地上铺的又是砖块,寒潮来时,后背常觉阴风乱窜,还经常感到脚趾冻得生疼。但是他自有妙法,就是在脚上套两双甚至三双袜子,有时还把棉被披在肩头,这就保持了身心的温暖。

夏天就难过了。最热的时候人们什么也干不了,上班在外的工友们经常躲在树荫处打瞌睡。村里的禽畜都热疯了,母鸡躲在树荫下喘息,牛都泡在水塘里不想干活儿。任性的太阳直射下来,刺得人眼睛都睁不开。稻田龟裂成块,树叶干得嗤嗤响。白天就罢了,夜间也跟白天一样燠热,几乎像在烤箱里似的。人们不停地翻身,根本无法安稳睡觉,睡着了也没多时候就会醒来,一身大汗把席子都濡湿了。许硕每晚都在书房地砖上洒了水,但仍然无济于事。这种时候,你把身上的皮都扒掉,也还是汗流浃背。问题是许硕不仅不敢光膀子,还要光着膀子套上一身穿着僵硬不适的工作服。他还用一双新发的电工绝缘鞋和井下采煤工换了双旧的高筒雨靴套在脚上。只因它们能够挡蚊子。乡里的蚊子也委实厉害。它们根本不惧蚊香烟,像密集的轰炸机群一样反复袭扰他。许硕试过躲在蚊帐里写,可室内本来就闷热不堪,蚊帐里更是闷热得头晕。头晕的原因还在于蚊帐透气性不佳,很容易有缺氧的感觉。他索性就全副武装,搬个方凳当桌子,到室外找个白天晒不到太阳、傍晚就相对阴凉的地方去写。室外蚊子虽然更猖狂,到底叮不透他的全身铠甲。只是这样就更热了,简直连肉里的骨头都软了。满头满身的汗水很快就把工作服濡透,而且你能感觉到汗水顺着脚脖子流到长筒胶靴里,把脚趾都泡白了,还涩涩地生疼。工作服干了后被盐渍结出一片片白斑。许硕也懒得天天洗它,经常就放在阴凉处晾晾,晚上再套上身去。时间一长又捂出一身痱子,睡梦中也抓挠个不停。好在门口有水龙头,隔一会许硕就去用脸盆接些水,穿着短裤,兜头往身上浇。再用毛巾擦干身子,顿觉一阵凉爽,头脑也能清醒一会。毛巾还有一个妙用,许硕隔一会把它搓一把,湿淋淋地搭在脑袋上,又防蚊又吸热。防蚊的武器还有风油精和清凉油。事实上这两样东西不仅在夏天,全年都是许硕的必备品,尤其是忙于写作的时候。头晕乏力时搽一下,感觉就会精神一会。

好在习惯的力量很强大,而人的心理本也是见惯不怪。只要你敢于承受,麻烦也就不过如此。而冷热无常或蚊虫肆虐在乡村又常见。那时的人根本就没有吹电扇或空调的概念,所以许硕并不觉得自己比起那些不写作的人苦到哪里去。尤其是当他看到从井口出来的矿工们,那几乎无一例外都是一脸一身的煤黑,只露出一口有色人种一样亮闪闪白牙的时候。想到有色人种,他又会想到曾经看过的一部纪录片中,那些漫漫求学路上的孩子。

矿上还是重视工人们的文化生活的,礼堂里每周末会放映一两部电影,来满足矿工的精神需求。但那多是看过的老片子或者电影样板戏,许硕也就不大去看。有回偶然去看看的时候,正巧看到一部加映的纪录片,让他唏嘘不已。说的是巴布亚新尼内亚,两个乡村孩子长途跋涉去求学的故事。可那是怎样的一种求学啊!

两个孩子是村里首次决心外出求学的孩子。可最近的学校距离他们村落也有一百多公里,所以他们必须住校,一年只回一次家。但这还不算困难。困难而且艰险的是,村落到学校没有任何交通工具,没有车,没有牛马,全靠步行。而这求学路上大部分是危机四伏的原始丛林,还有许多须涉水或搭摆渡独木舟的大小河流。就是你有一辆自行车或一匹马,也根本没法骑行。所以他们在开学前一个来星期就要起程,步行前往学校。就是说,他们要吃在丛林,睡在丛林一个星期,才能到达目的地。令许硕惊诧的是,他们居然身着汗衫、短裤,背一只母亲缝制的小布包,什么食物也不带,而且全程都打着赤脚就上路了。但那段路程中不仅崎岖多石,还有许多锋利的棘刺,更有数不清隐藏在枝叶和灌木丛中的毒蛇与密密麻麻的大蚂蚁!

两个孩子是十二岁的堂姐与十岁的堂弟。因为是第一次出村,不认得路也缺乏丛林生活经验,堂弟的父亲送他们去学校。他也是一身短衣打扮,连个小包也没带,只是手上比孩子们多了一把两尺来长的砍刀——路上他要用这把刀开路、防身。晚上他要用这把刀砍削树枝树叶搭个临时的睡棚。而他们在这七天里居然没有换洗过衣服。至于吃什么,当然是丛林里的野果和用砍刀挖出的块茎植物,用火烤熟吃。有一天,小男孩万分欣喜地发现一条盘踞在头顶树杈上的小蟒蛇。在父亲的指导下,他用藤茎编了个套扣,把一米多长的小蟒蛇套下来,将其作为三个人丰美的晚餐。这晚餐怎么吃法呢?他们有办法。砍削来两截竹子,将小蟒蛇剁去头后,既不洗,也不清理内脏,直接塞进竹筒,用泥封好两头,架起火来烤熟,然后眉开眼笑连皮带肉地大快朵颐。须知,他们的"烹调"没有任何调料,自然也没有盐。这样的美食别说让许硕吃,隔着银幕看了都让他作呕。

这种生活,让许硕在观影过程中,始终绷着神经,时时有一种想痛痛快快哭一场的感觉。并且最终得出一个结论:同样生活在世上,那两个孩子和他们的父亲,还有许许多多无暇怨艾、拼命生活的人,都要比我强大得多,也伟大得多!如果我还把自己的生活视为苦难、感到委屈,或者作为退缩的理由,未免也太脆弱、太矫情了……

那些个日子里,许硕几乎已不再知道时间和钟点,也分不清白天和黑夜。他就像生活在一个只用文字和想象来填补的时空里,身心被从心灵深处涌出来的激流席卷而去。这股神圣的激流越湍急、越奔放,作品也就越接近尾声。他写呀写,直至手指麻木、生疼也无所谓。他还从未有过如此旺盛的创作欲,他要抓住这股势头,达到尽可能理想的境界。

现在,他唯一悬心的是,这部几乎是穷尽了自己全力的作品,到底能不能收到理想的结果?

之所以称它为"部",是因为经过近一年疯狂地写了改,改了写,《玫瑰潭》到他初步定稿的时候,算一算已超出15万字了。这个篇幅应该可以单独成书了,于是许硕又把它修订一番后,鼓起勇气,用挂号信把它投到上海一家出版社去。十月怀胎,一朝分娩是个什么滋味,许硕不是孕妇,根本无法想象。但那一刻,他却体验到了不亚于孕妇产子的愉悦与满足。仿佛自己的肚子也一下子空了,心却满满地鼓荡着幸福,虽然还有着些些忐忑——他把稿件用从政治处罗主任那里要来的牛皮纸档案袋封装好,交到邮局工作人员手中,又仔细看着他称重、计费,放到一个专装挂号信的小帆布邮袋里后,他破天荒地在心里暗暗祷告了一声:笔神啊,保佑保佑我吧!

转身走到门口时,他忍不住又扭过头来问工作人员:"这样就不会寄不到了吧?"

那人明显一怔,却白了他一眼没回答。许硕也不介意,笑了笑走出邮局。一抬头,树梢上头的太阳却热烈地看着他,仿佛在向他道贺。一阵沁心凉的清风也让他心里更踏实了。"即使它无法出版,我的任务已经完成了……"他喃喃地自语着,快步向矿上走去,"今晚我要早点吃一粒药,好好地睡它一觉。最好能睡他个三天二夜……"

实际上,第二天窗户上还刚刚有些放亮时,许硕就睁开了眼睛。他在残梦中想到了郑远。郑远调去吴东市文化局后,许硕回家休假时,经常会去看望他。每和郑远在一起,纵情谈论文学和创作,许硕的心里就感到充实、愉悦。毕竟在矿上,虽然许多人真真假假地喊他为大作家,甚至夸他是天才,但许硕对自己有几斤几两还是很清楚的。而且,许硕还发现,人的心里,尤其是自己的心理,常常会有些自己也难以理解的地方。按说写作的目的尽管有所不同,但名利之想,终究是少不了的。然而一旦那"名"来到面前,许硕独自品味着,会感到欢喜、得意。当面却常常有点不知所措。尤其别人热烈夸赞时,他反会感到不自在或消受不起,以至会尴尬地转移话题。他很清楚,那不是谦虚,而真是一种莫名其妙的不安,好像自己做错了什么,或者别人是在嘲讽自己似的。是觉得自己离期望值还差得很远,还是天生羞于成为别人关注的对象?无论如何,他平时一如既往地保持着低调,也极少和人谈论自己的创作情况。毕竟人各有志,你不能要求别人都理解你,对你的话题感兴趣。所以他除了与人打打哈哈,虚与委蛇地谈谈多数人共同感兴趣的柴米油盐或风花雪月,是难以找到多少共同语言的。能够倾心交谈的好朋友,在矿上只有书籍。

郑远对自己的现状颇为满意。他的小说改编的四幕话剧,果然在省戏剧会演中得了二等奖。这有力地奠定了他在市里剧目工作室的地位。而剧目工作室并没有铁定的任务,尽可由着自己的性情,多写点,少写点,写什么作品都可以。但郑远并没有松懈。他开始直接创作一部话剧,并还把着眼点放到了电影剧本的改编或创作上。因为他敏感到,随着社会的不断开放,中国的电影事业也方兴未艾,大有可为。《庐山恋》《小花》《被爱情遗忘的角落》等电影的大热,就证明了这一点。所以当郑远听说许硕又在创作一部中长篇小说时,对他的题材相当感兴趣,要他完成作品后也给他看一下。有想法的话,他要尝试把它改成电影剧本。他们还约定采取合作改编的方式:如果郑远决定要改编电影,他会先拉出第一稿来,给许硕看后,俩人商讨出一个修改方案,由许硕动笔改过。再一起商讨斟酌,如果两人都满意,就此定稿;否则,再由郑远修改定稿,最后两人共同署名。

想到这个约定,许硕又坐不住了。他趁热打铁,把《玫瑰潭》又修订、誊写了一份,趁休假时带给了郑远。不管郑远有没有把它改编电影剧本的兴趣,能够看一下,给自己提点意见也是好的。事实上,郑远对许硕的帮助从精神上到实际上,都是颇有建设性的。突出的事例是,郑远走时带回去看的《蠡山雨》小说,竟获得了意外的成功。

郑远不仅给了他几点修改意见,还建议他把稿件投到改革开放前沿的杂志去。因为那些地方思想相对解放,对稿件题材、立意和内容的包容性也大。许硕依计行事,将认真修改加工后的《蠡山雨》投到了广东一家文学月刊《新文学》去。居然就一炮中的。发表时还配发了他的简介和照片。不仅如此,编辑在通知他用稿的信中,不仅签署了自己的姓名,还告诉他"我们主编颇欣赏你的文笔。希望你今后能继续给本刊赐稿"云云。

赐稿!许硕反复咀嚼着这个从来没有看到过也压根儿不敢想象会落到自己头上的词汇。心潮澎湃地想:这可真有点"两句三年得,一吟双泪流"的味道啦。虽然这也可能只是编辑常用的客套语,但这次应该是编辑的真话。因为此前收到的众多退稿信上,从来就只有盖着杂志社公章的"欢迎你继续来稿",那才真正是客套语呢。

无论如何,中篇小说《蠡山雨》的发表,是一个突破性的成果。许硕更把它视为自己正式走上创作生涯的一个历史性跳板——因为凭借着它,许硕才有勇气在此后申报加入省里的作家协会,并居然就获得了批准。

收到虽然不大却鲜红灿灿的会员证那一天,许硕翻开又合上,合上又翻开地把赏着,眼前依稀看见一项从天而降的桂冠戴在了自己的头上:既然我是省里作家协会的会员了,应该可以算是一名得到权威认可的"作家"了吧?他的激动无以言喻。

当天下午,许硕就来到小镇邮局,把会员证挂号寄给了父亲。他知道这是自己能给父母亲人最好的礼物。尤其是一向赞同他、勉励他的父亲,其欣慰一定会远胜于自己——他首次在省报上发表的那首诗歌,后来被市工人文化宫改编成表演唱。演出的时候,许硕请父亲去看了。意想不到的是,平时在家中不苟言笑,有时还不无威严的父亲,竟会像孩子一样大展欢颜,还问坐在身边的人:"这节目很不错吧?它是我儿子创作的!"

但是这时的许硕,仍然有些奇怪地感到,似乎自己的欣慰,对这一天的到来,并没有从前憧憬中那么强烈。没有流泪,也没有想到要去买点酒来醉上一场。甚至,他也没有刻意在工友们中间放什么风,简直仍有点羞于提起的意思。因为这本是我预料中的胜利?不对,以前我虽然不乏幻想,却何曾预料得这么具体?因为这是水到渠成、理所当然的结果?也不对,我固然付出了旁人或许难以想象的心血和痴情,但是那一切辛劳,习惯了也不过如此。何况,这能算是我挖出了一条什么渠道了吗?"理所当然"就更别谈起,谁的成果是理所当然的产物?矿工们在井下挖出一车车煤来,山民在果园里摘下成担成担的鲜果,能说是理所当然的结果吗?

那一天他又在山野里徘徊着,不知道自己为什么会想到这些。只能把它归结为内心深处深藏的自卑;或者是自己又有些犯迂了。当然,更有可能是:幸福或成功的特质和况味本来就是如此。就像创作者的灵感一样,原本就是稍纵即逝的电光火石或者一开即谢的昙花。美丽和快慰,永远只在苦苦寻觅者的期望中,以及不断重复的劳作过程中。或者,在旁观者对别人成就的想象中——这一感悟在许硕后来获得更多的成果之后,更是升华成一种形而上式的观念。他觉得自己选择了写作这样一种生活方式,就注定了要体验一种类似于希腊神话中西西弗斯般的命运。西西弗斯被命定了要永远推石头。而他推呀推,永不停歇地推石头上山,只是表面上的目的。真正的目的实际上是"推"的动作与过程。而自己每完成一部新作品,就好像是把一块石头推到了山上。可是,还没来得及享受完成任务的欢愉,石头又轰然滚下山去。他又得像西西弗斯一样,为推动新一块石头(作品)而含辛茹苦、拼尽全力,直到他再也推不动的那一天——这样的命运天生有着悲剧的意味,实际上却几乎是一切生命的根本形态,意义与价值自然也蕴含在其中,完全不必为之唏嘘。

某种程度上看,这世上谁又不是西西弗斯呢?

换句话说,尽管我们的人生形态各异,但不同程度地重复和机械化之动态,乃是一切生活的基本特征。流水线上的工人终日钉着同一个纽扣,卖烧饼的成天揉面贴饼子;屠夫一年到头杀不完的猪,小贩春夏秋冬守着同一个摊子。就连虎豹豺狼,它们天天都在竭尽全力捕食,吃饱貌似是它们的目的,实际上"捕猎"之本能才是其根本目的。即便是那些工作场所变动较频的人们,比如导游吧,看起来他们忽东忽西,时而飞机时而火车地花样百出,实质也万变不离其手拿小旗,召唤游客这一宗。

如此看来,重复某种状态,实乃人之不可逃避的宿命。而凡事一旦不断重复,就难免令人生厌、伤感或生出惰性来。甚至,某种不得已的重复至极端的话,还不免会如卓别林演的那个拼命在流水线上拧螺丝的小工人般,令人发狂!至于一日三餐,日出而作,日落而息;一年四季,春花秋月,朝花夕拾,岂非也是某种重复?再往大处看,有人以来,父生子,子生孙,孙而又为父——"明日复明日,明日何其多"。这绵延不息的循环往复,谁逃避得了,又有谁企图逃避呢?

其实换个角度看的话,重复某种动作,未必是可悲的。如果我们与必然合作,习惯或做好承受它的准备,并细心品味其中的些微差异、点滴意趣的话,也不难发现,太阳真是每天都是新的呢!而真正让人生厌的只是那机械而又令人心死、看不出一点希望的生活,如"卓别林"那样。一般的生活形态,只要是你自己的抉择并心甘情愿地接受它,且怀有某种憧憬或信心在,都是不难耐受的。那些离乡背井、四海为生者,往往倒能死心塌地,甚而常怀喜悦地重复着旁人看来难以忍受的活计;就因为有故乡那温馨的炊烟、亲人的期盼和梦想中的新房在支撑着他们呀!

如此看来,人生的重复只是一种表象,一种外在形态而已。世间哪有不变的人事呢?在不断重复的量变中,我们谁不在必然地走向质变?成效的丰或歉,结局的成熟或毁灭,都在这不断地重复中悄然奠定。决定结局优劣的因素自然很多,但是否耐得重复,是否怨天尤人,恐怕也是其中根本性的因素之一。所以,耐得寂寞,耐得重复,原是我们生而为人必具的基本能耐。所谓"一箪食,一瓢饮,在陋巷,回也不改其乐",而颜回也想必自有乐在其中呢——真正的幸福并不在将石头推上山的那一刻,它确乎只在推的过程中。真正的成功并不在享受所谓的幸福,而在完成生的使命,并客观上有益于世道人心……

虽然仍然不太明白自己为什么会在"成功"到来,或即将到来的前夜产生上述的心理,但许硕的眼前还是像迎来心仪的日出一样,更加畅亮了。自己的生命,似乎也步入了一个有如出水太阳一样不断升华的通道之中。自己过去曾经多次怀疑和抱怨的命运,分明也从来没有亏待过自己。一切失落、挫折、沮丧甚至绝望,原来都是今天的铺路石而已。换一条路径,换一种际遇,比如倘若当初也顺利回城,或者上成大学,甚或如愿追得谢如玉或李艺,固然会有大满足,但那之后的生活形态,却未必是我最向往的!上述的任何一个变量,都必定会令我今天的一切面目全非!而我此生最痴爱的,恰恰就是今天这个"我"的状态。既如此,人不是大可不必为成长过程中的任何不如意而悲天悯人吗?

向前看吧许硕！不妨也适时回首。过往的一切，都是我的收获，都是我未来命运不可或缺的有机体！

第十七章

"福无双至,祸不单行",是人所熟知的名谚。但许硕从来没把它当一回事。直觉告诉他,这话经不起细究,未必是真理。何况,什么是福,什么是祸,各人的理解往往大相径庭。倘若把这话的意思反过来解,看成"福不单行,祸无双至",倒相当合乎他在新一年开始后,面临的大好局面。

好消息仿佛相约好了的,一时间接踵而来。首先,是与发表《蠡山雨》的《新文学》同在一省的另一家杂志社,也发表了一篇许硕自己没抱希望的小说《演员》。在这篇小说里许硕进一步打开自己,依据莎士比亚"世界是舞台,人就是演员"之意,大胆剖示和批判了主人公在爱情、社会生活中的心灵暗角。结果一发表就引起不小的反响。刊物随即在下一期的争鸣栏中,选发了一正一反两方面评论这篇小说的文章。还给许硕转来好几封读者来信。这些信也立场对立,欣赏得赞不绝口,口口声声称他为老师,说对自己的写作大有启迪,并索要他的联系方式,要向他请教、学习。反对声中最激烈的完全就是在咬牙切齿。或许是被他作品刺疼了某根神经,居然大骂许硕道德败坏、毒害青少年读者云云。不过,这种信是匿名的,许硕想回信辩解也找不到对象。

这是许硕没有料想过的。但他并没有太生气或感到多么冤屈。毕竟思想解放喊着容易,实际上不可能一下子冲决过去年代的创作和读者的观念禁区。他感到的更多是畏惧和担忧,唯恐自己因此被文学圈打入另册,又沦落回过去长期发表不了作品的低谷。

幸好新时期仍然在轰轰烈烈前行,而时势又确实有着不可估量的"造英雄"的魔力。发表过许硕中篇小说《蠡山雨》的《新文学》杂志,非但没有因为别处的负面影响而嫌弃或躲避许硕,相反进一步证明,他们发表《蠡山雨》后要许硕"赐稿"的来信,并非客套。许硕抽空将以前几篇积压在纸箱里的短篇小说,认真修订后陆续投给他们。他们居然就在一年不到的时间里,连续刊用了三篇。其中两篇还都发在了头条。这使得许硕更加确切地体会到,发表作品对作者的激励与影响,不仅是至关重要的,而且完全可谓"激素"。它所刺激和肯定的,根本就是作家的信心。而信心之于任何人,都是何等关键的前提呵!

最令他欢欣鼓舞的,无疑就是他那部长篇小说《玫瑰潭》的命运了。

当然也不是一蹴而就的。他最先投给的出版社,在几个月后把稿件退给了他。但是编辑也给了他一些正面的评价。只是对书的主题和主人公的命运安排,表示有所疑虑。而且,编辑还并非"客套"地提了一句:"建议你给别的地方看看。我个人觉得或许会有被接受的可能……"

这短短的一句话,也给了许硕很大安慰。他觉得,这起码证明《玫瑰潭》不是失败之作。而再投别的地方,则是他本来就有的考虑——至少要投它个十次八次,不信就没有识货的人!就是都没人要,我就心服口服地承认失败。但也要想办法把它油印出来,在我的亲朋好友中散发一下,也不枉我辛苦一场了……

使他有此底气的,也少不了郑远的鼓励。他对《玫瑰潭》的肯定超出了许硕的预期。他不仅决心要将它改编成电影剧本,还在信中说:"我也算得上'饱读诗书'之人了,而你的大作居然还让我流了好几滴泪呢!"

许硕喟然长叹——数年前自己和沈俊杰哆哆嗦嗦地上山拜访郑远的情景,清晰地叠印在脑海中。

许硕立马赶回吴东,和郑远具体商讨了几天后,郑远便全力投入修改中。而许硕心心念念牵挂着的,还是《玫瑰潭》的出版或发表的可能——郑远帮他把文稿请吴东文化局打印室,用打字机打印了两份。鼓励他投一份给出版社,同时也投一份给发表长篇作品的大型文学刊物。许硕毫不犹豫地照办了。

稿件发出去以后,一句当年唱熟、后来又久已忘怀的样板戏唱词,因为它太贴合当下许硕的心境了吧,有一天突如其来就迸发在许硕的嘴边:"盼星星、盼月亮,只盼着深山出太阳。"而结果竟然是——在翘首苦盼了好几个月、出版社和杂志社都毫无音讯,许硕正打算再打印两份寄到别处去之际,太阳居然真的照临到了窝在深山的许硕头上:北京一家出版社的大型文学丛刊《红月》的编辑,竟然给许硕打来了一个长途电话。

电话是打到团部宣传科的,宣传科让他们改打机电连办公室。机电连指导员一听是北京来的电话,竟然气喘吁吁地亲自跑到书房叫许硕去听电话。而许硕听说是北京一家杂志社打来的电话,两条腿立刻软了。但他担心对方等得不耐烦就放弃了通话,完全就像是挣扎着、深一脚浅一脚地冲到连部办公室。刚听了几句,他就除了喘息,不停哆嗦着反复说"谢谢"外,再也说不出别的话来了。

他的预感没错,编辑部就是告知他决定刊用《玫瑰潭》的消息的。

更令他受宠若惊的是：对方还问他有没有给哪家出版社出版单行本，许硕想都没想就回答没有。结果对方又告诉他，他们的杂志属于出版社，打算在杂志刊用《玫瑰潭》时，也出版它的单行本……

又盼了几个月后，许硕终于收到了《红月》杂志寄来的两本样刊。本期刊发的长篇小说，就是《玫瑰潭》一个。

寄样刊的牛皮纸大信封未免也太结实了，许硕急不可耐地撕了两下也没撕开它，索性张嘴就咬。用牙齿扯开了一个口子，扯碎信封后抽出杂志，抖抖地翻开扉页；看了一眼目录后，一颗早已蹦到喉咙口的心，终于落到了胸膛里。但他也仅仅是看了一眼目录，内容都没看一眼，就像要逃避什么一样，一把将书页合上，掉头就走——他不想在外面或别人面前，草草翻看自己如此珍爱的作品。必须赶紧回到书房去，关起门来细细欣赏才对得起它……

"哎哎许硕！"收发室的老夏大声叫住他，"干吗要紧走呀，是不是又发表什么大作啦？"

许硕想了想，回身把一本《红月》递给老夏。老做收发的老夏，显然是知道些这方面情况的。他看了下刊名便又咋呼道："《红月》啊，这本杂志我看过的，很有名的大杂志哎，影响大得不得了。我们山上的阅览室也订了这本杂志的。怎么，你居然也能在这上面发表作品了？"说着话，他已注意到目录，"不得了，还是长篇小说啊？"他立刻哗哗地掀动书页，翻到《玫瑰潭》所在的页码，继续哗哗地翻个不停，"乖乖隆地冬！这么多页码啊，你一定要请我的客！"

此时正刮大风。强劲的风潮一阵紧似一阵，把路边树林中好些枯叶卷上半空，又扑簌簌地落在地上。许硕揉着被风沙迷住的眼睛,下意识地望向空中,恍恍惚惚地,竟觉得那当空漫卷的叶片儿,都化成一张张令人狂喜的人民币,纷纷扬扬地往他怀里掉!

事实上,许硕真正关心和快慰的,还是《红月》杂志的影响力,能在那上面发表长篇小说,本身就是巨大的成就。而连我们这么偏僻的小矿阅览室,也订了这份杂志,足见其发行量之大。那么,《玫瑰潭》发表、出版后,会被多少人读到它,又会在文学圈造成多大的影响呢?而这,又会对我的名气、命运,产生怎样的影响呢?

他随即摇起头来:许硕啊,你又犯迂啦。这都是无法估量的事,何况现在想这些,有多少实际意义呢?

实际意义当然是有的,而且还大大超出了许硕敢于想象的范围。

最先有动静的是广东的两家报纸,来信要连载《玫瑰潭》。许硕自然高兴不置。到最后,包括上海和本省的报纸,共有九家报纸连载了这个作品。起先许硕还欣欣然地把这些报社陆续寄来的样报剪下来,收集在专门的剪贴本上,可是随着样报的不断涌来,许硕的快慰也日渐递减,到后来就没兴趣做剪贴了。

他的兴奋点也已经转移到了电影剧本的改编上了。因为北京电影制片厂和本省新成立的电影制片厂也与他联系,要改编电影剧本。这正好与郑远在做的不谋而合。许硕第一时间把这个让他们都很振奋的好消息转告了郑远,郑远当即表示,会和电影厂联系,剧本定稿后先给他们看。

然而这一段时间里,许硕也更深地体会到了另一种心境。原来幸福真是有着怪脾气的,它像一杯香茶,令人在强烈的陶醉之后,却明显变得吝啬起来,到后来竟像是一杯白开水,简直是淡而无味了。

说淡而无味未免夸张。许硕觉得应该是刺激过于强烈,而使自己的感觉失真了。神经在经历过长期持续的紧绷后,本身渴望着松弛和休息。因之许硕在那个快乐频顾的时期里,精神和肉体感到的更多竟是疲软。想趁热打铁再写点什么,却又往往心不在焉。有时坐到桌子前,居然还有些紧张:我的灵感都被《玫瑰潭》掏空了吧?接下来还有什么值得写的呢?就是写出新作品,质量上如果超不过《玫瑰潭》的话,人们会怎么看我?

他努力拂去种种消极心理,并决定暂时什么也不写了,好好地睡一睡,闲一闲,吃喝玩乐一番,让心力和体力都得到恢复再说。

阅览室那本《红月》,和他们后来又订购来的几本单行本书,长时间在人群中流转不已。读过的人除了发表种种感想和赞叹,熟悉的也少不了会要求许硕这个"万元户"请客——他实际收到稿费两千来元,却被人们传成一万元。许硕一面辩证着误传,一面也连续几天在镇上请了连队好友几桌酒。还特地请了政治处老罗、收发室老夏和宣传科、工会等曾经帮助和鼓励过自己的人喝了一顿。

这些人中他最感恩的自然是老罗——他现在已经是政治处主任了。许硕很为他高兴,并也把自己的书签了一本送给他,还附上托人从供销社买来的两斤高档碧螺春。没想到老罗如获至宝地收下了他的书,却死推活推地硬是不收他的茶叶,让许硕唏嘘不已。

第二天傍晚,他把那两斤茶叶,外加一条当时颇吃香的"大前门"香烟和两瓶洋河大曲,用网兜拎着,来到林队长家里。咋呼着要酒喝。

林队长也大呼着:"当不起当不起,你这是要折煞我了!"死活不肯收许硕的礼。

许硕板起脸来作发怒状:"那你以后也别给我一针一线!我们

也不再是弟兄,我也再不会到你家来喝酒了!"

林队长只好收下了烟和酒,但说茶叶他不稀奇,让许硕去派别的用处。真正让他感兴趣的是,许硕签上林队长儿子大名的《玫瑰潭》单行本。乐得他竟然抹起了泪花,大声叫儿子快给许硕磕个头:"以后你要想有出息的话,就拜许老师为师,好好学习写文章。"

许硕自然制止了林队长和他儿子。别说他不可能接受别人磕头,就是真受了,他也决不会因此增添分毫快乐或自豪。他给林队长和罗主任他们赠书,原本也没有在他们面前卖弄或炫耀之意。唯一的动机就是想让他们高兴,感受到自己对他们诚挚的感恩,并且向他们证明,他们长期以来对自己的信任、鼓励和帮助,是有眼光的,也是会结出果实的。

最有意思的是"黑旋风"。那一阵"黑旋风"就像心有灵犀似的,一看见许硕捧回来一摞《玫瑰潭》单行本书,便跳上桌来,反复嗅个不止。随后便在一本书上趴下来,当作自己的宝座一样,好久也不离开。许硕故意要从它身下抽出书来,它竟又扬起那只受过伤的前爪,警示地打了许硕一下。许硕心血来潮,便把那书放进郑远为它做的小木盒里——那里面至今还放着郑远留给它的那支笔。"黑旋风"竟又钻进去趴在书上。本来,熟悉了许硕环境的它,经常睡在许硕的双人床上铺,或者干脆是他的下铺上,现在居然连续好几天,又睡回自己的小窝去了。

更让许硕讶异的是,"黑旋风"简直就是个未卜先知的巫师。有天下午它一直在许硕脚边转来转去,还经常跑到书房门外去,高仰着头,向着远处的空气频频地翕动着鼻翼,仿佛在寻觅或等待着什么——许硕事后才猛然意识到,莫非它已经预知了李艺的到来?

李艺的到来完全出乎许硕的意料。如果说那一阵真是一个幸福联袂垂青许硕的好时期,那天晚上从天而降的幸福,几乎能把许硕砸晕。虽然它也裹挟着丝丝苦涩。

实际上许硕自己也仿佛有所预期似的,这天下班回到书房,推开门就闻到一股子浊气。他以为是早晨忘了开窗透气的原因,就把南北窗全部打开。气息好了一些后,他却又意识到屋子里又乱又脏。地上有好几天没扫了,纸屑、杂碎到处都是。小电炉边地上乱扔着鸡蛋壳和葱皮之类,"黑旋风"的食盆也多日未洗,结了厚厚的干疤。床上的被子则胡乱窝着,桌子上各种书刊和稿纸乱七八糟横陈着。他立刻动手清理。扫完地叠被子,整理好桌子又抹灰尘,忙出一头大汗,心里却舒坦多了。

深秋时分的白昼比夏天时短得多,不知不觉天已经擦黑了。许硕到屋外水槽上洗饭盆,准备到食堂去吃晚饭。无意中一偏头,发现不远处的暮色中,袅袅婷婷地走来一个衣着亮丽的年轻女子,虽然她戴着顶帽檐压得低低的黑色太阳帽,许硕却一下子想起了李艺,只是不敢相信是真的。他怔怔地盯着她,她也停了下脚步,定睛望着他。许硕不禁屏住呼吸,只觉得自己毫无力气地被她宛如黑色磁铁的眼睛吸了过去。而她又向他走来。他立刻感到血液像从头顶迸涌而出,彻底愣住了:这是怎么回事?这个女人不是李艺又是谁?他顿时张大嘴,然后像木偶似的在原地转了个圈,大步迎上去。

"怎么,这么快就不认得我啦?"李艺脱下帽子,脸上红扑扑的,笑吟吟地望着许硕。许硕嗨了一声,下意识地搓揉着双手叫道:"当然认得。只不过谁会想到,真的会从'天上掉下个林妹妹'啊?"

李艺缩了下脖子,还吐了下舌头,伸手在许硕脸上轻抚了一把,身子一扭,像一个翩然而逝的梦,径自飘向屋里去——上回她住林队长家的时候,许硕和她外出散步时,指给她看过自己的书房,却没好意思请她进去过。这回她环顾着窗明几净的室内,频频点头夸许硕会过日子。而且就像她早就来熟了一样,把肩上背着的皮包往书桌上一放,便在许硕的方凳上坐下来。许硕注意到,她的包不再是上次来时背的军用挎包,而是只带皮搭扣的咖啡色新皮包。一股淡淡的香水味钻进许硕鼻腔,又使他意识到,这也是李艺的一个明显变化。那回在蠡山时,她是不施脂粉的。不过现在不细看,仍然看不出她脸上有明显的痕迹,只是两腮有一点淡淡的红晕。

"口干死了,我喝点水。"李艺说着,端起桌上许硕的茶杯,咕嘟咕嘟喝了一气。然后从包里拿出一面小圆镜和一块手帕,照了照脸后,小心地拭了拭偏红的嘴唇,又擦去面颊上一个稍深的小红点。将镜子放回皮包里,啪的一声把搭扣摁合。

倏然一道黑影闪过,那"黑旋风"竟也像早就和她熟识一样,老实不客气地跳上了李艺的膝头。李艺显然也是喜爱小动物的,惊喜地搂着它,又撸又亲,说:"不知道你也养了只猫呀,太好了!我家也养了只大白猫,浑身像雪一样白,只有额头上有五分钱硬币大的一块黑斑。它还特别聪明,全家人里只跟我一个亲,看见我妈就躲得无影无踪。气得我妈老骂它不识好歹。可它晚上照样会和我一个床上睡,我妈怎么打骂它也没用——这一黑一白的,要是能让它们配一对,就太有意思啦……你这只是公的呀?"

"是的。"

"太巧了,我家的雪雪正好是母的。"

"呵呵,是够巧的。只怕它们没缘分呢。"

李艺倏地抬起头,深深瞪了许硕一眼,却又低头撸猫,没有说话。

许硕讪笑着,也不再说什么。心里还满是疑惑,无数个念头在脑海中啪啪乱闪,不明白李艺怎么会不打个招呼就飘然而至——那回在李艺家碰了壁以后,很长时间他都被伤痛和懊悔纠缠着,万分痛楚地觉得自己太不自量力,竟然爱上身份、地位都和自己很不相称的李艺,活该会出丑受辱。但很长时间后,他还是感到自己忘不了李艺,还在痴傻地爱着她。为了打消这份执念,许硕极力寻找种种理由,检点李艺的一切缺点。反复对自己说:我不过是情人眼里出西施而已。实际上她长得并不够漂亮,尤其从侧面看的时候,脸型就不太完美。她右胳膊上还有一块暗疤,手也太过细长了些;眼睛和嘴巴虽然说得过去,但她的头发缺少光泽,尤其是她从来不肯说一句甜言蜜语,显然骨子里有一种深藏的傲慢……

然而许硕是在白费心思。他一边这么想着李艺,一边却发现自己还是很喜欢她。有时甚至一句接一句地反驳自己对她的贬抑:她的头发要是用些好的洗发水养护一下,其实还很秀美的。鼻子又挺,眼睛和五官也十分搭配。她的两腿修长,走起路来别有韵致。更重要的是,她不娇气,不自以为是,举止得体。而且她不虚荣,不说谎,也不卖弄风骚。说话虽然不多,却常常很有内涵……总之,说到底,是时间逐渐帮助许硕走出迷思,开始正常生活。

可是现在,当李艺毫无征兆地重新现身,许硕却又忽然觉得有点别扭,心里泛起一股复杂的况味。扪心自问,他现在还是爱着李艺的。但这份爱在当时结果和现在结果的意味,是大不一样的。难道李艺突然出现,是因为她对现在的我高看了,或者说,她也始终存有一份爱,想让它结果了吗?

但他脑海中却又响起当时李艺家楼上那一声无情的关窗声,

这令他马上否定了自己的猜度:许硕你又自作多情了吧?你还是过去的那个卑微的小电工。有点变化的,只是某种外在的小状况。而她看上去还是过去的那个她。她家人也应该还是过去的家人。凭什么就会觉得,你比过去有多了不起了呢?

只是,万一她真是有什么想法而来,我该怎么办?

于是他试探道:"你这次来……是想看林队长吗?"

李艺却娇嗔地反问他:"不看他就不能来了吗?"

"当然能!我求之不得呢。"许硕这话并不假,见到李艺他就有一种由衷的开心。然而话虽这样说,他的心底却还是有一种近乎怨艾的东西浮上来。他仔细琢磨着她话里的意思,却察觉出她的嘴角微微抽动,表情也不像她表现得那样放松。那笑声听着就不像从前那样,多少带着些刻意的成分。

那么,许硕斟酌着字眼说:"我们先去食堂吃饭。或者……我们干脆到林队长家吃饭吧,你顺便也看看他。"

"不,"李艺直摇手,"我时间有限,哪儿也不去。我是特地来看你的。吃的东西,我也带来了。"说着她拉过桌上的皮包,变魔术般从里面取出一只大饭盒,打开一看,里面满是切好的烧鸡。接着她又摸出几只油纸包好的蛋糕,和一袋简装的吴东特产卤汁豆腐干。最后,居然还摸出一瓶"吴东醇香酒"来:"你还傻站着干什么?坐下来吃饭吧。当然,找两个杯子来喝酒。没有两个,有一个合用也行。"

许硕又惊又喜,也顾不上多想什么了,手忙脚乱地从床后用包装箱改制的小木柜里,取出两只玻璃杯和两双筷子,说:"你别看我这个小木柜简陋,里面油盐酱醋都是齐的。喏,还有挂面,等会你想吃面的话,我在小电炉上煮一下就好。"

俩人聊着喝了会酒后,神情都变得自然多了。李艺的脸色分外红了,在灯光下越看越像是一朵娇艳初放的鲜花。而且许硕也发觉,比起以前他们分手的时候,李艺虽然年龄上看不出什么变化,神色举止却明显老成了。她察觉许硕在打量她,诡异地一笑,轻轻拨开他的脸,不让他盯着自己:"你是不是觉得我老多了吧?"

"哪里的话。你比一年多前更年轻,也更有气质了。"

"去!没有你这样恭维女性的好不好?"李艺摆出一副不以为然的神情,眼睛里却闪烁着抑制不住的喜悦,"你才比以前更有气质了呢。我这可是真心话。只是,这么长时间,你怎么从来不给我写信?"

"我写过,而且还不止一次。但是都没有寄出去。再说,写什么好呢?"

"其实我也写过,但总觉得是虚情假意。可是,难道你就不回家休假吗?至少也可以到群艺馆来看看我吧?"

"去啦!可是到了门口又觉得……"

"别说它了。"李艺敛住了笑容,"看来我们的心思差不多。相濡以沫,不如相忘于江湖,是不是?"

"算是吧。"

"你恨过我吧?"

"没有。真的没有。"

"我想也是的。我知道你是聪明人,种种情况,尤其是我家人的情况你是清楚的。不过,那一切都过去了。从前我简直都是为我妈活,今后我要为自己活了。"

许硕心里又迸出一串火星,不禁紧张地盯注着李艺说:"你的意思是……"

"我的意思很清楚。我不再是过去那个我了。我成熟了,独立了。也真正明白了:人是自由的,自我的。"李艺轻轻叹息一声,垂下头好一会才举起酒杯,在许硕的杯子上碰了一下,"我知道你还在疑惑,就赶紧告诉你吧:我是来和你告别的。"

"告别?我们不是早就别过了吗?"

李艺白了许硕一眼:"除非你希望那样!"

她又一字一顿地说:"现在的情况是,我很快就要结婚了。"

"哦!"许硕失声叫起来。这情况虽然不是完全没有预料,却还是让他吃了一惊。一股莫名的情愫攫住了他,使他下意识地把椅子向身后挪动了一下,眼睛却更加迫切地盯注着李艺。李艺仍然显得很平静,但她的视线分明在回避许硕。这使他感觉到,她的内心并不平静,甚至,似乎还有些心虚。可是她越这样,许硕就越是执拗地逼视着她。

"他也是我妈介绍的,是吴东师院的教师。现在在美国读博,很长时间回不来。但是我们通过电话书信往来,已经把关系定了。所以我过几天要去美国陪读,顺便在那里完婚——我又不是妖魔鬼怪,你不要这样看着我好不好?我从副馆长那里知道你一些情况,她跟林队长是有些联系的……但你是男人,暂时没有女朋友根本不用急。尤其对于事业有成的你来说,天涯何处无芳草,成家立业不过是小菜一碟。"

说到这里,李艺微微一笑,仿佛卸掉什么包袱一样,反过来盯注着许硕,像是要捕捉他的每一个真实心态。许硕却不由自主地避开了她的目光。那目光让他目眩神迷。一时有太多的东西在他眼前旋转,在他心灵深处栩栩如生。甚至在黄芦荡出事那晚,李艺在他怀里簌簌抽泣的情景,也异常真切地浮现出来,转瞬又飘逝而去。

但这都是一瞬间的感喟,许硕的神智很快恢复了常态。毕竟,李艺有权选择自己的生活。而现在,蒙在他心头的某种不确定性,像青烟一样散去了。他在一阵悻悻和惆怅之余,渐而觉得心头松快了些;却又下意识地问了李艺一句:"恭喜你啊,这个人的条件太理想了。你一定很爱他吧?"

李艺却摇摇头说:"这个还不好说。毕竟只是通通话、写写信而已。不过我很愿意。因为我早就想跳出我妈的羽翼,远走高飞了。"

"哦。"许硕相信这是李艺的真心话,便附和她道,"这也蛮好的。很多人还都是先结婚、后谈恋爱呢。祝福你!大好前程和锦绣人生都在前头等着你。如果我是你,也会做出这个选择的。"他举起酒杯和李艺碰杯,"你随意喝,我干了这杯。"说着将杯中酒一饮而尽。

在许硕印象中,上次来时李艺并不喝酒,只是和他初次见面那晚,在林队长家小小地抿过几口。所以他没有硬要她喝。果然她只是浅浅地喝了一点酒,便拍着额头说:"刚才喝多了,不能再喝了。"

说着她拉过许硕的手按在自己额头上,许硕果然觉得手心很烫。他抽回手说:"真是的。你别喝了,多吃点东西吧。"李艺审视地看着许硕,却欲言又止。反而又端起杯中残酒,咕嘟一口全喝下去。随即挑战似的扫了许硕一眼,一把将发卡束着的头发解开,一头长长的秀发,瀑布般垂下来。她似乎得着解放一样长出一口气,随手拿过一只蛋糕,剥开油纸,仿佛饿极了似的,一点不顾吃相地大嚼起来。许硕蓦地又看见以前俩人兴冲冲去看日出时的李艺,不禁窃笑,赶紧拿过自己的水杯让她喝点水,以免噎着。可是她喝了一口水,却把剩下的蛋糕往桌上一扔,埋下头纹丝不动,宛如一座雕像,在想什么心事,又似乎在期待或抵抗着什么。只有她裙底下的膝盖在微微颤动。许硕的身子也不由得哆嗦了一下,心里又奇怪又好像意识到了什么,刚想探询她是怎么了,李艺突然站起来,从墙上抽下许硕的毛巾,径自出门到水槽上洗脸去了。许硕见她走路有些晃悠,怕她是喝多了酒,赶紧跟过去。李艺并不搭理他,像是和手中的毛巾有仇似的,狠劲在水龙头下反复搓洗着它。自己洗了下脸后,又把重新拧过的毛巾塞到许硕手里的说:"你也洗一把吧。"说着转身回屋去,却又先走到窗跟前,脸贴近窗玻璃,向屋里张望了一会才进屋。

　　许硕草草洗了把脸,回来时,刚踏进屋里,眼前一黑,房灯竟被李艺拉灭了。他正想开口,又听砰地一响,房门也被她一脚踢上了。许硕顿时一惊,但并不很感诧异。因为这次会面,从一开始就让他深感特殊,心里也渐渐生出一些东西,仿佛将要接受任何奇幻古怪的事情。因而真发生什么,也不会使他感到吊诡或者太过惊慌。

　　但当许硕兴头勃发之际,李艺却又推开他,翻身从枕下摸出一只避孕套,张嘴撕开包装递给他。许硕坏笑起来:"原来你早有准备啦?"李艺狠狠捶了他一拳,面红耳赤地辩解道:"只是有备无患好不好?"

　　原来如此!许硕越发觉得,李艺的性格不仅有时会有点"嘎",其实还是个心思缜密的人。

　　整个过程他都处在恍惚之中,时而还怀疑自己正在春梦中。

　　酣畅淋漓之后,许硕颓然躺倒在李艺身边,一手还搂着她的颈项。好长时间俩人都没有说话。喘息定后,李艺跳下地,跑到桌前拿过自己的皮包,还有那幅刚才也一直放在桌前、她以前画给许硕的素描画。回到床上后,她叫许硕把灯拉开。

灯亮后,李艺仔细端详一会自己的画作,得意地笑起来:"老实说我画得真不错呢,特别是画出了你那一刻含而不露的气质。搞创作有没有感情真是不一样的。你说呢?"

"说得对。我也很喜欢这张画的。"

"想不想知道我画画的时候,是怎么想的吗?"

"想啊。"

"我想的是:这小子不会永远是个小电工的。"

许硕愕然瞪着李艺:"你真的在当时就那么想的?"

"怎么不是,我有什么必要哄你吗?"李艺默了一会又说,"可是我还知道,我等不到那一天的。"

许硕霎时又百感交集。很想告诉她,自己当时也曾有过"相见恨早"的遗憾。可是话到嘴边,却又咽了下去。觉得现在说这个已经没什么意义了。

李艺从小包里取出钱包,拿出以前给许硕看过的她的军装照,恋恋地吻了一下,递给许硕:"当时,我觉得你很喜欢这张照片。如果现在还喜欢她的话,就收着吧。"

许硕马上接过照片,也吻了一下。李艺欣慰地笑笑,又拿过许硕的素描画放进包里:"这个就给我留着吧。"

许硕默默地点头同意,同时鼻子一阵发酸。再看李艺,眼里已盈满了泪水。

他们又紧紧抱在了一起。彼此抱得那么紧,仿佛不这样,世界就会消失掉。

墙上的挂钟又响了。它连响了十二下。不久后，又从一开始，一下、两下、三下——世界就这么按部就班，不紧不慢地走着。每天开始许多事情，每天了结许多事情，什么都动摇不了它的意志。只有人生的步子，有时候走得飞快，有时候简直寸步难行。

无论如何，对于今夜的他们来说，时间委实是走得太快了，就像瀑布一样，飞泻而下。只不过一刹那工夫，窗户发白了。鸟雀发现了一个秘密似的，纷纷挤到书房前后的树丛中，分外热烈地合唱起来。有人咳嗽着从窗外走过，远处井架上的卷扬机声，呜呜地响得分外清晰——他们必须起床了，李艺要赶早班船回吴东去。

第十八章

在码头上送别李艺的时候,嫣红如血的朝霞中,那一轮欣欣然即将展开它华丽跃升的太阳,像极了许硕带李艺在横雁岭写生时看到的情景。它后来逐渐固定在李艺的画布上时,许硕在林队长家欣赏过它。现在许硕又想到了它,便指着天幕问李艺:"你上次画的那幅日出,还在家里吗?"李艺看了一眼,心不在焉地答道:"应该在吧。你想要?"

"如果你舍得呢,今后有机会再见面的话,就送给我吧。"

"我不会送给你的。它虽然有点像现在的情形,但离艺术美还差得很远。再说……"李艺的声音有点哽咽,"谁知道我们什么时候再见面呢?"

许硕的心悸动了一下,没有再说什么。

再也没想到的是,李艺离开蠡山不过半年多,许硕自己也打好行装,来到了即将启航的早班轮上。

约莫一算,在这趟永远往返蠡山和吴东的航线上,他已经来来去去一两百次了。时间上,从当年第一次从吴东出发,到今天又一次离开蠡山,正好进入第十个年头。

可今天是怎样的一次离开呢?虽然肯定不会是现实意义上的最后一次,却一定是生命旅程中一去不复返的一次远行。

一切都来得那样突兀。就在不久前的一大下午,许硕止在班上听班长分配下午的任务。他要和钱小刚去一营,为一辆运煤电车更换一个弓架。正当他系好钳套,背上零件包出门的时候,身后响起电话铃声。这种声音平日里听惯了,但这一次,许硕却鬼使神差地收住了脚步,想听听是找谁的。果然,班长拿起听筒,没听几句就叫住了许硕,说是政治处罗主任叫他马上到他那里去一下。

一路跑着向团部去的时候,许硕莫名其妙地感到紧张。或许是因为,平时他和罗主任很熟了,有时候市里有什么文学活动,通知来的时候,或者矿上有什么宣传上的杂事要许硕办,罗主任都会给他来电话,就在电话上告诉他什么事,很少要他去见他。而今天罗主任没让他接电话,而是直接叫他马上去一下。这未免有些让他奇怪,猜测着是不是有什么要紧的事情了。但会有什么了不起的事情呢?罗主任又看见我有什么作品发表了吗?他对此已经司空见惯了,碰上我的时候说几句夸赞鼓励的话,专门打电话道贺都不多了。是不是矿上又有上大学名额了?更不可能了。国家已经恢复高考了,不可能再有推荐上大学的机会了。而且罗主任也曾劝过他参加高考上大学。许硕以自己不懂数理化,根本考不上为由谢绝了。事实也正是这样,他不是没动过下死力复习以参加高考的心,但想到自己的老底子和现在的状况,就早早地打了退堂鼓……

离罗主任办公室还有一段路,已经从窗子里看到许硕的罗主任居然迎了出来。他一把握住许硕的手,拉着他往办公室里走。他那手掌很热,握得又紧,让许硕的心跳得更凶了。

"罗主任你,有什么要紧的事情吗?"

"要紧!太要紧了!当然,也是好事,大好事!"

说话间他们已经进了办公室。许硕发现长沙发上站起一高一矮两个从没见过的中年人,仔细打量着他,并热情地向他伸出手掌。许硕怯怯地轻握了一下他们的手,眼睛却更加不解地望着罗主任。

"坐坐坐,大家都请坐下谈吧!"罗主任招呼大家都坐下后,便给许硕介绍了那两个陌生人,"这两位老师是从省里来的。"他指指个子高些的那位说,"这位老师是省文联《江华》杂志的编辑老师,汪编辑。"他又指指个子稍矮些,年龄看上去也大一些的人说,"这位老师是《江华》杂志的编辑部主任,何主任。你的情况嘛,刚才我都介绍过了。"

许硕惊讶地瞪大双眼,轮番看着那两位老师,身子不安地在靠背椅上扭动起来——这未免太出乎意料了。苦苦写作至今,投稿至今,他还从没见到过一位文学报刊的编辑,更别说是全国都很有名的省级文学刊物的编辑和主任了。两人都不过四十来岁吧,却都白发斑斑了。虽然都没戴眼镜,但汪编辑的视力恐怕够呛,看人说话时,总会习惯性地把脸凑近他,眼睛也眯缝成一条线。何主任显得沉稳些,只不过左嘴角不知什么原因,隔一会就会不自然地抽动一下——这也是他们饱经沧桑的痕迹吧?

许硕很想说几句能恰切表达自己心意的话,好显示出自己的修养和水平。可是越斟酌却越觉得嗓子里干得像要冒烟,一个字也吐不出来。只好把双手紧绞在一起,愣愣地静候他们发话。

还好,那位姓汪的高个子编辑,一句话就减轻了许硕的局促感:"你大概奇怪我们怎么会突然来了吧?很正常,你还不认识我们,可是我们早就认识你了——你在《江华》上发表的那几篇诗歌,都是我经手编辑的。你在省报上发表的诗歌和在别的地方发表的小说,我们也都注意到了。"他向许硕伸了下拇指,"你不错啊,东西写得好,还这么年轻。"

许硕生怕他们会嫌自己太嫩而有什么想法,赶紧道:"其实我也不年轻了,我今年二十七岁了。工龄……不,我开始习作也有七八年了。"

"二十七岁,比起我们来还是年轻得太多啦。可以说,这也是我们今天来考察的重要原因。"那个姓何的主任笑着说,"年轻意味着方兴未艾,意味着思想观念会较少包袱,写作能力和人格也还有很大的可塑性。刚才罗主任已经给我们介绍过了——他可是对你非常欣赏哦,尤其对你的勤奋好学和低调诚朴,简直赞不绝口。这都是我们很看重的。而且你的政治面貌也不错。至于我们为什么会来这里,是这样的:现在是改革开放、百业并举的大好时机,有关部门为了进一步办好《江华》,新批给我们三个编制;重在选调年纪轻、有成绩、有培养发展前途的作者来编辑部工作。我们经过研究,初选了几位考察对象。你也是其中一位。如果你本人愿意,单位支持,并且经编辑部和省文联党组同意,我们欢迎你来《江华》和我们共事。当然,最后定论还要等我们回去汇报研究后,再通知你和单位。但是你本人有何想法,可以直接和我们谈。"

"真的啊?我太荣幸了!"许硕的脸早已涨得通红,霍地站起来,急切地说,"如果这事最终能成真的话,我……对不起,我还有点迷糊。简直就像在做梦一样——我真的不是在做梦吧?"

大家都笑了,汪编辑还伸手把许硕拉回座位上,说:"写作的人应该明白,梦和现实常常就是一回事。当然,你现在肯定不是在梦中,所以尽管放松吧。不出意外的话,今后你很快会习惯新的格局的。"

许硕宽慰地抹了一把额头的汗,使劲点着头说:"自从我从爱上写作以来,可以说,一直梦想着能有今天这样的机会!"他鼻子酸酸的,一只手下意识地紧揪着衣襟,竭力试图以更恰当的语句表达自己的心声,却还是干巴巴地说不出什么让自己满意的话来。

分手的时候,汪编辑把许硕送到门外,拍拍他的肩膀,轻声对他说:"安心上班去吧,暂时不要太激动。但有一点,虽然我们这次考察的还有其他几个人,最终结果也要领导决定,但是以你的创作成果和单位对你的评价,以及你给我们的实际印象来看,你我成为同事的可能还是比较大的。"

"唉,真不知该怎么感谢你们才好。"

"不要客气。感谢你自己的努力吧,当然还有天时地利人和对你的青睐。对了,你看过《创业史》吧?柳青说过的:'人生的路很长很长,紧要处往往只有几步。'我先祝你美梦成真!"

柳青的话,许硕以前看到过,但并没有太在意。但从这天开始,它就像一排铆钉,牢牢地铆在了他的心底。确乎如此,过往的许多时刻,自己受抑于这样那样的挫折时,也曾把那看作是自己的"紧要处"而心灰意冷。实际上,今天这样的机遇,才真正是自己的"紧要处"呵!因为它绝对是决定自己命运的关键一步。但愿,但愿这回我真的可以仰天长笑,昂首踏上新天地,再不需要找任何理由来安慰自己受伤的心了——正是基于这种认识,许硕在不久后收到省里商调函后,毅然放弃了另一个以前也会让他欣喜若狂的好机会:郑远打来电话,兴奋地告诉他,收到了北影厂对他们合作改编的电影剧本的回复。要他们到北影厂去,参加为期一个半月的改稿学习班。这无疑是个难得的好机会,既可能是一种成功的前奏,也是学习和扩大眼界、结识名流的好平台。但因时机不凑巧,许硕几乎没有犹豫,就首选了去《江华》杂志报到。他请郑远先去参加学习班,今后如有重大必要,他再考虑请假前去——毕竟从长远考虑,调入《江华》才是自己难能可贵的"紧要处"。

现在,当许硕在船舱里安顿好行李,转身返回甲板上,想再好好看看自己生活了多年的蠡山时,刚好看见鲜红的朝阳跃出了水面。从仿佛近在咫尺的水平面上看日出,与山岗之上看到的又是一番况味。水面仿佛被点燃了,太阳似乎触手可得。因而它显得特别圆硕,在一派绚丽的红光中,将湖面点化成一大锅深红而浓稠的油,折射着天幕上变幻无穷的色彩,令人如坠梦中,又如也插上了双翅,快速飞升,直上仙境。

码头附近有几条正在张帆的渔船,港湾三面是逶迤远去的群山。细细欣赏这特异的情景,正可谓美不胜收!而当年,许硕他们初到蠡山的时候,这令人神往的群山披着漫天飞雪迎候他们,现在又以万道霞彩欢送着他。这画面又是多么像莫奈的油画《日出》所展现的秘境呵!莫奈描摹的也正是一轮红日冉冉东升,港口、码头、舢板静静地躺在迷蒙的雾中。经过晨雾折射的红日周边,形成了一个说不清道不明的混融世界,却又分明有迹可循。这个世界又多像我们的人生,你时刻身在其中,被它所濡染、熏陶、与之共沉浮,却无法触摸、言喻,甚至还常常对它抱有怨艾。其实,这个世界根本是真实的,可亲的,又是幻觉的,"印象派"的。它因为各色人等的体验和观念的差异而混沌、多元,又深不可测、神奇而恒久,终究值得人庆幸并付出毕生的所有!

许硕忽然对眼前的一切,充满了无以言说的依恋:人生有几个十年?而蠡山包容、点化了我最为丰沛的十年!虽然也经常会想要回城、离去。实际上自己的内心,从一开始就深切地爱上了她。这就是自己多次失机却从未就此沉沦的内在因素。此去省城,无疑也只是形式上的别离,而非精神上的舍弃。蠡山已不仅仅是一个实体,它所赋予我的,已永远不可能被时空所抹杀,更不可能被种种不如人意的杂音所淹没——他毅然伸手入怀,从上衣内袋里摸出一封厚厚的信来,展开信纸后,他看也不看,便一下一下地直接将它撕成了碎片。

那是一篇文章和一封自己写的信。

文章是一位署名高瞻的人,投给《红月》杂志的批评文章。就在几天前,许硕收拾行李准备离去时,收到了《红月》杂志转来的这篇文章。他们不打算发表,但供许硕作为参考。那文章的题目就像一记当头棒喝,让许硕倏地脊背发麻,双手都哆嗦起来——《沉渣泛起的"玫瑰潭"》。

文章批评《玫瑰潭》存在明显的错误倾向。说这篇文章里泛滥着资产阶级人性论和封建思想的沉渣,充斥着对现实的不满和对煤矿工人的丑化……

许硕草草浏览一过文章,注意到文稿后没有作者的名址,就盯着高瞻的署名反复琢磨。他确信这应该是化名,因为他印象中从没见过这个名字,作者应该不是一个知名的评论家。他稍觉宽慰,又抓起信封仔细端详,上面也没有投稿人名址。但让他震惊的是,邮戳显示这封信寄自吴东!

"沈俊杰!好你个沈俊杰!"许硕狂拍桌子,咬牙切齿吼起来,"你果然当起评论家来啦!可是你有本事就别躲在角落里放冷箭,也像我一样署上自己大名呀?高瞻!这笔名起得还真不错呢,可惜你不过是一个自以为志向宏大、目光长远却内心阴暗的小人……"

之所以一下子就认定是沈俊杰,不仅因为许硕熟悉沈俊杰的性格,也认识吴东文坛几乎所有的作者。从文章的风格和动机揣测,他认为沈俊杰写的可能性最大。

他不遑多想就冲出门去,想到变电所去给沈俊杰打个电话,狠狠出出心头的恶气。可是快到的时候,他却停住了脚步:我并无真凭实据,怎么能肯定这就是沈俊杰写的呢?万一不是他写的,或者他死不认账的话,我又该怎么办?以后还见不见他了?再说,以前我不是鼓励他写文学评论,还要他写我的评论吗?人家真写了,你又小肚鸡肠、暴跳如雷了!可人家有写评论的权利,更有批评的权力呵,难道他只有吹捧你才是对的吗?

垂头丧气地回到书房后,许硕在桌前呆坐了好久,一口气仍然平复不了。思来想去,终于心生一计,他要将沈俊杰一军。于是即刻提笔写了一封给沈俊杰的信,客客气气地告诉他,自己收到了杂志社转来的批评文章,想请他评评写得有没有道理。并且明确告诉他,文章是从吴东寄出的,问他是否知道,或者能猜出是哪个吴东作者写的……

写好信,许硕的心情舒展了些,于是便附上那篇批评文章去寄信。可是出门没走几步,他却又犹豫起来,总觉得这么做也不太妥当。他想起曾经到市图书馆去看过沈俊杰,馆里的工人业余书评组,现在是他在主持了。许硕忽然觉得自己的心胸未免狭隘,眼光也太短浅了。你要当一名作家,岂能只笑纳它带来的名和利,却畏惧或拒绝批评乃至攻击呢?若是个书评组的什么人写的批评文章呢?如果是这样而沈俊杰又不知情,我却错怪了他,岂不是太对不起曾经有恩于我的沈俊杰了吗?更何况,如果这实际上确是别人写的,我还会这么懊丧、痛恨吗?那么,何不就当是别人写的呢?

于是他把信揣进口袋,打算到吴东后再决定是否寄出。现在,望着眼前那大好晨光、朗朗乾坤,而自己眼前的路还很长很长,未来的环境虽是一个层次更高的平台,风风雨雨也必不会少。自己应该考虑的,更多的是如何适应它,争取更上层楼;岂可拘泥于眼前的一时一事、一喜一悲呢?

仿佛是对他的赞许,许硕刚把怀中的信撕碎的时候,启程的汽笛就响起来了。他的心潮也像船头劈开的浪涛般随之澎湃。他暗暗攥紧双拳,喃喃地对自己说:太阳每天都是新的。历史每天都在老去。唯有自然无始无终,每时每刻都在雕塑沧桑,酿造奇迹——我的未来无疑也是新的。虽然我也在不断地老去。但这又何妨呢?生而为人,这原是命定的逻辑。唯愿我今天的离去,又是一个虽可以肯定不乏艰辛曲折却依然丰满美好的十年的肇始。这样,当我重返蠡山时,能向她献上一杯新酿的"美酒"……